民国趣读

老·城·记

老青岛

中国文史出版社

本书编辑组

主　　编：韩淑芳

本书执行主编：张春霞

本书编辑：牛梦岳　高　贝　李军政　孙　裕

目录

第一辑　岛城寻踪·感受海上明珠的独特魅力

03 / 苏雪林：栈桥灯影
05 / 刘善章："琴屿飘灯"之妙
07 / 苏雪林：中山公园，花果飘香
09 / 高炳义：历史悠久的天后宫
10 / 臧明运、尹相华：琅琊台怀古
12 / 马庚存：总督府的"前世今生"
15 / 王泽敏、石振寰：圣弥厄尔大教堂
17 / 栾学智：千古名刹法海寺
18 / 黄哲渊：观象山鸟瞰
21 / 李宝琰：汇泉广场，岛城历史的缩影
22 / 姜茂森：大泽山的塔碑文化
25 / 倪锡英：繁荣的中山路

第二辑　文教生活·人才济济名士多

29 / 时桂山：筹办私立青岛大学
31 / 杨洪勋：胡适青大演讲趣闻
33 / 杨洪勋：梁实秋的青岛情结

36 / 曲海波：《胶州报》，最早的民营周报
38 / 曲海波：胡信之创办《青岛公民报》
40 / 长　安：康有为寓居青岛
41 / 王先进：山大校长杨振声
45 / 王书林：国学大师王献唐
46 / 王昭建：中国话剧的奠基人——洪深
48 / 马庚存：王统照引领青岛文坛
50 / 章　棣：老舍的幽默式教学
52 / 杨洪勋："钻进故纸堆里"的闻一多
54 / 张树枫：萧军、萧红的岛城足迹
55 / 杨洪勋：苏雪林青岛避暑
58 / 张树枫：沈从文与青岛的不解之缘
60 / 王洪业：语言学家罗竹风
61 / 赵曰茂："孪生作家"在青岛
63 / 马庚存：臧克家的诗歌之路

第三辑　顾客盈门·老字号与生意经

71 / 王国章：福生德茶庄，香飘岛城
74 / 王丰敏：盛锡福帽子，自产自销
74 / 鲁　海："足尺加一"的瑞蚨祥
77 / 肖文玉：购销有方的谦祥益绸布店
78 / 刘恩川：久负盛名的亨得利钟表店
79 / 丁昌会：生意红火的天真照相馆
80 / 庞　敏：翰林题匾的书林堂刻字店
82 / 朱　梅：中国第一家啤酒厂——青岛啤酒厂
84 / 王第荣：酱油大王——万通酱园
86 / 杨浩春、周岱东：义聚合钱庄的生财之道

87 / 李立明：食品业的“大字号”——万源永
90 / 吕文泉：国货运动与青岛国货公司
93 / 周　寅：开埠初期的房地产业
95 / 王轶群：印刷业的创始与发展
97 / 于文卿：自行车业发展史略

第四辑　色味俱佳·当异域美食邂逅正宗鲁味

101 / 张聿贤：聚福楼，最正宗的鲁菜馆
102 / 叶　征：饮食，以海味为主
104 / 王徽明：日本茶座
105 / 王徽明：用料考究的寿司馆
105 / 孙兆瑞：滋养轩，最早的东洋糕点厂
106 / 王树功：中国人经营的西餐馆
107 / 王　铎：南式糕点“四大家”
108 / 刘华亭、黄宏伟：辣蛤蜊
109 / 盛相国：鲜香可口的沧口锅贴
110 / 王　铎：天合成家的桃酥
111 / 孙兆瑞：多种多样的俄式面包
111 / 王徽明：河豚料理
112 / 刘华亭、黄宏伟：清蒸海蟹
113 / 鲁　海：历史悠久的李家饺子楼
114 / 徐　奎：名厨名菜荟萃的春和楼
115 / 刘华亭、黄宏伟：乌籽串

第五辑　逛庙会看演出·老青岛人的民俗风情

119 / 鲍运昌：过年送“斧”
119 / 谢洪山：春节食俗

120 / 王　铎：正月初九萝卜会
122 / 秦永洲：海云庵糖球会
124 / 鲍运昌、李国增：二月二，炒豆子
125 / 鲁　海、鲁　勇：湛山寺庙会
126 / 鲍运昌、李国增：端午节扎五索
127 / 叶　征：热情好客的青岛人
129 / 叶　征：亲戚间的节日往来
131 / 鲁　海、鲁　勇："鲅鱼跳，丈人笑"
131 / 叶　征：祝寿之道
133 / 叶　征：请客吃饭有讲究

第六辑　忙里偷闲·惬意难忘的消遣时光

139 / 易　青：博物馆里看展览
140 / 王志远：沧口的露天电影院
141 / 倪锡英：欧化的生活
142 / 倪锡英：海边消夏
144 / 王　铎：跳大坝
145 / 鲁　海：风靡一时的爵士乐
147 / 倪锡英：受欢迎的游乐场所
147 / 杨　昊：兴隆的酒吧业
148 / 倪锡英：别墅区里的乡野风光
149 / 柯　灵：咖啡与海
151 / 鲁　海：青岛国际俱乐部
153 / 公茂春：青岛第一海水浴场
155 / 倪锡英：游乐的多样选择
157 / 鲁　海：金城球社，打台球的好去处
158 / 刘雨生：万国体育会的赛马活动

161 / 公茂春：闻名全国的第一体育场
164 / 王　铎：闲来无事看电影
166 / 曲海波：科教电影风靡一时
168 / 刘遵三：大舞台里看演出
169 / 刘启合：新华里的说书场
170 / 鲁　海、鲁　勇：春季赏樱

第七辑　老城旧事·打开尘封的民国记忆

175 / 王　铎：中国最早有汽车的城市
176 / 曲海波：第一把“中国造”小提琴
179 / 刘镜如：青岛最早的医院
181 / 李文渭：宋春舫与海洋科学
183 / 长　安、河　川：生物学家童第周
185 / 寿杨宾：尊孔读经的德国人——卫礼贤
187 / 刘增人：李叔同湛山寺扬佛法
190 / 臧明运、尹相华：马蹄湾之谜
191 / 赵实甫：救护美国飞行员
193 / 王易奄：万国储蓄会的内幕
196 / 高新民：日本“地涌塾”在青点滴
197 / 王　铎：最早的报时信号
199 / 易　青：盐潮内幕
201 / 牟　木：商品推销战
203 / 杨　昊：不择手段的敛财术
204 / 王　铎：青岛最早的股票风潮
205 / 金平安：青岛第一条电报水线
206 / 潘积仁：“五卅”运动中的青岛人民
208 / 牟　木：斐案与不平等条约

209 / 吴道林：青岛渔民的抗税斗争
210 / 易　青：日德青岛之战
211 / 陈松卿：难忘的受降典礼

第八辑　琴岛印象·文人笔下的海天情缘

217 / 苏雪林：青岛的树
219 / 老　舍：五月的青岛
222 / 朱自清：南行杂记
224 / 老　舍：暑避
225 / 鲁　海：青岛火车站
227 / 老　舍：青岛与山大
230 / 刘白羽：翡翠城观海
232 / 闻一多：现成的海市蜃楼
234 / 沈从文：让人身心舒适的所在
235 / 郁达夫：青岛巡游
238 / 梁实秋：青岛之美
243 / 苏雪林：汇泉海水浴场
245 / 柯　灵：岛国新秋
247 / 苏雪林：白云洞
249 / 蹇先艾：青岛海景
251 / 吴伯箫：青岛的春天
253 / 臧克家：“樱花红过海西来”
256 / 田仲济：我爱青岛

第一辑

岛城寻踪·感受海上明珠的独特魅力

❖ 苏雪林：栈桥灯影

这座栈桥，位置于青岛市区中部之南海边沿，正当中山路的终点，笔直一条，伸入青岛湾，似一支银箭，射入碧茫茫的大海。

青岛栈桥，本不止一座，这座栈桥的全名是“前海栈桥”，示与那个位置于胶州湾里的“后海栈桥”，有所区别。不过前海的这一座历史久而工程大，又当繁盛的市区，游人对它印象比较深刻，故称之为“栈桥”而略去其头衔，有如西洋人家之父子，缩短名字的音节，以表亲昵，这座栈桥居然成为秃头无字之尊了。

说这座栈桥历史久，工程大，绝非夸张。它正式诞生之期为前清光绪十六年，距离目前，已有四十余年了。那时北洋海军正在编练，李鸿章命人在青岛湾建筑此桥，以供海军运输物资之用。原来桥身是木架构成，德国人占据胶州湾，改用钢骨水泥建筑，全桥长420余米，分南北两段，南段钢架木面，北段石基灰面。我国收回青岛以后，将南段也改为钢骨水泥，于桥之极南端，添筑三角形防波堤岸，桥面成为“个”字形，全桥之长为440米，还有座八角形的回澜阁，立于这“个”字形的桥头，游客登阁眺望海景，更增兴趣。

栈桥的北端，又有一座栈桥公园，比起中山公园的规模，这只算袖珍式的，但景物幽蒨可人意，设铁椅甚多，给予晚间来此纳凉的市民以不少的方便。

我们走到栈桥的南端，伫立在那防波堤上。新雨之后，乌云厚积，不知是哪一只无形的大手，把淋漓的墨汁泼在海面和天空，弄得黑沉沉的，成了吴稚老的漆黑一团的宇宙。海风挟雨意以俱来，凉沁心骨。空气这么潮湿，整个空间，含着饱和的水点，似乎随时可以倾泻而下。我们想今夕看月已无希望，那么赏赏栈桥的灯光，也可以慰情聊胜。

栈桥两边立着两行白石柱，每一柱头，安设一盏水月灯，圆圆的，正像一轮乍自东方升起淡黄色的月亮。月亮哪会这么多？想起了某外国文豪的隽语：林中的煤气灯，是月亮下的蛋。现在月亮选取东海为床，将她的蛋一颗一颗自青天落到软如锦褥的碧波里。不知是谁将这些月蛋连缀在一起，成了两排明珠璎珞，献上海后的柔胸。海后晚卸残妆时，将璎珞随手向什么上一挂，无意间却挂在这支银箭上了。

▷ 1890 年的栈桥

黝黑的天空，黝黑的海水，是海后又于无意间挂在银箭上的一袭黑绒仙裳，明珠为黑裳所衬托，光辉愈灿烂逼人。两排灯光，映在海波上，跃荡着，拉长着，空中的珠光与水中珠光融成一片，变成万条纠缠一起的珠链了。我们立身桥上，尚觉景色如斯美妙，从远处瞻望我们的人，哪得不将我们当作跨着彩虹，凌波欲去的仙子？

残夏的海洋气候，有似善撒娇痴的十四五女郎，喜嗔无定。我们出门时，清风送爽，天边已露出蔚蓝的一角，谁知到了桥上，我们所盼的冰轮，却又埋藏于深深的云海。不过看到了栈桥上的灯影，觉得月儿不升上来也好，她一上来，这一片柔和可爱的珠光必被她所撒开的千里银纱一覆而尽，岂非可惜之至！

云层可以隔断明月的清辉，却隔不断望月的吸力。今夕晚潮更猛，一层层的狂涛骇浪，如万千白盔白甲跨着白马的士兵，奔腾呼啸而来，猛扑桥脚，以誓取这座长桥为目的。但见雪旆飞扬，银丸似雨，肉搏之烈，无以复加。但当这队决死的骑兵扑到那个字形桥头上的时候，便向两边披靡散开，并且于不知不觉间消灭了。第二队士兵同样扑来，同样披靡、散开、消灭。银色骑队永无休止的攻击，栈桥却永远屹立波心不动。这才知道这桥头的个字堤岸有分散风浪力量的功能。栈桥是一支长箭，个字桥头，恰肖似一枚箭镞。镞尖正贯海心，又怕什么风狂浪急？

《栈桥灯影》

刘善章："琴屿飘灯"之妙

小青岛位于胶州湾入海口北侧的青岛湾内，旧隶属即墨，德占胶澳后建灯塔于其巅，遂著称于世。日人曾改名"加藤岛"，我国收回后仍名"小青岛"。每于夕阳斜照时，小青岛之山色与四周之水光映射，形成了青岛前海著名的观海、乘凉、游憩场所。

小青岛距岸720米，海拔17米，面积为1.2公顷，绿地面积为0.88公顷，绿地率为73.3%。以"山岩耸秀，林木蓊郁"，并与胶州湾内之黄岛遥遥相对，彼黄此青而得名"青岛"。清同治版《即墨县志》记有"青岛，县西南百里"，并在《山川脉络图》中标有这个孤立的小青岛。

这个"小如螺"的岛屿曾被称为"青岛"，在历代许多史志中都有记载。从现在史料来看，明代中叶就有"青岛"名称的记载。明万历六年（1578），即墨知县许铤在《地方事宜·海防》一文中就记有青岛，而距岛1华里（0.5公里）的岸上陆地亦得名"青岛村""青岛山"。随着港口海运活动的发展，青岛作为港口的海上活动亦日趋活跃，出现了"青岛口"的称谓。据道光版《胶州志》载："金家口（今即墨）青岛口海船装卸货物抽取税银……”说明此时青岛口已是较正规的港口。

明初防倭在沿海设卫所，小青岛原为浮山所管辖。至清光绪十七年（1891），登州镇总兵章高元率兵移驻青岛后，青岛更成为海防重镇。光绪二十三年（1897），青岛为德国侵占，沦为德国殖民地。1899年10月12日，德皇威廉二世正式命名胶州保护地的新市区为“青岛”。由于小青岛原是一个孤立的小岛，所以群众也一直称其为“小青岛”。

▷ 建成之初的阿克纳岛（今小青岛）灯塔

清光绪二十六年（1900），德人在岛上建立一座灯塔。塔身为白大理石构筑，呈八角形。塔高15.5米，分上下两层，内有螺旋式楼梯，初建时曾悬挂过绿式长明灯两盏，几经改进，成为现在的旋转式牛眼透镜，为德国制造，1997年更换西班牙制造的航标灯，原灯送秦皇岛航标博物馆收藏。这座灯塔海上光射15海里，是国内外船只进出胶州湾的重要标志。每当夜幕降临以后，塔上的红灯与栈桥上的灯光在碧波上浮动，构成一幅美妙的图画，故“琴屿飘灯”被誉为青岛十大景观之一，也被作为青岛标志之一。前人有诗赞曰：“领略青山不在多，水中一岛小如螺。云鬟别有飘萧志，似向风前浴晚波。”

小青岛早在20世纪30年代初曾一度辟为“小青岛公园”。40年代在小青岛筑有初具规模的防波堤，与陆地相接。后有人视其形如琴，又名“琴岛”。继而在岛的北面也筑有一段防波堤，在两条防波堤上安设有琴岛特色的路灯，建有石桌、石凳，建造了两座以琴岛和大海为主题的雕塑。

《小青岛公园》

❖ 苏雪林：中山公园，花果飘香

青岛有九个公园。第一公园最大，自从北伐以后，青天白日的旗子飞扬到了东海之滨，它也就荣膺了“中山公园”的名号。这座公园离我们临时寓所最近，我们每天总要散步一回或两回，所以园中的一花一木，一亭一榭，无不像一部读得烂熟的书一般，了然于心目。倘使有人提起我关于青岛的回忆，第一个浮上我脑海的印象，定然是这个中山公园。

▷ 中山公园旧影

由我们的住所福山路进发，走过王村路，又转过一个弯，便到公园的后门。马路两旁，都是几丈高矮，绿得叫人透不过气来的大树，并且层层匝匝，一直蔓延到路基的下面，与路下斜坡所生的树林相联结。马路两边枝叶相交，形成了一条蜿蜒无穷的碧巷。也可说是一片波涛起伏的绿海，被什么法术士用神奇的逼水法，从中间逼出一条干路来。树的枝叶既如此之密而且厚，白昼亦荫翳异常，晚间虽有灯月之光，也黑黢黢地有如鬼境。我们夜间到公园散步，一定要带着电筒。为嫌路黑，有时故意绕道由那穿过体育园的文登路，走公园的前门进园。

过了这条暗无天日的“永巷”，便是一带清池，池中满种着荷蕖。这时荷花正在盛开，一种并不醉人，而闻之却令人神清气爽的芬芳，弥漫于空气里。古人称莲为君子之花，现在我们算是游于“君子之国”。所沐浴的正是这种穆然的清风。水之中央，建有茅亭一座。通以长桥，所用木料均不去皮，既清雅而又大方，富有原始的质朴醇厚风味。这方法好像为我们中国人所独自发明，现已有被全世界园林艺术家采用的趋势。

再过去便是植物场。木牌标明什么“樱花路”“紫荆路”“银杏路”“桃杏路”，每一路辄植以同类树木千百株。譬如说是“樱花路”吧，这几百方丈的土地便压满了娇艳妩媚的日本女儿花。而紫荆路则又弥望燃烧着红焰焰的春之火了。其他松柏槐柳类推。以我国旧式园林家的眼光看来，也许要认为过于单调，与西洋人的园囿规制则大都如此。这种规制前文已表白过，而我个人脾胃非常相合。我以为树木天然是成林的东西，正如人天然是合群的动物一样。一株两株零星栽种的树，叫人看了，觉得怪孤单可怜，它们自己也像寂寥无趣似的。至于树一成了林，则纷披动摇，翻金弄碧，分外有一种欣欣向荣的气象。树木是有树木的灵魂的，它们也有喜怒哀乐。它们也有相互间的友谊和情爱，它们也会互相谈心，互相慰藉。当它们在轻风中细语，在晨曦中微笑，在轰雷闪电、狂飙大雨中叫喊呼啸，有了气类相同的伴侣在一起，便觉得声威更壮，也更显得快乐活泼。

本园原分植树植果两个部分，果园里种了无数苹果桃梨，这时枝头已结实累累，好像秋神倒提着“丰饶之角”，将整个大地的“富庶”和“肥沃”，在这些黄红紫白的绚烂色彩里倾泻出来。昔人畜木奴二百头，一家衣食自足，我自顾教书半生，依然青毡一领，对此能不发生恨未为老圃之叹？

果圃以外一望都是麦田和尚未开辟的原野。我们一路走去，腰也走酸了脚也走痛了，路只是走不到头。疑心已置身郊外，但实际上仅仅走完园的一角，想周历全园，不知更该走多少路。听说青岛这个中山公园，占地约一百万平方米，怪不得有这么的广阔。

《岛居一月记》

高炳义：历史悠久的天后宫

涉步出栈桥，沿太平路东去约一里多路，便见天后宫。

我国沿海港埠、渔村有许多天后宫，用来祭祀天后。相传天后宫中的天后是福建莆田湄洲屿林愿的第六个女儿，《莆田县志》载：“其母王氏，生时地变紫，有祥光异香。”对“天后”的生卒年代有许多记载。有说生于唐天宝元年（742），有说生于宋元祐八年（1093），年代虽不尽相同，但生日的说法却是一致的，即农历三月二十三日，所以这一天被当作天后的诞辰，各地天后宫都在当日举办庙会。长年在海洋风浪中的水手，大多信奉天后，成为他们精神上的一种寄托。

▷ 天后宫

青岛市原有三座天后宫，一在沙子口，一在沧口，一在青岛口。现在只有青岛口（即市南区太平路）的天后宫仍存，始建于明成化三年（1467），清雍正年间重修。群众呼之为“中国大庙”，它是青岛市区内历史最久的建筑。

明朝万历年间，青岛村辟为海上贸易港口，称为青岛口，航运事业日盛。成化三年在这里建立了天后宫（初称天妃宫）。据《太清宫志》载，有胡家庄的“胡善士”捐施土地建成天后圣母殿三间，龙王、财神配殿两间。崇祯末年有主持道人宿义明募集款项进行初次维修和扩建。清雍正十一年又进行了第二次重修。相传天后宫后进大殿是这次重修时所建。院中两株银杏树，据植物学家考证，树龄有300年左右，为明末清初所植。清同治年间，山东建立了东海关，青岛口建立了分关，航运事业日腾，遂又重修天后宫。可见天后宫的每次重修都和青岛的日趋发展分不开。

30年代天后宫里新建了戏楼。现在见到的天后宫，前为大戏楼，下为正门，东西各有侧门。门房分为列钟、鼓楼，前院尽植花木，大体格局仍是清同治年间重修时奠定的。

《青岛吃住游》

臧明运、尹相华：琅琊台怀古

国家级旅游胜地琅琊台，在青岛胶南市城区西南约25公里处。琅琊台历史悠久，文化灿烂，为驰名天下的千古名胜。

琅琊台的形成，最早可上溯至商周时期《史记》记载，当年姜太公作八神，其中的四时主祠就立在琅琊台上。到了春秋末期，这里就成了齐国东部的重要城邑。司马迁作《史记》就感慨地说：“齐地西起泰山，东连琅琊，膏壤千里，广博盛大呀！”齐桓公、景公尝游琅琊而不归，所谓“景公出游，遵海而南，放于琅琊”（《晏子春秋·内篇》）。公元前472年越王勾践灭吴后，成就霸业，“从琅琊台起观台，台周七里以望东海，号令齐楚秦晋皆辅周室，血盟而去”。勾践作为春秋末期最后一霸，使越国一时成为军事、政治、文化的重心。如今在琅琊台东侧“望越楼”中伫立的越王铜像，按剑而立，凝望大海，再现了一代霸主当年傲视群雄的风采。

琅琊台起于春秋，盛于秦汉，秦始皇与秦二世、汉武帝、汉宣帝、汉明帝都曾多次登临，留下了千古美谈。《史记》记载最为详细的就是秦始皇三登琅琊台与徐福入海求仙药的事件。秦始皇统一中国后，“分天下为三十六郡，琅琊为其一”。公元前219年，始皇帝统一天下后首次全国巡视，为祭祀四时主神第一次登琅琊台。“东行郡县……南登琅琊，大乐之，留三月，乃徙黔首三万户琅琊台下……作琅琊台，立石刻，颂秦德，明得意。”同时接受徐福上书，派遣徐福率数千名童男童女，从琅琊台下启航出海寻求长生不老之药。次年（前218）他再次登临琅琊台，大兴土木，修成“阔三四丈”御路三条。公元前210年，这位“千古一帝”率少子胡亥及丞相李斯、赵高等三登琅琊台。这时徐福等因“入海求仙药数载不得，耗资巨大，惧遭上谴”，遂谎称“药可得，然常为大鲛鱼所苦，故不得至，请派善射者一同前往”。秦始皇再次信其言，“乃令入海者赍捕巨鱼具，而自以连弩候大鱼出射之。自琅琊北至荣成山，弗见。”而徐福这支“男女三千，资之五谷种种，百工而行”的庞大船队直抵日本列岛，一去不回，写下了中日关系史上最古老的一页。如今在琅琊台顶秦始皇遣徐福入海的群雕石像，就再现了当年徐福二次上书的情景。

应该说，越王勾践的筑台会盟和秦始皇的三次登临，成就了琅琊台作为千古名胜的根基。历代文人墨客屡屡登台寻古览胜，留下了许多脍炙人口的诗词歌赋，如李白的《古风》、白居易的《海漫漫》、李商隐的《海上》、汪遵的《东海》、熊曜的《登琅琊台观日赋》、苏轼的《书琅琊篆后》、刘翼明的《重游琅琊台》、高凤翰的《观日，琅琊台怀古》等，都与琅琊台及秦始皇和徐福的故事有关。这些诗词歌赋不仅为人们广为传颂，而且在我国文学史上具有重要地位。

《琅琊台探古》

❖ 马庚存：总督府的“前世今生”

总督府坐落于青岛欧人区的中心位置，坐北面南，背倚观海山，面朝青岛湾，正对一条不长但很重要的青岛路。青岛路东侧便是当年的青岛村，天后宫是当时仅存的中国传统建筑。青岛路西侧不远便是前海栈桥，而海关则在距桥不远处。总督府的位置可谓城市的中心位置，十分重要。

这座大楼采用19世纪欧洲公共建筑平面对称的手法，围绕十分明确的中轴线，建筑平面呈现出“凹”字形，对观海山南坡形成半环抱状。建筑立面形式为典型的古典对称设计手法，为欧洲文艺复兴时代的三段分隔法，其中中部和四角呈突出状。

▷ 总督府

大楼主体高20米，分为5层，主层为二至三层，一、四、五层系辅助层，主辅层房间高度差别较大，其他条件也有较明显的区别。楼顶为折坡状，覆以半筒式红瓦，开启有弧状屋面窗。顶侧装设了低矮的铁栏，既用于装饰，又作避雷针，十分精巧，颇富匠心。大楼外墙采用青岛所产的花岗石为材料，墙体厚实坚固，内部以砖混结构为主，个别地方以钢木为支架，整体上显示了坚实严谨的德国建筑风貌。

建筑的正面即南侧结合地形坡度，顺等高线辟出一条弧状道路，呈东西走向，横在楼前，在楼前台阶旁两端与正式的宽阔道路相接，方便汽车通行。大门前有一组台阶，登临上台，便是入口处了。

大楼入口处为一拱券形大门，进门则是二层了。二层的门厅和三层的会议厅为主要大厅，很有气派。主要办公室均在二、三层朝阳的一侧。办公室明亮宽敞，门窗较大，各室均有敞亮的阳台。一般办公室除装有深色护墙板外，别无装饰，使人感到庄重朴实。走廊位于背阳一侧，背阳一侧没有办公室。

这座建筑极力表现统治者即大楼主人的权威，占据坐山面海的自然地势，以大楼为中心，衬托以多条道路，向周围辐射开去，既给人以高大威严之感，又显示出一种吸引控制之力。来到楼前，让人油然而生庄重之情。

办公楼前放射出沂水路、青岛路，此外还有日照路、湖南路、莒县路围在近前，交汇于楼前花园广场。这一带坐落着法院等机关和高级住宅，是一个权力中枢地带。

德占胶澳初期，总督在原清朝总兵衙门办公，直到1906年总督府竣工后，方搬迁入内办公。胶澳德军司令、海军军官汪然美隆、托尔柏尔是早期正式享用这座石头楼的总督。其后，瓦尔得克等也曾入驻此华美建筑。这些德国军官军衔很高，归德国政府海军部管辖，可见德国对这一海外殖民地的重视。

1914年，日本取代德国侵占青岛，实行军事管制，守备军司令官成为青岛最高首脑，并掌管青岛海关和胶济铁路事宜。这里成为日本青岛守备军司令部办公大楼。1917年10月以后，日本侵青当局改行民政，但仍以司令官掌权，招牌更改，实质并无变化。这期间共有5名日本侵略分子登临过这座石头楼的首席宝座，攻陷青岛的日军将领神尾行三是首任青岛守备军司令。

北洋军阀于1922年12月接收青岛后，将青岛改称胶澳商埠。此后一段时间，如同北京中央政府上层的频繁更替，青岛地方首脑也是走马灯似的你来我往，在位时间均很短暂。先以山东省省长熊炳琦兼任胶澳商埠督办，后来接任督办、代理督办者有高恩洪、王翰章、温树德3人，王翰章在位时间竟不过10日。1925年7月，胶澳商埠公署改为胶澳商埠局，由在青岛政界多年的赵琪担任总办，仍受山东省政府管辖。这座石头楼先后又成为商埠公署、商埠局的办公大楼。

1928年4月，胶州湾易帜，接收专员陈中孚代表国民党政府入主青岛，其后吴思豫、马福祥、葛敬恩先后就任这一特别市代理市长或市长。1930年9月，胡若愚担任青岛市市长。他们在青任职时间都不长，在这座大楼中座位还没坐热便匆匆撤离了。“接收专员公署”“特别市政府”“市政府”先后成为这座大楼的称号。

1931年底，东北海军首领人物沈鸿烈依仗军事势力得以代理青岛市政府市长。次年1月，由南京政府正式委任，集军政大权于一身。自此至1937年底日军再度侵占青岛前夕弃守，沈鸿烈在位长达6年，是旧青岛任职时间较长的地方首脑，在青岛的影响也颇大，也是出入这座办公大楼时间最长的长官。

日伪时期，赵琪堕落为汉奸，1938年1月出任伪治安维持会会长。次年，他充当伪青岛特别市市长，历时4年。1943年，姚作宾继任青岛特别市市长。他们是在石头楼前台表演的小丑，实际上是日本侵略者任意操纵的傀儡。

抗战胜利后，国民党反动派垄断受降权利。1945年8月18日，蒋介石任命国民党青岛保安队头目李先良为青岛市市长。李急切地由崂山进入市区，成为石头楼的新首领，任职至1948年8月。后由龚学遂继任青岛特别市市长半年，又由国民党山东省主席秦德纯兼任青岛特别市市长。1949年5月，风雨飘摇中的国民党政府任命孙继丁为青岛特别市代理市长。实际上，秦、孙二人在这座石头楼里的宝座上没有坐稳几天，便随国民党在青岛统治的寿终正寝而仓皇离去。

总督府的建造凝聚了中国劳工的聪明才智和艰辛劳动。德国占领青岛后，世居此地的青岛村、会前村、杨家村等村落的中国群众失去土地、家园，流离失所，许多人不得不出卖劳动力，为德国人做工，还有周边各县的破产农民也加入了这支劳工队伍。为建筑总督府，他们操劳了几个年头。

这些中国劳工的境况十分悲惨。他们从事一整天繁重的劳动，只能得到两角五分钱的工资。仅有的这点微薄的收入，封建把头还要从中盘剥。他们还经常遭到监工的毒打，因伤病死亡的事屡见不鲜，仅搭脚手架过程中便摔死了十几人。为防止劳工反抗和逃跑，德国当局发布《订立充当跟役苦力告示》，声称："华人凡充西人跟役或苦力以及各项工人者，如时常不按时操作，懒惰成性或不遵吩咐，或无故不辞而逃，以及唆使同伙逃逸，一经觉察，准其东主投报付按察司署核办，审实即罚半月薪酬或责打五十板之多，或监押至三礼拜之久。"这座大楼渗透着中国劳工的辛酸血泪。

1949年6月2日，青岛解放。这座办公大楼获得了新生，先后成为青岛市人民政府、青岛市人民委员会所在地。

《青岛德国建筑总督府》

❖ **王泽敏、石振寰：**圣弥厄尔大教堂

圣弥厄尔大教堂于1932年破土动工，1934年10月落成，历时两年半多。其外形风格系哥特式建筑。教堂整体建筑面积共为3223.58平方米。两侧对称，各有花园1个，共占地约2470平方米。教堂东花园北首建有西式平房1栋，供总堂的本堂神父使用。

教堂是以钢筋、混凝土与花岗石结合而成。堂内建筑平面采用十字形状。正门西南向，衬门左右各一。教堂外部主要用花岗石砌成，大门上方

有一巨大的玫瑰花形的圆窗。玫瑰花代表贞洁、慈爱、和平，教徒把玫瑰花献给圣母玛利亚，用来表示对她的敬爱与祈求。

教堂的两座钟塔身高56米，顶尖各竖有15米高、1吨多重的大十字架。西塔的上部悬有大钟1口，东塔上部悬有3口小钟，按音乐和声设计，皆由机械操作。每逢星期天或教会的节假日，大钟启动，声冲霄汉，方圆数里内都能听到美妙而有节奏的悦耳钟声，令人陶醉。

当我们仰视钟塔顶部时，会发现在它的东、西、南、北四面皆有用铁板遮掩的一个圆形洞，似乎和这座宏伟的建筑有些不协调。现在让我来解开这个谜：按原设计是在钟塔上端的4个方向各安装上一个大型的机械表，使岛城市民无论在市内哪个方向都能及时准确地知道时间，这对于当时手表还没有普及到每个人的年代来说确实是件利民的好事。为此，教会曾和当时的市政府商讨，这8块大型表应由政府安装，但协商未果，教会也因经费短缺而作罢，从而造成钟塔顶部这种特异的装饰。

▷ 圣弥厄尔大教堂

青岛在改革开放前高层建筑极少，特别是栈桥沿海一线四五层的建筑就是高的了，而这60多米高的教堂塔楼在当时建筑群中可谓鹤立鸡群了。

当你乘轮船到达青岛海域时，你站在轮船的甲板上远眺市区，首先映入你眼帘的就是这两座耸入云端的塔楼。因此，在相当长的一段时间里，教堂的塔楼和栈桥是代表青岛的标志。有的外籍人士说，一看照片或宣传画上的两座塔楼就知道是青岛了。所以，青岛天主教圣弥厄尔大教堂也是驰名中外的建筑。

《青岛天主教圣弥厄尔大教堂巡礼》

栾学智：千古名刹法海寺

法海寺于民国23年重修后占地面积约12亩，分前后两院。前院有大雄宝殿5间，殿前两侧各有一棵高大的白果树。有碑亭两座，西亭内立元泰定三年“法海寺重修碑”，东亭内立康熙五十二年“法海寺重修碑”，两碑均高约3米、宽1.3米。大雄宝殿建在1米多高的夯土台上，系木砖结构、单檐无斗拱“歇山式”建筑，朱漆雀替，云龙雕甍，高50厘米，镂空二龙戏珠，两端饰“螭吻”，檐角饰“嘲风”，顶披琉璃瓦。殿内朱漆重梁起架，华贵古雅，内祀释迦牟尼，旁祀阿弥陀佛、药师佛。后殿5间是“硬山式”建筑，中祀如来，东祀菩萨，西祀地藏王，墙上绘有释迦牟尼的生平壁画。殿堂外檐下“清规”二字碑分立左右。殿门外东墙上嵌一方形汉白玉庙规碑，记载着僧众戒烟酒等6条戒律。后院植柏树4棵，其中一棵的叶子长有针、扁、长、圆4种形状，十分奇特，名“四样柏”。僧寮共20间，前院16间，后院4间。山门外有两棵高大的白果树，两个高约3米的石人东西对立。连接山门南院墙的东端建殿堂3间，内祀龙王；西端建殿堂3间，内祀关帝。这两处殿堂属地方庙，托法海寺代管。每年农历正月十五、十六和四月初八是法海寺庙会，香火极盛。

法海寺属佛教临济宗，寺庙“坐禅”“挂单”、收徒。寺僧晚诵经，有木鱼、磬、少钹、碰钟、吊钟伴奏，农历初一、十五祈祷，诵“香赞”。乡民办红白喜事，只要送来香火钱，寺僧就在庙内诵经祈祷。逢天旱或久雨不晴，乡民找庙上祈雨祈晴，寺僧出庙做善事，不收钱。

法海寺的僧人墓地在庙西侧，占地1亩多，植古柏8棵，内有石塔3座和大小土丘10余个。据寺僧说，塔里葬的是对寺庙有功绩的和尚。

法海寺周围山秀水丰、土地肥沃、果树成林。春天，山上山下繁花似锦；夏天，桃、杏红绿摇曳枝头；秋天，苹果、山楂满山遍野，硕果飘香。自商周时，先民们就在这里繁衍生息。

寺东南1公里许有商周遗址“霸王台”，自道光年间至解放前后出土了青铜戟头、石斧、石刀、铜剑、铜戈、鬲豆等。寺南1.5公里处有一地名“财贝沟”，因此地时常发现铜器而得名，20世纪20年代前后引起日本人的觊觎。抗日战争期间，日本两次派人盗掘财贝沟的文物。

《法海寺》

❖ 黄哲渊：观象山鸟瞰

风景秀丽的青岛，是美在海，是美在山，是美在整齐的街道，瑰丽的房屋。与海和山的配合，配合得恰到好处。

青岛实在太美了，远有崂山之秀，近有诸山之美。其东南有信号山，其西南有观海山，在观海山之北，有海拔75米的一座高山。上面有一高耸云际的大楼，它，已成为全市瞻仰气象的标志！晚上有五颜六色的信号灯，白昼有飘扬空中的信号旗。云雾晴阴，风雨雹雪，时时刻刻都给人们以准确的预报，那一座山，便是人们所共知的观象山，那一座楼，便是驰名远东，具有50年悠久历史的观象台。环绕观象山是热闹而宽阔的平原路、江苏路和胶州路，在那里是繁华的商业区和高等住宅区。从胶州路和江苏路交叉处，沿着观象二路向上走，可以看到建筑庄严的圣保罗堂。再行数十步，可以看到美奂美轮的崇德小学，毗邻崇德小学，便是观象山公园。

循着柏油路，在浓荫下面，弯弯曲曲地再走百余步，经过观象台台长官邸，绕一个大弯，就可以望见圆顶的大赤道仪。再一转弯，到了红砖砌

▷ 观象台

▷ 观象山下拉洋车的车夫

成的桂花墙，里面有小赤道仪，有高达数十尺的各种信号架和许许多多的重要观测仪器。一天二十四小时，总有人在那里轮流地工作，不分昼夜，不避寒暑。观象台的技术人员有时连假期也享受不着。

靠近着露场的一座高楼，全是巨石筑成的，那就是巍巍峨峨，雄立山顶的观象台。台分七层，置身在这大楼的最高一层，放目四瞩，似乎是山外青山水外水。初看好像山包着海，再望又好像海连着山，真是山连水，水连天，水天一色。在平地看青岛，只能看到一隅，只能看到一面，只能看到一角，居高临下，不特整个的胶州湾内的全景，如收眼底，即湾外来往航轮，也可一望不遗。远望崂山，峰上有峰，峰峰高插云天，近看全市，绿树红瓦，形成了一个美丽无比的人间乐园。南对小青岛和前海栈桥，北望沧口和后海，汽轮如织。帆船似梭，海鸥飞翔上下。观象山是屹立在市区的中心，观象台又是建筑在观象山的山顶上，大有高高在上唯我独尊的形势。

晴天不用望远镜，可以望见团岛阴岛薛家诸岛之胜，雾天可以看到整个的青岛，变成了白茫茫的一片云海。飓风的时候，立在山顶，耳边只听得一片松涛虎虎声，和海边波涛澎湃的怒吼声。一年之中，春天芳草如茵，群花争放。红的，绿的，黄的，也有紫的。每棵树上，都换上了嫩绿色的新装。听小鸟儿在枝头上歌唱，啾啾唧唧，能使人忘掉俗忧俗虑。一到夏季，满山是一片浓荫，凉风习习，沁人心脾。附近的居民，天天成群结队地上山游览，登高纳凉，那种热闹的情形，可以想见了。每当午后斜阳穿过那密丛丛的槐树，金线万道，闪闪生光。有时在幽静的山路上，常常可以遇到成双作对的青年男女，情蜜蜜，意绵绵，似乎在倾吐他们的无限衷曲。入秋，满山的树木渐渐地变成了深绿的颜色，叶儿一点也不凋残，花儿仍旧是鲜艳地开着，因为青岛的秋天，不是江南的秋天，也不是华北的秋天，而是一个来到青岛，要迟上两个多月的特殊的秋天。但是到严冬，草木凋残，狂风怒号，使人们感到刺骨的寒冷。不过下雪以后，登高远眺，山是白的，树是白的，路是白的，屋瓦都是白的，全市区没有一块儿不是白的。整个的环境，是一片琼林玉宇，雪地冰天，使赏雪的人们，饱尝了眼福，忘掉了风寒。

优丽的观象山，一年四季，季季都是美的，季季都有它特殊可爱的地方。远看是美的，近看也是美的，山上山下，山前山后，无处不可爱，无处不美丽。

《观象山》

李宝琰：汇泉广场，岛城历史的缩影

青岛的地理环境决定了青岛是一个山城，既是山城，平地自然就少，所以青岛建市百年来，特别是改革开放前像样的广场只有汇泉广场。

汇泉广场位于汇泉湾东北、青岛中山公园以南，面积为12万平方米，是青岛市最大的群众性集散广场。广场被横穿而过的文登路分为南北两块，其面积大致相等，南半部是供人游憩和集合的场地，北半部是由大面积草坪和茂密的树林组成的园林景观。每年，青岛市都有很多重大节庆和文化活动在这里举行。

明朝中期就有农户迁居青岛太平山下，到清代末期已发展为有300余户人家的会前村。德国侵占青岛后，在会前岬修筑炮台和操练场。为了德国人的享乐和吸引更多的游客，在练兵场西北这块青岛最大的平坦地上（今汇泉广场）建起了赛马场（俗称“跑马场”）。日本第一次侵占青岛后，这里仍作为士兵的操练场和赛马赌场。北洋政府收回青岛后，在整理地名时将“会前”更名为“汇泉”，赛马场仍时有赛马活动。从此，太平山脚下的中山公园（当时称“第一公园”）、赛马场和第一海水浴场地带就被人称为“汇泉”。这时的赛马场，跑道以里是置有结缕草草坪的高尔夫球场，跑道以外是马路，马路两旁有高大的法桐树。赛马时，将横穿马场的道路（今文登路）两端挡住，行人和车辆改由周围的马路（今蚱山路）通行。马场西部路南、路北各有一座楼房，路北的是赛马场办公室，路南的供马场售票和管理用。楼旁还设有木制看台。20世纪30年代赛马场生意最为兴隆，

40年代赛事渐少，解放以后就没有“赛马”一事了，但市民还一直称此地为“跑马场”。

1945年10月25日，侵占青岛的日军正式投降，受降仪式即在汇泉跑马场举行。

《汇泉广场》

❖ 姜茂森：大泽山的塔碑文化

大泽山又称九青山，位于平度市东北部，距平度市约35公里，面积约324平方公里，海拔700多米。北魏光州刺史郑述祖曾概括“始皇游而不返，武帝过以乐留”。在金代明昌年间建有上下两寺，上寺为日照庵，下寺为智藏寺。在智藏寺东南方向不远处，留有智藏寺僧人塔林数座。大泽山甚为有名的是碑林和“书法胡同”。大泽山碑林主要集中在日照庵附近，“书法胡同”位于智藏寺上方，另外自南北朝以来的历代摩崖石刻点缀山间，成为大泽山极其宝贵的人文财富。

（一）塔林风格

塔的原型及其象征是从印度传入中国的，原是用来埋葬佛骨舍利子的建筑，传入中国后渐与中国的传统建筑相融合，形成具有中国文化风格的塔。塔在形式上分为楼阁塔、密檐塔、单层塔、华塔等。单层塔多为高僧圆寂而建，大泽山塔林均是单层塔。被称为“中国八大塔林之一”的大泽山塔林位于智藏寺东南、白虎涧东侧的山坡上。据有关专家考证，智藏寺始建年代不迟于北宋后期，现存的这些塔多为宋、元、明、清时建筑，系历代智藏寺高僧圆寂后建造。考察队员见到7座不同样式、不同朝代的塔，中国塔建筑正经历着从质朴到华丽风格的嬗变过程，大泽山塔林其实就是这种嬗变的一个很有说服力的范例。这些塔均为花岗岩结构（花岗岩系就地取材）。作为塔的三部分构成，塔基、塔身保存较好，塔身多为六角、八角形，个别塔顶（即塔刹）缺失。据说塔刹高度不同，象征了高僧等级不同，正所谓“天外有天”。塔基一律为须弥座，“须弥”原意为佛经中的山名，佛经圣山被称为须弥山，莲瓣是须弥座用得最多的雕饰内容，从大泽山塔林就可以看得出来。

（二）碑林搜奇

中国古代早期的碑的一个重要用途是立于庙宇之前用太阳的影子位置辨别阴阳变化方向，立意朴素，后延伸为记事、记人等。大泽山石碑在智藏寺就可见到珍品，在寺院中可见一高约2米、宽82厘米、厚14厘米“碑记题名”盘龙石碑，碑头约60厘米，为清代遗留。这座石碑按照中国立碑惯例，凡是“题名”的碑必须立在庙宇原地，而记人的碑则不必严格按照此规定。智藏寺还有一罕见残碑，紧邻“碑记题名”石碑，其残存部分宽为105厘米、长125厘米、厚16厘米，如此宽度的石碑很难见到，石质为汉白玉。这两块石碑也与“功德”有关。大泽山碑林多为功德碑，从数量上来看，以日照庵向下居多。这些碑林从琉璃井开始，向山上延伸。这一辐射带里的石碑多有半圆状碑头，碑头雕刻极其细腻，以龙、瑞草、神话图案居多，有的石碑碑头索性只书写“大清”字样。离琉璃井不远处山坡上有五座石碑，三座并列，书有“宣统元年三月十六日”“宣统元年三月十八日”“光绪二十五年四月”等字样；另两座则只有“大清”字样，具体时间不详。民国立碑则多有“万古流芳”“普济群生”字样，尤其在日照庵石梯之下向左延伸处，两侧云集各式石碑50块左右。日照庵内也置有石碑，这些石碑一并组成罕见的碑林奇观。另外在红庙附近的一座石碑被称为“岣嵝碑”，“岣嵝”指的是中国五岳之一的衡山，为何被叫作“岣嵝碑”尚不得而知，但此碑上的字犹如蝌蚪嬉游状，殊为奇妙。

《大泽山的塔碑文化》

▷ 中山路北段旧影

▷ 中山路上的德国马车

❖ **倪锡英：**繁荣的中山路

现在先说青岛的商业区，青岛全市商业最繁盛的地方，要算中山路和中山路两旁的各市街。这中山路位于青岛市区的正中，是一条南北的大街道。北接馆陶路，与胶济铁路沿海并行，可直通到大港小港，以及四方、沧口。向南却一直伸到前海栈桥。道路非常宽阔，两旁商行林立。掌握着青岛全市金融事业的钱庄银行，大半都位于中山路两旁。此外如大药房、绸缎庄、百货公司、食品店、游艺场等，也都以中山路为中心。因此中山路的市面非常热闹，商业很是繁盛。

中山路全线，又可分为南北中三个段落：南段是欧西的商店区，那里靠近海滨，多设咖啡馆、酒吧间及各种俱乐部，专供去青岛避暑的外国水兵们取乐的地方。中段完全是中国商店区，银行、钱庄、百货公司等，都开设在那里，市面最为繁盛。北段却全是日本人开设的商店，以玩具店及百货铺为多。

《青岛》

第二辑

文教生活·人才济济名士多

❖ 时桂山：筹办私立青岛大学

清朝光绪二十三年（1897），德国帝国主义为了寻找经营远东的基地，借口所谓的“巨野教案”，派兵侵占了青岛，对青岛进行了大规模的规划和建设。作为文化侵略重要内容的学校也随之建立起来，不但建立了初级教育，而且还建立了高等学堂。

青岛特别高等学堂（又称德华高等学校、德华大学、赫兰大学）的建立，使青岛步入了现代高等教育的轨道。名为德华合办，实际上还是以德国为主开办的学校。

1914年，日本侵占青岛后，同样实行殖民统治，在文化侵略方面也实行奴化教育，除中级教育外，也建有高等院校。1916年由日本人吉利平次郎创办了私立青岛英学院，1917年改称青岛学院。

1920年，以美国博士妥伦氏为校长的青岛大学预备科开办，所授课程按照美国最新之教法，以备直入美国大学校，或投入商界之用。实际上这是个筹办中的大学预科，1921年秋已经停办。

以上提到的三个高等院校，都是由德、日、美等国为主兴办的，都是为培养为他们服务的人才而设立的。帝国主义的策划者们都在青岛争夺他们的势力。

五四运动的爆发，中国政府收回青岛的决定，彻底打碎了帝国主义，特别是日本侵略者长期霸占和经营青岛的美梦。收回后的青岛，处于北洋政府的统治之下，名为胶澳督办公署。在百业待兴中，由于它的历史发展特点和优越的自然环境，已引起全国的关注，尤其是引起中华民国教育部和文化界有识之士的注意，筹划在青岛办一所中国人的大学。

首先筹划在青岛设立大学的是中华民国教育部。1923年3月，中华民国教育部特派李贻燕赴青岛调查教育。李贻燕在调查后呈报的《调查青岛教育报告书》中，建议中央政府应于青岛设立国立大学。

引起文化名人关注的当推“戊戌变法”的领导人康有为先生。1923年6月，康先生二度抵青，购屋定居，地址在福山路6号（今福山支路5号），房屋为德占青岛初期的提督楼，康称为“天游园”。康有为早有办大学的想法，他在给友人的信中写道：“吾拟开一所大学于此，就近收到万年兵营（即俾斯麦兵营）为之，亦相距数百步耳。扶杖看云之暇，与天下英才讲学而教之，实为乐事。”但因为兵营被北洋陆军五师作为驻军之所，康有为没有办法让军队迁出而深感遗憾。后来他的想法在上海实现，1926年3月在上海创办了“天游学院”。

积极为开办青岛大学筹措经费的还有社会团体青岛总商会。1924年3月31日，高恩洪出任胶澳商埠督办公署督办，计划在万年兵营（今中国海洋大学校址）创办青岛大学，因为经费困难，迟迟未能进行。青岛总商会有鉴于此，为协助解决这一问题，于1924年6月19日召开常务董事会议，决定致函驻青岛美国公使施尔曼和北京外交总长顾维钧，请求拨给庚子赔款创办青岛大学。私立青岛大学于8月11日、12日、13日在青岛、北京、南京、济南四地同时考试招生。限于学校条件，本届只录取工科、商科新生各40名，学制4年。学生大都来自山东、江苏、湖南、广东等15个省市。除国内外，还有来自南洋和朝鲜的9名学生（其中有朝鲜贵族子弟帕尔克等），这是私立青岛大学招收的第一批留学生。在招收的学生中有罗荣桓、彭明晶、张沈川等一批具有先进思想的青年。8月21日，学校董事会举行会议，公推高恩洪为校长，聘请孙广钦为校务主任，李贻燕为教务主任，并接收了刘子山出资创办的私立青岛中学为附属中学，报请省督办府备案。学校经费由胶澳商埠督办公署每月拨款1万元，胶济铁路局每月拨款6000元，青岛士绅富商捐赠4000元，作为学校日常活动经费。至此，学校的筹建工作已经完成，私立青岛大学正式成立。

1924年9月15日，私立青岛大学首届学生入学，并宣布学校法规。9月20日，私立青岛大学正式开学上课。校长高恩洪督办发表训词：“本埠地缩南北，舟车四达，山水幽雅，气候中和，于此设立大学，发展文化最为相宜……本埠为东南要区，沿海重镇，自然亦可成一大学区域。既可承继礼仪之邦荣誉之历史，亦可为国土重光之纪念……本校为新创之学校，诸生为新来之学生，一切当以实事求是、日新又新为前提，一洗各地不良之陋习，蔚成本校特有良好之校风，为全国青年之模范，为将来国家有用之长才是则。鄙人愿与教职员及来学诸生共勉。”这就是私立青岛大学的办校方针。

《私立青岛大学创建始末》

杨洪勋：胡适青大演讲趣闻

胡适（1891—1962），文学家、思想家，一生获得38个博士学位，被誉为“文学巨匠、学术导师”。胡适是新文化运动的代表人物之一，终生创造了数个第一。他第一个提出用白话文取代文言文，推动了白话运动的开展；第一个用白话文写诗，出版了第一部白话诗集《常识集》，推动了现代新诗的诞生；第一个编写中国哲学史专著，出版了第一本《中国哲学史大纲》，促进了中国哲学史学科的诞生；第一个把白话文小说作为学术项目进行研究；第一个用现代观点考证《红楼梦》，开创了一代新红学。

▷ 胡适

胡适是中国新文学的开山鼻祖之一。中国现代文学的开端是从1917年1月胡适在《新青年》发表《文学改良刍议》一文开始的。在该文中，胡适系统地提出文学改良的主张。他认为文学改良应从“八事”入手，即须言之有物，不模仿古人，须讲求文法，不作无病之呻吟，务去滥调套语，不用典，不讲对仗，不避俗语俗字。在陈独秀、李大钊、胡适等新文化运动巨匠的努力下，中国的文学从内容到形式进行了全面的革新，从而使中国文学进入了一个新的发展时期，拉开了中国现代文学史的序幕。胡适和中国海洋大学结缘是在1931年。这年1月，胡适在上海开完会后，返回北平，应国立青岛大学校长杨振声的邀请，途经青岛，来校演讲。不料胡适乘坐的轮船抵达后，因风浪太大无法靠岸，胡只好发一电报，电文曰："宛在水中央。"杨接到电报后，亦回电曰："盈盈一水间，脉脉不得语"。两份电报均有典出，可谓"用古恰切，酬答至妙"，被传为佳话。

1月27日，胡适到达青岛后，下榻在万国疗养院。当天在国立青大作长篇演讲，题目是《山东在中国文化史上的地位》。据梁实秋评价："就地取材，实在是高明之至，对于齐鲁文化的变迁，儒道思想的递嬗，讲得头头是道，亹亹不倦，听众无不欢喜。"

梁实秋回忆道："胡适之先生由沪赴平，路过青岛。我们青岛的几个朋友招待他小住几日，顺便请他在青岛大学演讲一次。他事前无准备，只得临时'抓哏'，讲题是'山东在中国文化上的地位'。他凭他平时的素养，旁征博引，由'齐一变至于鲁，鲁一变至于道'，讲到山东一般的对于学术思想文学的种种贡献，好像是中国文化起源与发扬尽在于是。听者全校师生绝大部分是山东人，直听得如醍醐灌顶，乐不可支，掌声不绝，真是好像要把屋顶震塌下来。胡先生雅擅言词，而且善于恭维人，国语虽不标准，而表情非常凝重，说到沉痛处，辄咬牙切齿地一个字一个字地吐出来，令听者不由得不信他说的话语。"

当晚，国立青岛大学设宴款待胡适。山东人能喝酒，于是，作陪者络绎不绝地劝酒，胡适不胜酒力，实在招架不住了，竟然从口袋里掏出了一枚戒指，交给大家传阅，只见戒指上赫然刻有"戒酒"二字，原来是胡太太送给他的。大家见此不禁哑然失笑，成为胡适在青岛的一桩逸闻。

胡适来到国立青大，有一种宾至如归的感觉。在学校任教者，多为新月派同人。校长杨振声是胡适的学生，二人保持着亦师亦友的关系；闻一多、梁实秋都是新月派作家。胡适、梁实秋合著过《人权论集》，受到当局的查禁。1934年，胡适聘请梁实秋任北京大学英文学系研究教授。

《胡适与国立青岛大学》

杨洪勋：梁实秋的青岛情结

▷ 梁实秋

梁实秋（1902—1987），浙江杭县人（今余杭），生于北京。中国著名的散文家、文学评论家、翻译家。1915年就读于清华学校（今清华大学），1912年开始创作，1923年留学美国。回国后，曾先后任教于东南大学、暨南大学、国立青岛大学、北京大学等学校，主编《时事新报》副刊《春风》、《益世报》文学周刊、《中央日报》副刊《平明》等，还与徐志摩、闻一多等人一起创办新月书店，主编《新月》月刊，是新月派文艺理论家。梁实秋的创作以散文、小品著称，风格委婉，清丽朴实，有幽默感，《雅舍小品》是其代表作。1949年后，曾任台湾省立师范大学英语系主任、英语研究所主任和文学院院长等职。

在中国现代文学史上，梁实秋被公认为才华横溢的一代才子。他学贯中西，博古通今，一生中主要有三大成就：一是文学创作与文学评论，他出版的散文、小品、杂文集多达20余种；二是编纂英汉词典，他编写了30多种英汉字典、词典及英文教科书；三是翻译《莎士比亚全集》，这是他耗时最长、用精力最大的一项工程，不愧为一代文学大师、翻译大师。

除此以外，梁实秋还是一位美食家和图书馆专家。他的美食散文，丰富了中国的饮食文化；1930至1934年他在国立青岛大学兼任图书馆馆长期间的理论与实践，充分说明他还是一位图书馆学专家。

1930年夏天，年近28岁的梁实秋来到了成立不久的国立青岛大学，任外文系主任兼任图书馆馆长，开始了寓居青岛的岁月，达4年之久。他的学生王昭建回忆到，梁实秋先生状貌映丽，举止温文，语言清晰而准确，显示出他过人的智慧与超群的才能。他夏天常穿长衫，秋季则穿一身丝织锦袍，严冬时节是棉袍外面加套一件皮袍。当时，他为外文系学生开设《欧洲文学史》《莎士比亚》《文艺批评》《戏剧入门》等课程，给其他专业学生开设公共外语课。他上课，永远是铃声未息已走进教室，坐下来就讲，不说一句没用的话。下课铃声一响，恰好讲到一个段落，铃声未毕，已步出课堂。他的理论是："上课时，一分钟也不能浪费；课间是学生休息和活动时间，一分钟也不容侵占；故而上下课必须准时。"他讲课紧凑而从容，有组织、有层次，语言精确、形象，给人以深刻的印象。他讲一堂课你如果记下来就是一篇组织紧密、内容充实的论文，课后重温它，却够你思索两三小时的。究其原因，不外是，他学问渊博，思维敏捷，语言生动，唯其能尽深入浅出之能事，使人喜听易懂，故能收事半功倍之效。

在青岛期间，作为翻译家的梁实秋，开始了毕其一生的《莎士比亚全集》翻译工作，以一人之力，花费37年，于1967年将《莎士比亚全集》翻译完毕，成为中国文学翻译史上的一座不朽丰碑；作为文学评论家，他撰写了大量的文艺批评文章，编辑出版了《偏见集》和《文艺批评论》，奠定了其文艺批评家的地位；尽管此时，他还没有撰写传世的"雅舍散文"，但是，无疑青岛的生活丰富了他雅舍散文的内容，在他的雅舍散文中，有50余处提及青岛。

作为学校的图书馆馆长，虽是兼任，但在图书馆建设方面却颇有建树。他对于图书馆工作认真负责，主持成立了图书委员会，于1931年5月4日创办了《图书馆增刊》，随校刊《国立青岛大学周刊》出版，四开八版，校刊与"增刊"各占四版；自第八期起改为四版，各占两版。《图书馆专刊》每周出版一期，其内容包括：馆藏新书目录和介绍；借书制度；图书馆学、目录学文章；图书评价等，对学生学习、阅读，发挥了一定的辅导作用。

梁实秋的图书馆学思想，可以从他为《图书馆增刊》撰写的发刊词中窥见一斑。他认为，图书馆在一个学校具有重要的地位，“图书馆应该是一个学校的中心。学生要求真正的学问，靠教员指导的地方少，靠图书启迪的地方多”；图书馆的任务，不仅仅是采藏书籍和负责学生的借阅；图书馆应该解决读什么样的书和书应该怎样读的问题。为此，他建议，为了解决这个问题，图书管理员应该为学生讲解图书馆的用法及普通目录学等等。

梁实秋对图书馆藏建设也有自己的看法，他说：“藏书的册数的多少不算是一件最重大的事。一大堆书不能称为图书馆，等于一大堆砖头不能称为建筑一样。一堆书之能成为图书馆，要看负责人是否善为经营。书籍是否选择的精当，布置是否便利，学生是否已经充分享用，这是最重要的问题。图书堆而不用，虽多何益？青大图书馆将来当然要逐渐增加它的藏书，这一点是不成问题的，所该令我们努力的是要使图书馆越变越好，不仅是越变越大。”

梁实秋十分重视馆藏建设。国立青岛大学图书馆成立于1929年12月，当时所藏图书是从前私立青岛大学和原省立山东大学接收过来的，为数极少，且大半是旧日课本，多不适用。自梁实秋担任馆长以后，十分注重馆藏建设，大量采购中外文图书。中文线装古籍，都另装蓝布套，竖立书架，用白墨水题签，并聘有修整古籍木版书的技术工人。

梁实秋是莎士比亚研究专家，所以外文书重点采购各种版本的莎士比亚著作，以数量多、版本全而著称，成为特藏。梁实秋还多次亲赴上海采购各类科学、文化专著。至1931年4月，学校图书馆有中文图书三万余册，外文图书八千余册，梁实秋并不满意，认为“这只是一个图书馆的雏形”。

梁实秋十分注重对古籍珍本和山东本省先颖硕儒著作抄本的搜求。国立青岛大学成立之初，新来教师多游崂山，竟发现名山古刹，还藏有《道藏》和《释藏》，此外还有不少善本古籍，十分珍贵，引起了教师的重视，鼓励学校当局收回。梁实秋也觉得放在道观不太实用，于1931年5月，请求教育部设法拨给国立青岛大学图书馆，但终因涉及庙产没有办成。栖霞牟陌人曾著有《诗切》未刊，由校图书馆借来手抄本，雇人抄录存馆；又有即墨黄宗昌著《崂山志》已刊行外，其家尚存有《崂山丛谈》和《崂山艺文志》，均为原稿手抄本，尚未刊行，均被校图书馆借来抄录存馆。

1934年，梁实秋情不可却地离开了学校，离开了他称之为“君子国”的青岛。梁实秋晚年，时常思念大陆，思念青岛，他让居住在大陆的女儿专程来到青岛，在青岛海水浴场装了一瓶沙子，辗转送到台湾，梁实秋视为珍品置于案头，真可谓是“海沙一瓶慰乡情”。1987年，梁实秋病逝于台湾，安葬在台湾淡水北新庄北海公园墓地高地上，墓前竖立着“梁实秋教授之墓”的墓碑。墓面向着大海，向着大陆故乡。

《梁实秋与国立青岛大学图书馆》

曲海波：《胶州报》，最早的民营周报

在青岛100多年的报业发展史上，由中国人自己经营创办最早的一家中文报纸，是1901年2月由朱淇创办的《胶州报》。它作为青岛最早的一家民营周报，对当时处于德国侵略者占领和清王朝末年统治双重体制下的青岛，向民众传播资产阶级民主思想有一定的启蒙作用。该报也是山东省出版最早的报纸之一。

朱淇（1858—1931），广东南海人，朱次琦之侄。朱次琦（1807—1881）乃是清朝末年历史文化名人之一，康有为是其入室弟子。朱淇在光绪三年（1877）考中秀才后，不久就放弃举业，专习经史。后结识康有为和孙中山，并加入了孙中山发起组织的“兴中会”。1896年朱淇在广州创办《岭南旬报》和《岭海日报》。1898年《岭南旬报》停刊，《岭海日报》也由报人胡汉民、陈鹿眉接办。之后，他又让他的侄子朱通儒在广州创办《东华报》，同时又授命他的学生张学璟在香港创办《通报》，两报都由朱淇主持把握。在这种历史背景下，1901年2月，朱淇在青岛的飞芝喜街（现今中山路南端右侧）创办《胶州报》。

1903年5月起，《胶州报》被清政府收买，由山东巡抚周馥派候补道朱钟琪主持报社事务。同年，报社迁至胶州路，先后由当时青岛的德文书局、德华书局、福昌书局承印。《胶州报》从第89号起，在报头上加印交叉放置的清廷三角龙旗和德国的三色旗，用“大清光绪”和“大德公历”两种年号名称。

1904年，朱淇离青后在北京又集资创办《北京报》，假德商名义出版。《北京报》至1907年改名为《北京日报》。朱淇在北京官场朋友甚多，联系广泛，曾任当时北京商务官报总办。1908年北京报业公会成立，被推选为会长；后曾任中国报界促进会主席等职。1915年，朱淇拒绝袁世凯拉拢，闭门修道，不问政事。1921年朱淇购得由颜惠庆创办的英文报纸《北京日报》（Peking Daily News；一说1909年由朱淇创办），任社长。1931年11月15日朱淇病逝于北京。

《胶州报》每星期四（后改为星期一）出版，是八开书页式八页结构，铅印，文言体，竖排，无标点。在每期出版的《胶州报》各页中，分别辟有专栏是：（一）各国新闻，转载当时《文汇报》《字林报》等中国大报纸报道的新闻；（二）山东新闻；（三）本埠新闻；（四）各省新闻；（五）北京新闻（主要是当时北京清廷谕旨，有关朝廷召见、任免各省官员的情况通报）；（六）译件代论（有译自英国路透社、韩国京城的新闻消息等等）；（七）德国新闻（主要是报道德皇的活动情况及德国政府议会的会议情况）；（八）广告专版。

《胶州报》通常在第一页都开辟“本馆告白”小专栏，内容是对《胶州报》的简介，告白内容是：“（一）本报每逢礼拜二出版一次。（二）凡订购一年者宜先付报资半年。（三）本馆报费本埠每年收银一元三角，山东各内地每年收费大钱一千五百文。（四）本埠报纸每张零售收大钱二十五文。（五）本馆代登告白（广告），以五十字起算，宜先付刊资。”

《胶州报》作为当时青岛很有影响的报纸，特别显著的是重视刊登言论文章，特辟“论说”专栏，这在当时足以说明朱淇的办报思想和理念的超前性。如1903年2—6月间出版的《胶州报》上的“论说”专栏，曾分别刊载署名“广州李承恩稿”的文章:《论山东时局之可虑，亟宜设法补救》和《论西伯利亚铁路告成与中国之关系》。作为《胶州报》主编的朱淇曾经在“论说”专栏里先后刊载了他自己执笔的文章，如《论中外政治本原之异》《读左传》等，把传播资产阶级民主革命思想溶于文章中。

《历史上的青岛老报纸》

❖ **曲海波：**胡信之创办《青岛公民报》

说到青岛老报纸，我们不应忘记的是，1924年9月10日创刊的《青岛公民报》。胡信之是《青岛公民报》的创办人和主笔，是孙中山三民主义的忠诚拥护者，是共产党人的亲密朋友。他支持青岛工人的反帝救国斗争，英勇不屈，奋斗不止，最后献出了宝贵的生命。胡信之，又名寄韬，1890年出生于北京西直门附近的一个小官僚家庭。

胡信之刚开始新闻记者生涯的时候，正是中日谈判收回青岛和山东权利的时候，他为了采访新闻，经常往返于北京、大连、济南、青岛之间。不久，胡信之应聘成为当时青岛《中国青岛报》的记者。其间，胡信之利用记者职业便利，在《中国青岛报》上发表了大量社论、讲演稿、漫画、小言等形式的文章，有力地抨击了当时北洋政府的腐败无能，谴责了军阀的混战、搜刮民脂民膏、涂炭生灵的罪行。

1924年9月10日，胡信之在友人的资助下，与刘祖乾、段子涵等人创办了《青岛公民报》。该报是日报，对开四版，该报馆内设经理、编辑、印刷三部。经理部由董事长（社长）刘祖乾负责；印刷部由股东张露枝负责，并由他经营的启新印社承担印报任务；编辑部胡信之任主笔（总编辑），负责总的编采，并主持报馆的日常工作；段子涵任编辑。在当时的历史环境中，《青岛公民报》是最具正义感的报纸，该报原以“提倡实业”为宗旨，后受共产党和青岛工人运动的影响，出现了同情工人、学生、反帝爱国的

青島公民報

▷ 《青岛公民报》

进步倾向。胡信之作为主笔，虽然是国民党员，但是经中国共产党的争取教育后倾向进步。胡信之不仅勇于揭露邪恶，大胆抨击时弊，而且敢于公开支持青岛工人、学生的反帝爱国运动。他连续开辟了“公民俱乐园”“公民言论”“工潮专载”等栏目，反映民众呼声，揭露日本帝国主义和反动军阀的罪行。胡信之在“公民俱乐园”专栏中以“主编寄韬”的名义声明：“公开言论，发表意见，宣传文化，抵制外侮，欢迎投稿。”尤为可贵的是，该报在青岛首次全文刊登了《共产党宣言》的中译文，宣传马克思主义。这种独树一帜的举动，在青岛各界引起了很大反响。在胡信之的领导和勤奋经营下，报纸发行量由最初的几百份猛增至一万余份，被誉为“工人的喉舌”，胡信之也被誉为“青岛报界一巨子”。

《历史上的青岛老报纸》

❖ 长　安：康有为寓居青岛

康有为怀有深厚的青岛情结。历史上，在德占胶澳、戊戌变法、第一次世界大战、五四运动、青岛主权回归等重大历史事件发生之际，他先后十余次因青岛问题而发出救亡图存的正义呼告，赋予青岛以一种伟大的历史性的关注。1917年初临青岛，他深为青岛之风光与城市氛围所陶醉，发出“青山绿树，碧海蓝天，中国第一”的赞叹。为了亲近山海并复兴文化，他决意要在这地近孔子故乡且中西合璧的海上青岛有一处憩园，于是，在晚清小恭亲王溥伟的帮助下，1923年第二次登临之际便如愿觅得天游园寓所。时溥伟一家离岛迁居大连，行前将全套家具什器留赠康有为。为此，康有为感念颇深，入住天游园后，常有诗书寄与溥伟。

康有为曾说，此处“屋虽卑小，而园甚大，望海绿波，仅距百步”(《与方子节书》)，俨然一处海上仙居，内心甚感适意，特作诗《甲子六月领得青岛德国旧提督楼》以为记：

截海为塘山作堤，茂林峻岭树如荠。
庄严旧日节楼在，今落吾家可隐楼。

诗章抒写了天游园的自然与历史脉络，亦点明了寓居青岛的心理基点。相对于上海，这里少了一些繁华与芜杂，多了一份爽阔与高逸，非常适合经历了变法、流亡与保皇三重巨变之后的心境，他因此而视青岛为人生归宿。1925年，春夏两度来青住天游园，有诗《乙丑夏五十二日重还青岛感赋》，再度抒发了对归宿地的仙境感怀：

海气苍苍岛屿回，山巅楼阁抗崔嵬。
茂林峻岭百驰道，又入仙山画里来。

上述两部诗篇共同构成了一个纪念体系，彰显着城市特殊的历史感，传示着城市人文与自然相契合的魅力。青岛在成为康有为变法大业的一个激励因素之后，再度成为其精神世界的一个平衡因素。

在这仙境般的城市，康有为一方面倾心奉行着其独特的康式天游，展开了一段别含深意的天游历程；一方面勉力延续其文化救世的理想，设立孔教会（后改称万国道德会），并试图创办一所大学；他还利用天游园开设了博物展览，非正式实践了其博物馆理想。青岛卓荦的山海气象极大宽慰了他历尽沧桑变幻的心灵世界，满足了亲近自然的意趣。他创作了一大批充满人文感怀意味的诗篇，对青岛的人文个性的揭示非同寻常。

《康有为故居》

王先进：山大校长杨振声

杨振声先生在任校长期间，十分注意发挥群体的智慧与作用，实行民主办学。他认为，各种规章制度与计划是要严格遵守与执行的，因此制定这些规章与计划的时候，就“不能不十分审慎，专靠校长一人或数人是很危险的”。校长即使“经验多些，见解透些，那经验也有时而穷，见解也有时而偏”。所以必须“要有一个集思广益的组织，权在校长之上，然后种种的规程才能比较完善”。这个“集思广益的组织”就是校务会议。当时的校务会议是由全体教授选出的代表和教务长、秘书长、各系院院长、各系系主任组成的，校长为当然主席。它既是学校的立法机构，又是最高权力机构。这样即使校长是一个没有教育经验的人，也不至于危害学校的根本了。他虽为一校之长，但并不专权，而能以身作则，严守纪律，认真执行校务会议的各项决议，遇事从不任便处理。他说：“要学校有法纪，第一个得先从校长做起，校务会议的决议案，校长是第一个负执行的责任与遵守的义务的。”如果校长不能遵守法纪，遇事以个人的私意任便处理，以为自己是个“首领”，可以出言为法，那他不仅不能督促旁人执行与遵守，而且，久之学校的事务一无法纪可循，必陷入紊乱状态，这个学校就根本办不好。他提醒大家说：“一国独裁则一国必坏，一个机关独裁则一个机关必坏，这是公例。”于是他提出，他作为校长不仅“个人应当引为警惕”，“同事同学也应当有些顾虑”，并对他进行监督。杨振声先生这种虚怀若谷的精神和民主作风，深得师生们的好评与欢迎。

对于办出本校的特色，杨振声校长有自己的独到见解。他对青岛的地理环境、自然资源以及山东的古物文献等，作了细致的分析，提出渐次增设海边生物学、海洋学、气象学、历史学、考古学和哲学等学系的设想。海边生物学、海洋学、气象学等，在当时皆为其他大学所未设，容易形成自己的特色。但是，由于经费关系，他的这个设想，直到50年代才渐次变为现实。五十多年前，他就能看到这些问题，不能不说是颇具战略眼光的。

▷ 杨振声

杨振声校长认为文理两学院的关系极为密切，没有绝对的界限。他以心理学为例指出：心理学一般是依附哲学在文学院，但它是与理学院的生理学和生物学相依为命的。所以“不能以科学与不科学为文理的分界，更不能因分院便视为截然不同的学问”。他不仅认为文理两学院“不能此疆彼界”，而且更是“相辅而行”“相得益彰”的。他说：“文学院的学问，方法上得力于自然科学；理学院中的学问，表现上也得力于自然科学；理学院中的学问，表现上也得力于文学美术。文学院中有人，思想上越接近科学越好；理学院中的人，做人上也越接近文学越好。”“文理本来就不能分家，最多不过如一家两院罢了。”他的这一精辟见解，言简意赅地概括了文理科的相互关系。在他主持下制定的青大“学则”，明确规定了文科的学生必修理科的某些课程；理科的也必须修文科的某些课程。由此可见，五十多年前他对“文理渗透”的重要意义已有深刻认识，并注意在教育实践中加以体现。山东大学1932年奉命“整顿”之后，文理两院一度合并为文理学院，后在工作发展中又复分设。

对于如何办好中文系和外文系，杨振声校长也有自己的独到见解和做法。首先，他认为学文学“绝对不是墨守成规地学一国的文学就够了”，至少必须学第二国的文学，才能因比较而对第一国的文学了解得清楚。“中外的文学必须有相当的沟通……然后中国的新文学才有希望。”为使中外文学沟通，他甚至主张把中文、外文两系合并来办，只分组，不分系。但因学生外语不过关，难以办到，只能使两系学生互修彼系某些课程。其次，他认为“学文学绝对不是专念几本文学书可以有成的。因为文学的基础是建筑在深切的了解力与博爱的同情心上”。因此，他强调搞文学的人应当走出“象牙之塔”，来到“十字街头”，“去实地观察人生的行为、情感、思想与生活。就是要把文学放在真切的人生了解上面……文学不能了解人生的深处，只等于痴人说梦罢了”。这不仅是五十多年前他对文学的深刻理解，而且也是他多年创作的深切体验。在他的作品中，主人公多是下层群众和在封建礼教束缚下的女性，在他的笔下，饱含着对这些人物的同情。所以，鲁迅曾称他是“极要描写民间疾苦的作家”。再次，他认为“文学不仅是学问，而又是艺术。所谓艺术者，不独是知道了便完事，需要把你的观念用一种最适当的符号传达给旁人，使旁人也从中受到感染。这比旁的学问又须多一层练习上的努力”。所以，他特别强调学文学必须加强练习。按照他的意见，中文系的教学十分注重练习这一环节。如教师讲文章，就要学生摹写文章；教诗词，就让学生练习作诗、填词。这样，不仅使学生学到了知识，而且培养了写作能力。

杨振声校长办公特别重视质量。他认为“学生在好而不在多”。在他离开北平赴任青岛大学校长时，傅斯年先生曾经对他说：“只要你能领导两三个学生走上学问的正路，也便不虚此一行了。”他对此言深有同感。他希望自己的学生平时都能勤奋学习，刻苦锻炼，“不在图书馆，就在科学馆，不在科学馆，就在体育场。经过如此的四年，大家都是学问好、身体好的青年。如希腊人所说：健全的心神在健全的身体里。”为了促使学生勤奋学习，保证质量，实现他造就优秀人才的希望，他主张实行淘汰制。为此，青大“学则”明确规定：“学生全年学程有三种不及格或必修学程二种不及格者令其退学。”这一规定比当时国内许多有名的大学都更为严格，因而形成极高的淘汰率。头两届学生淘汰率分别为42.5%和25%。因此，学生平日学习无不兢兢业业，刻苦用功。

杨振声校长认为，大学是“社会拿出血汗换来的钱组织的学术机关之一”。既然如此，它就应当“以学术增加人类的幸福来报答他们”。所以，他在办学中极为重视开展学术活动，进行学术交流，以发展学生的智力，提高学术水平，培养优秀人才。为此，他把每星期一“总理纪念周”时间定为学术演讲时间，并带头进行学术演讲，全校师生踊跃参加。如任之恭教授一年就作过六次学术演讲，王淦昌教授两年半就作学术演讲八次之多，汤腾汉教授在校期间曾作学术演讲十余次。除每周都有本校教师作学术演讲之外，他还利用青岛的地利条件，经常邀请一些名流、学者来校讲学或作学术演讲。如章太炎、蔡元培、顾颉刚、竺可桢、冯友兰、罗莘田、秉农山、杨杏佛等，都曾应邀到校讲过学或作过学术演讲。通过这些活动，活跃了学术空气，开阔了师生的视野，各种学术社团如雨后春笋，使整个校园洋溢着奋发向上、努力探索之风。师生们建立的学术、文艺团体，有国文学会、数理学会、数学讨论会、物理读书会、化学会、生物学会、励学社、刁斗文艺社、素丝社、征程文艺社、潮音文艺社、文刊编辑社、新文学会、大众科学社等。有些社团还出版报刊，其中影响较大、曾经引起学术界注目的，是励学社出版的综合性杂志《励学》和刁斗文艺社出版的文艺刊物《刁斗》。

在杨振声校长的苦心经营下，青大初具规模，一切都已纳入正轨。正要奋力腾飞之时，因“九一八”事变后校内矛盾重重，杨振声辞职，青大也改名为国立山东大学。

《杨振声与国立青岛大学》

王书林：国学大师王献唐

王献唐（1896—1960），初名家驹，字献唐，号凤笙，晚号向湖老人，山东日照人。中国现代杰出的历史、考古、金石、版本、目录学家。

王献唐故居坐落于青岛市观海二路13号甲的一座独门小院之中。1922年，中国从日本人手里收回青岛时，王献唐任接收代表并留在青岛胶澳督办公署任秘书，也正是这个时候王献唐出资买下观海二路13号院，并建造了房屋。因王献唐对从政并不感兴趣，就利用一切闲暇之时，从事自己所喜爱的国学研究。在青岛期间，王献唐继完成了他的国学处女作《公孙龙子悬解》（六卷）之后，又完成了《两周古音表》《宵幽古音表》等书稿，并开始了《山左先哲遗书》的整理工作。

▷ 太平路与安徽路路口旧影

观海二路是青岛市最有特点的路段之一，围绕观海山而建，视野开阔，览前海无遗，道路曲折雅静，风景秀丽。观海二路解放前的建筑多为独门独院。这些建筑依山傍海，错落有致，至今仍呈现着老青岛的风貌，体现着青岛山、海、城一体的特色。

在青岛期间，王献唐先后结识了当时任教国立青岛大学的闻一多、杨振声、梁实秋、沈从文、王统照、黄公柱等教授，过往甚密，常常聚在一起吟诗作画，赏玩古董。特别是王统照先生，因其住所也位于观海二路，与王献唐所住的13号仅隔几十米，加上两人兴趣爱好相投，彼此来往频繁，就此结下了深厚友谊。值得一提的是，由于王献唐先生精通德语和德国历史文化，在青岛期间与当时驻青的众多德国学者、专家结识，他们在观海二路13号成立了当时名噪一时的“中德学社”，专门从事中德之古文字、古史研究，并吸引了当时德国国内的一些文史学家的兴趣，他们与王献唐彼此通过书信进行研讨。王献唐也发表了多篇关于中德古文字研究的论述，在德国国内也引起了关注。

王献唐于1928年弃政从文，离开青岛赴济南，并于1929年受山东省文化厅厅长何思源之邀，出任山东省立图书馆馆长，从此开始了自己的国学研究之路。在他离开青岛后，观海二路13号住宅一直保留着，王献唐只要有时间都会携带家人回青小住数日。

《王献唐故居》

王昭建：中国话剧的奠基人——洪深

洪深先生是1934年到山东大学继梁实秋先生担任外国语文学系主任的，是他教完了我们第四学年学程，送我们毕业的。他关心我们，恳切地教导我们如何走入社会，如何待人接物和如何处世。所以我们同学都对他有深厚的感情和难忘的思念。洪先生字伯骏，别号浅哉。江苏常州人，身躯魁梧，性格爽直，颇具北方人的豪爽气概，平易近人，可钦可敬。他生于1894年，逝于1955年。他在这个世界生活了61年，他所留给这个时代的和对我国戏剧、电影事业作出的贡献是巨大的。人们都说他是学文学的，其实他是学化学的。他对我说过，他在美国学的是化学专业，专攻陶瓷工艺。只因为他酷爱戏剧，故不安本业，他致力于文学和研究戏剧所下的功夫，远比用于学习化学的时间为多。

▷ 洪深

留学回国之后，他在复旦大学任教的时候，领导成立了“复旦剧社”，推动了大学戏剧活动。接着即与田汉等人成立了“戏剧协社”和“南国社”。他与田汉主持“南国社”，成功地上演了译制剧《莎乐美》，使女主角俞姗女士蜚声全国。他在联华电影制片公司作编导使电影明星胡蝶荣膺电影皇后的盛名。后人只知话剧明星俞姗、电影皇后胡蝶，却不知导致她们成名的正是编导人洪深先生。其时他对我国话剧的形成和艺术提高已经做出极大贡献。

他热爱受压迫的劳动人民，很早就有农村三部曲（《五奎桥》《香稻禾》《青龙潭》）的剧作。他热爱中华民族，1929年在上海的戏院现场抗议过美商放映的有辱中国人的影片《不怕死》，迫使美商停演而且赔礼道歉。

30年代初，他在上海加入了“左联”，正想在戏剧方面有所施展的时候，为解决北京大学与山东大学争聘梁实秋先生的难题，在梁先生说项、赵太侔校长力请、俞姗等从旁劝驾的情况下，洪先生情不可却地来到了山大。他到山大接任外文系主任的时候，我们已是四年级学生，已经进入毕业年了。他给我们开了《浪漫诗人》《大学戏剧》《小说选读》等课。他授课有他独特的风格，他于讲授好功课本身而外，特别能结合现实社会，着重于实际应用上。

洪先生在山大时间虽仅只两年，但做了不少工作，他打破了学生只知埋头读书的死沉气氛，开展了校内、校外的戏剧演出，不仅活跃了山大，而且活跃了整个青岛。他创办了“山大剧社”，并对进步的“海鸥剧社”作了大力指导，使中共地下党通过剧社发挥了宣传作用。为此引来了市政当局的干涉。然而由于洪先生办剧社有先见，应付有策略，而且靠了他崇高的声望，从而抵住了逆潮，没有受到大的损伤。后来随着赵太侔校长辞职，他也离开了山大，回到上海，继续开展他的戏剧活动去了。

《追思梁实秋和洪深先生》

马庚存：王统照引领青岛文坛

王统照（1897—1957），山东诸城人，字剑三，曾用名息庐、鸿蒙、恂如等，作家，青岛现代文艺运动的创始人。

▷ 王统照

王统照的母亲早年移居青岛，在北京任教的王统照时常来青岛探亲。1926年因母亲病逝，王统照奔丧来到青岛。处理完丧事以后，王统照感到青岛的自然条件很好，萌发了在这里定居的念头。1926年7月，王统照回北京，辞去了中国大学教授的职位。1927年4月举家迁到青岛观海二路49号，从此便定居在这里。

王统照的住处是一个独院，由他一家居住。院落位于靠着山的一侧，进门以后，经过石头台阶，上到一个平面，先是守门人居室和客厅三间。再经石阶上到又一个平面，这里为二层庭院。再经石阶才是主要房舍，这里的书斋、卧室都是曲尺型平房。他家院墙之外便是观海山巅，即观海山公园。

早期，这一带住的几乎都是权贵人家，房屋多是考究的小洋楼。王统照虽然能够进入这一区域，但家底太薄，只能盖这样一些比较简陋的平房，几乎是这一带质量最差的房舍。

王统照定居青岛以后写作了一些反映青岛社会生活的作品，如他的代表作《沉船》就是反映胶州湾海难事件的小说，还有反映在青岛的日本人绑架中国警察事件的小说《海浴之后》等，后编入小说集《号声》出版。

王统照的住所位置较高，视野开阔，他经常到山上的大型凉台观看城貌："我正在靠山面海的凉台上向四方看去。稀稀疏疏的电灯光映着那些一堆一撮、高下错落的楼房，海边就在我们坐的楼下。银色的波涛有节奏似的撞着石堆作响。静静的海面只有不知哪国的军舰，静静地停泊着。黑暗中海面的胸衣慢慢地起落。在安闲平静中却包藏着什么中国、日本、农村、商业的重大问题……"王统照在观察，在思索。这里是一个很好的选择。这时期王统照的作品都是在这处住所创作的。

中共青岛地下市委组织了青岛"左联"，王统照的弟子杜宇等是成员，"左联"领导人乔天华将王统照作为重点联络对象。在"左联"影响下，王统照创作了长篇小说《山雨》，这是他最重要的作品。

1934年王统照出国，1935年回到青岛，1936年到上海，1945年春返回青岛。他回到青岛，因受到日本占领当局的威胁，没有回故居生活。他用化名王恂如在齐东路赁房居住了一段时间。日本投降后，回到观海二路的旧宅。这时，已是家徒四壁，房舍早被洗劫一空，连屋里的地板也被撬得面目全非，只有院子里的两棵榆树依然苍劲挺拔。

王统照的住处是青岛文化人乐于集会的地方。30年代，闻一多、老舍等常进出这里。"左联"同志也经常到这里议论创作问题。文学青年臧克家、王亚平等更是乐于上门请教。这里还接待过外地的登门造访者，如俞平伯、朱自清等知名作家、学者。这里成为青岛新文学运动的处女地。作家吴伯箫回忆道："观海二路的书斋里，同你送走过多少度无限好的夕阳，迎接过多少回山上、山下的万家灯火。"

1946年夏，王统照受聘为国立山东大学中文系教授。1947年，他坚决反对国民党当局迫害和镇压学生爱国运动的行径，被当局解聘。

《王统照故居》

❖ 章　棣：老舍的幽默式教学

▷ 老舍

舒舍予先生又名舒庆春，笔名老舍，满族人。1935年秋，任青岛国立山东大学中国文学系教授。我当时是中文系学生。记得他那时教的课程有小说作法、外国文学史和欧洲历史。小说作法是用大纲式的教学，就是他口述，大家记笔记。至于外国文学史和欧洲历史，则用大学课本。不管哪门课程，他都讲得非常认真，而且生动。如果发现学生上课有疲劳现象，他就结合课文中某一个人物，某一件事情，说几句幽默的话，引起哄堂大笑，然后再讲下去。

他讲授小说作法时，每讲一个段落，就要学生作一次练习，借此提高学生的写作水平，了解学生的理解程度，并进而听取学生的意见，以改进教学方法。他批改作业非常仔细认真，甚至把用错的标点符号也改正过来。对句子结构、段落层次等不妥之处，则加上眉批，再由学生自己改正。他并从中选出几篇较好的作业，在学生中传阅后组织讨论。

他主张作品的人物要有生气，使人物的思想感情能够感染人，并能引起读者内心的共鸣。不能像流水账那样写上几条，空洞无物。句子要凝练，不要拖泥带水，不知所云。

老舍在山大工作期间，把主要精力放在培养学生上。我们经常到他家去向他请教，他总是笑容满面地接待我们。谈到国内外作家的情况，作品的内容，他便深入浅出地谈他自己的看法。他非常谦逊，决不自吹自擂。他说："我自己写的东西也不满意，也得向别人请教。"记得他对自己的作品《二马》

就不太满意。他说，《二马》是反映英国社会习惯和待人接物等方面的作品，对没有去过伦敦的人，有一点参考价值，但《二马》比较粗糙。

舒先生博学多才，他不仅搞创作，而且对古典文学的造诣很深。遗憾的是，我保留他写的几首旧体诗，几经变乱荡然无存。舒先生有“太白遗风”。记得有一次中文系师生举行聚餐晚会，许多人都想把先生灌醉，采用了车轮战术，由小杯到大杯，结果向他敬酒的人大都醉了，舒先生则清醒得很。酒后余兴，他还表演了一段形意拳，唱了一段昆曲《林冲夜奔》。

青岛是旅游胜地，人来人往，小商小贩和人力车很多，因此，学校附近经常可以见到这些下层人民。我多次遇见舒先生在课后回家的路上，同这些下层的人们打招呼，拉家常，一点教授架子也没有。有时他们边谈边走，像老朋友那样，十分融洽。当时我们对此还不理解，一个堂堂的大学教授，却喜欢和这些人为伍，不是有失身份吗？有的人便问他：“舒先生，这些都是你的朋友吗？”先生笑答：“是朋友，也是老师。这些人每天在饥饿线上挣扎，他们都有自己的悲惨遭遇和性格。通过同他们的接触，使我对人生有进一步的了解。”舒先生正是通过对社会下层人民的接触，使他对他们的不幸产生无限的同情，并对旧社会的弊端有深切的理解。我们从他的《月牙儿》《茶馆》《骆驼祥子》等作品中，找到了这些人的影子。

舒先生求知欲很强。有一次赵少侯先生上法文课，我们发觉他也在旁听。后来，他向别人说：“学然后知不足，教然后知困。我要扎扎实实跟赵先生学法文，以便得到更多的知识。”他这种好学的精神，使我们对他更加尊敬。

当时山大学生办了两种刊物，一名《励学》，学术性刊物，文理兼顾；一名《刁斗》，新文艺性质，内容为文学评论、创作和翻译。为了充实刊物内容，并请赵少侯、舒舍予、梁实秋等先生写文章。舒先生曾为《刁斗》写了几篇文章。他十分爱护学生办的刊物，大力扶植它、浇灌它，使这朵文艺新花更加多姿。记得有一期，他曾亲自审阅修改稿件，并作具体指导，帮助同学提高刊物质量。

《忆老舍在山大》

杨洪勋："钻进故纸堆里"的闻一多

▷ 闻一多

1930年夏天，闻一多先生应国立青岛大学校长杨振声的邀请，就任国立青岛大学文学院院长兼中文系主任、教授。在校期间，除行政事务外，他为学生开设了名著选读、唐诗、中国文学史和英美近代史等课程。在青岛，作为诗人的闻一多并没有搁置手中的笔，他写下了一生中唯一的一篇写景抒情散文《青岛》。在这篇散文中，他用诗一般的语言对青岛的春夏冬三景，作了生动的描写，字里行间融入了他对青岛的眷恋之情。他完成了告别诗坛的压卷之作《奇迹》。这是一篇浪漫主义的力作，诗界称之为"奇迹中的《奇迹》"。

闻一多初到青岛，居住于登州路，因房间光线不好，又移到文登路，紧靠海水浴场。这里晚上海涛声过大，影响睡眠。1931年暑假，闻一多将妻儿送回家乡，回来以后搬到了学校的第八校舍（今"一多楼"），一栋孤零零的二层小楼，面对着一座孤坟。夏夜草长，有鬼火出没。闻一多先生就住在该楼的二楼上，他在这里居住了一年的时间。1932年夏天，闻一多离开青岛回到了清华园。

在这座小楼里，闻一多全面展开了酝酿已久的唐诗研究工作；他决心要把《诗经》这一部最古老的文学作品彻底整理一下；他还把《楚辞》研究提上了日程。他研究古典文学到了如痴如醉的地步，已经很少走下这栋小楼了。在西南联大的时候，人们称他为“何妨一下楼主人”，而这种“何妨一下楼精神”则始于青岛。臧克家在《说与做——记闻一多先生言行片段》一文中，为我们描绘出作为学者的闻一多在青岛的生动画像。他说：“1930年到1932年，‘望闻问切’也还只是在‘望’的初级阶段。他从唐诗下手，目不窥园，足不下楼，兀兀穷年，沥尽心血。杜甫晚年，疏懒得‘一月不梳头’。闻先生也总是头发凌乱，他是无暇及此的。饭，几乎忘记了吃，他贪的是精神食粮；夜间睡得很少，为了研究，他惜寸阴、分阴。深宵灯火是他的伴侣，因它大开光明之路，‘漂白了四壁’。”

闻一多的书房同他的书桌一样凌乱而有趣。在闻一多房间里，书籍占据了相当的空间。他仿效青岛大学图书馆庋藏中文图书的办法，给成套的中文书装制蓝布面，用白粉写上宋体字的书名，直立在书架上。因考证的需要，书被从书架上取下来，凌乱地堆在短榻上、地板上，甚至连唯一的一把木根雕制的太师椅上也都是书。梁实秋说，闻一多的书房，不能用“琳琅满目”来形容，也不能说是“獭祭鱼”，因为那凌乱的情形使人有如入废墟之感。客人去了，他要把这把太师椅子上的书搬开，才有一个位子。

闻一多“钻进故纸堆里”，是因为他“始终没有忘记除了我们的今天，还有那两千年的昨天”；目的是为了要弄清我们这民族、这文化的病症，“给我们衰微的民族，开一剂救济的文化药方”（臧克家语）。潜心研究，结出硕果。他的许多研究成果，或完成于青岛或开始于青岛，并为以后的学术研究奠定了基础。对于闻一多在学术上的成就，郭沫若这样评价：“我自己这样感觉，他那眼光的犀利、考索的赅博、立说的新颖而翔实，不仅是前无古人，恐怕是要后无来者。”

在青岛，闻一多完成了从诗人向学者的转变。

《闻一多故居》

❖ 张树枫：萧军、萧红的岛城足迹

1934年夏天，萧军和萧红两人冒着生命危险，离开日本占领下的东北，经大连来到青岛，投奔好友舒群。两家共同住在观象一路1号楼下的两个房间内，后来萧军夫妇搬到楼上的两间一套的房内居住。

▷ 萧红与萧军

观象一路1号坐落在老市区观象山东南麓，院中有一座二层红瓦小楼，始建于20年代初。小院位于观象一路东端，与江苏路中段接壤。江苏路、观象一路、苏州路、莱芜一路、伏龙路、龙山路等路口汇聚于小院门前，形成了少见的七岔路口。庭院临山而建，院墙系用花岗岩砌成，高约四米。进入大门，向左一拐，是一道长20级的石砌台阶，石阶尽头就是庭院。庭院面积不大，地势很高，位置突出，是俯瞰前海和信号山景色的佳处。院中间是一座二层小楼，楼房始建于20世纪初德国占领时期，砖石木结构。屋外山墙上原有一个“太极图”，现已不存。小楼面积甚小，楼下仅有两间约15平方米的房间，实为半地下室。楼上共有五个房间，分为两个独立套间，一套是朝阳的三间，一套是朝东和西北的两间，各有门口和楼道连通。近百年来，楼房曾经多次维修，基本保持了原有的风格。萧军的散文《邻居》描写了当时的情景。他在诗中形容青岛的旧居的景色为“碧海临窗瞰左右，青山傍户路三叉”。在青岛期间，萧红主持家务，萧军在《青岛晨报》编副刊。萧军、萧红除了与舒群夫妇亲密相处外，还与青岛进步青年、学生孙乐文、黄宗江、李前管等人联系密切，成为好友。工作之余，萧军和萧红埋首于文学的创作，生活虽然艰苦，但亦非常充实。多年后，萧军回忆在青岛的那段生活时说道：每于夜阑人静，他和萧红时相研讨，间有所争，亦时有所励，度过了一段美好的时光。

在青岛期间，萧红创作完成了长篇小说《生死场》，萧军完成了长篇小说《八月的乡村》。由于作品无法在青岛发表，萧军便首次以“萧军”的名字给仰慕已久但素未谋面的鲁迅先生写了一封信。不久，萧军、萧红就接到鲁迅先生回信。回信极大地鼓舞了萧军、萧红这对文学青年。随之，萧军、萧红便将《生死场》的抄稿以及二人合作出版的《跋涉》等寄往上海请鲁迅审看。这两部反映东北人民抗日斗争的小说后来都由鲁迅写序推荐出版。

1934年仲秋，舒群因叛徒出卖而被国民党特务逮捕。萧红与萧军在孙乐文的通知和资助下，躲开家门前警察和特务的监视，抛弃所有家具财产，搭乘一艘日本轮船离开青岛逃往上海，见到了仰慕已久的鲁迅先生。不久，《八月的乡村》《生死场》陆续出版。

萧军对30年代在青岛居住过的观象一路1号一直怀有深情。他曾在题故居小楼照片的诗中写道：“小楼犹似归时家，四十年前一梦赊。碧海临窗瞰左右，青山傍户路三叉。深宵灯火迷星斗，远浦归帆赍浪花。往事悠悠余几许，双双鸥影舞残霞。”

《萧军与萧红故居》

杨洪勋：苏雪林青岛避暑

苏雪林（1897—1999）是我国著名的女作家、文学评论家和学者，是一位集创作、教学、研究、绘画于一体的优秀学人，她笔耕八十载，执教五十年，著作等身，出版著作五十余部。早在20世纪二三十年代，苏雪林就以小说《棘心》饮誉文坛，与冰心、丁玲、冯沅君、凌叔华并称文坛五大女作家。

苏雪林原籍安徽太平，生于浙江瑞安。1914年考入安徽省立第一女子师范学校。1917年毕业后，在母校附小任教。1919年入北平女子高等师范学习。1921年赴法国留学，肄业于中法学院，尔后入里昂国立艺术学院深造，因母病辍学回国。1925年至1930年间，先后任教于苏州东吴大学、上海沪江大学、安徽省立大学。1931年任国立武汉大学教授。1949年赴香港，在真理学会任职。1950年赴巴黎，研究神话。1952年返台湾，任师范大学、成功大学教授，一度还到新加坡南洋大学授课。1973年退休，在家专事著述。1999年病逝，终年102岁，人称“学界人瑞”。

苏雪林除大量的学术著述之外，还创作了不少散文、小说、戏剧等。仅散文集就创作出版了十余本：《绿天》《青鸟集》《屠龙集》《归鸿集》《欧游览胜》《闲话战争》《我的生活》《文坛旧话》《眼泪的海》《我论鲁迅》等。纵观苏雪林的散文创作，大致可以分为这样三类：亲情散文、写景散文和议理散文。其中，写景散文，在苏雪林的散文中占有重要的地位，标志着她的创作达到了炉火纯青的境地。这类散文的创作，时间跨度较大，从20世纪20年代到50年代。如20年代的《绿天》，30年代的《青岛游记》，50年代的《欧游览胜》，分别是她这几个时期的代表作品。苏雪林热衷于自然景色描绘的散文，有以下几个原因：一是为了借以抒发对祖国的热爱；二是为了用世外桃源与黑暗现实对峙；三是为了寻求自然美与艺术美的契合点，陶冶自己的性情。在苏雪林的写景散文中，《青岛游记》占有重要的地位，她是苏雪林游历青岛期间所作。

▷ 苏雪林

苏雪林与青岛结缘具有很大的偶然性，是因为“逃热”来到了青岛。1935年的夏天，武汉的天气“提早地热，加倍地热”，“武昌有几天的气温竟上升到华氏表九十度以上”，当时正在武汉大学任教的苏雪林便开始“逃热”。她首先选择了地处海滨的上海，“冬不大冷，夏不大热”。但是，“想不到上海的气候今年也变了常，每天的气温都在百度以上，而且寒暑表的水银还在继续增高，有不创造新纪录不休之意”。最后，苏雪林选择了“欲界仙都”的青岛，作为她“逃热”的目标之地，原因是“只有青岛一水之便，十年前康赴平津之际曾在那里耽搁过几天，现又有熟人周承佑夫妇在彼，可任招待”。

1935年7月，苏雪林和丈夫康先生来到了青岛。山东大学教授周承佑夫妇安排他们住下，这里离中山公园、万国公墓、汇泉浴场都一步之遥。小住期间，苏雪林夫妇游览了青岛的沿海风光和海上第一名山——崂山。住了仅仅一个月，苏雪林就为青岛留下了《岛居漫兴》和《劳山二日》两部自传性游记，并于1938年由商务印书社出版了单行本《青岛游记》。

苏雪林的《岛居漫兴》和《劳山二日》约有六万多字，这是所有旅居青岛的现代作家中记述和描写青岛最为详细的作品。互联网上几乎所有的网站都收录了这两部作品。在这两部游记中，苏雪林以其细腻的笔法，描述了20世纪30年代青岛的风土人情和社会环境，几乎把青岛所有的风景胜地收拢笔下，从山到水，从声音到色彩，从赏景观到品人生，作者不时地临景生情，融情于景，文笔灵动，挥洒自如，其对青岛的赞美之情，溢于言表；作品语言丰富，表现出作者独特的生活情趣，体现出苏雪林历来爽朗、清丽的文风，有一股浓浓的女性气息，但同时也流露出苏雪林孤傲自赏的一面。

《岛居漫兴》详细描述的景点有汇泉海水浴场、鱼乐园（即今水族馆）、中山公园、太平角、栈桥、赛马场、燕儿岛山大农学院的果园、万国公墓（今改建为百花园），描述之详尽、细腻，在写青岛的游记中实为罕见。

《苏雪林与国立山东大学》

❖ 张树枫：沈从文与青岛的不解之缘

一代文学大师巴金曾说过："1932年，我来到青岛一个朋友山上的宿舍，在这里创作了《爱》，为《砂丁》写了序。"他提及的"山"就是八关山，"朋友"就是现代作家、文物专家沈从文。而沈从文的"宿舍"则位于福山路3号院内。

沈从文（1902—1988），湖南凤凰人，原名岳焕，别号小兵，笔名懋林、休芸芸、甲辰、璇若等。1902年出生，1918年入伍。1921年到北京求学，曾任香山慈幼院编辑、香山教育图书馆职员、北京大学图书馆编目，同时开始文学创作。1928年后任《红与黑》月刊主编、《中央日报》文艺副刊主编。后曾在上海中国公学、国立武汉大学任教。在上海时认识了文学界"新月派"的徐志摩，成为好友。1931年，在徐志摩的介绍下，国立青岛大学校长杨振声聘请沈从文任国立青岛大学（1932年改为国立山东大学）中文系讲师，讲授小说史、散文写作等课程。1933年，沈从文离开国立山东大学，先后任《大公报》文艺周刊主编、西南联合大学教授、北京大学教授等。1949年建国后，任中国社会科学院历史研究所研究员、中国古代服饰研究室主任等职，1988年去世。主要著作有《边城》《长河》，辑有《从文子集》《沈从文甲集》《中国古代服饰研究》等。

沈从文故居位于福山路3号，临街是一道高大的石墙。走进古老的黑铁大门，迎面又是一道高大的石墙，犹如进入夹道之中。沿着夹道左拐登上17级石阶，便来到一处花园式的庭院，庭院西侧是一座普通的二层楼房。经过庭院，登上7级台阶，便是小楼的正门。小楼始建于1931年，面积甚小，为二层楼房，每层仅有两个大房间和数间小房间，另有地下室等附属设施。楼房正门原在楼房正面，东向，人们登上16级石阶即可进入楼内。

▷ 沈从文和张兆和（右二）、长子沈龙朱、九妹沈岳萌（右一）的合影

但现在已被住户封闭，成为独家进出的大门。另在北侧设有一小门。楼房后侧为一高坡，栽有丁香、刺槐等树木。后院墙之外就是中国海洋大学（原山东大学）院内的八关山。楼房和庭院基本保持了原有的格局与风格。故居地势高敞，环境优美。站在院中，太平山、中山公园、八大关和大海等秀美景色尽收眼底，令人流连忘返。

在青岛居住期间，沈从文的"宿舍"成了外地朋友来青岛旅游时下榻的"客栈"。老朋友巴金、卞之琳等人来青岛时均曾在此居住。《新月》主编叶公超来青岛时，曾在小楼前为沈从文拍了一张照片，印在《记丁玲》一书的扉页上。现在，沈从文故居基本保持了历史原貌。

沈从文在青大授课之余，还创作了许多文学作品，如短篇小说集《虎雏》，中篇小说《凤子》《泥涂》《月下小景》《阿黑小史》和传记文学《记胡也频》《从文自传》《记丁玲女士》等著作。《边城》《八俊图》也是在青岛期间酝酿而在北京完成的。沈从文认为在青岛的这段时间是他"一生中工作能力最旺盛的时期，文字也比较成熟的时期"。而这一切有赖于青岛美丽的大海之所赐。沈从文说道："大约因为先天性的供血不足，一到海边，就觉得身心舒适，每天只睡3小时，精神特别旺盛。"他满怀感情地写道："海既那么宽泛，无涯无际，我对人生远景凝眸的机会便较多了些。海边既那么寂寞，他培养了我的孤独心情，海放大了我的感情与希望，且放大了我的人格。"

沈从文与著名"左联"作家胡也频、丁玲夫妇既是湖南同乡，也是好朋友。当时，胡也频、丁玲在济南教书和进行革命活动，遭到国民党特务追捕，为躲避特务的搜捕，胡也频和丁玲来到青岛，与沈从文同住一座楼房。后来，胡也频、丁玲离开青岛回上海进行革命工作。不久，胡也频被捕牺牲，丁玲也遭特务逮捕关押。沈从文曾多方营救未果。事后撰写了《记胡也频》《记丁玲女士》，追思怀念之情溢于纸笔。

1932年底，沈从文与他在上海中国公学任教时认识并苦苦追求的女学生张兆和订立婚约。张兆和即随沈从文来到青岛，在国立山东大学图书馆工作。1933年9月9日，沈从文与张兆和在北平正式举行婚礼，从此，在张兆和的陪伴下，沈从文走完了自己生命的全部历程。

《沈从文故居》

王洪业：语言学家罗竹风

罗竹风，中国语言学家、宗教学家、出版家、辞书编纂家、杂文家，山东省平度市人。

罗竹风1911年11月25日出生，自幼受到比较正规的教育，由小学到中学，进的多半是教会学校。1931年起参加反帝大同盟和中国左翼作家联盟，从事革命活动。1935年，北京大学中文系、哲学系毕业。1937年冬在家乡组织抗日游击队，1938年2月加入中国共产党。曾任八路军胶东五支队秘书长、宣传部部长，抗战日报社社长，平度县抗日民主政府首任县长，山东省教育厅督学主任等。中华人民共和国成立后历任山东大学军代表、教务长、教授，华东和上海市宗教事务处处长，上海市出版局局长，上海市哲学社会科学学会联合会主席，上海市语言文字工作委员会主任等。他还曾担任上海市第二、第三届政协常委，上海市第七、第八届人大常委。

他长期研究语言学、宗教学，为繁荣中国的辞书事业做出卓越贡献。他主编的《汉语大词典》，是当代中国第一部古今兼收、源流并重的特大型语文词典，荣获国家图书奖，并被联合国教科文组织列为世界权威工具书。他任常务副主编的《辞海》代表了国家科学文化研究的最高学术成就，荣获国家图书奖荣誉奖。他主编的《中国大百科全书·宗教卷》，填补了中国大百科全书专业卷的空白，荣获国家图书奖。他主编的《中国社会主义时期的宗教问题》，率先对社会主义时期宗教能否与社会主义相协调的重大命题做出肯定的回答，是具有突破性的研究中国当代宗教的奠基之作。另著有文集《行云流水六十秋》等。

《罗竹风故居》

赵曰茂："孪生作家"在青岛

有"文坛孪生兄弟"美称的老作家沙汀（杨朝熙）和艾芜（汤道耕），同年（1904）分别出生于四川北部的安县和新繁县，又是四川省立第一师范同班同学，在同一间宿舍住上下铺，并且同在20世纪30年代初期起步于当时的文化中心上海，走上文学创作道路，得到鲁迅先生的热情指导，参加了左翼作家联盟。他们一生中各自创作了大量优秀的小说、散文等文学作品。这些作品虽然题材不同，但都以深刻的社会剖析和浓烈的乡土特色而使他们享誉文坛。他们曾在1935年相继来到青岛居住和进行创作，留下了一段佳话。

艾芜参加左联后，于1933年3月被捕，因未暴露身份，9月出狱。由于白色恐怖日益严重，被特务盯梢，遂于1934年12月与新婚的妻子、女诗人王蕾嘉，投奔在济南教书的师范同学萧寄语处，1935年3月辗转来到青岛。当时担任左联小说散文组组长的沙汀，也因受时局波动和左联内部问题的困扰，想专心写作。他经艾芜一再写信相约，答应给创办新刊物的李辉英一篇小说，并预支了一笔稿费，偕妻子和刚会走路的儿子，于1935年6月来到青岛。

44年后，沙汀在一篇文章中回忆说："我想起了1935年春夏之交我从上海去青岛的情形。……我离开上海的主要原因，是有人老爱制造麻烦，弄得工作难做，文章也无法写。我那次去青岛，真是下了很大决心，而且准备长期住在那里，所以把几件破旧家具也全都带去了。但是，出乎意料，尽管一位先于我住在那里的同志经常那样关心我，我在青岛却只住了个把月，写了一篇《祖父的故事》，就又卖掉全部家具，带起妻小，乘搭海船回上海了。因为完全没有料到，青岛对我竟是那样陌生、沉闷……"(《安息吧，立波同志》)

▷ 艾芜（左）和沙汀

沙汀在这里所说的关心他的同志就是艾芜。沙汀在中国作协的秘书秦友娃整理的《时代冲击圈——沙汀自传》一书中说："至于住房，则艾芜早已为我们安排好了，当然不是什么消夏别墅，只是两间简陋的楼房，但却可以随时眺望海湾。这座楼房坐落钜野路，二房东是一位邮差。而艾芜就住在我们对面，只需嗓门大点，我们站在栏杆边就可以交谈。至于彼此的日常生活，只要都在前楼，都可以看得见。而由于蕾嘉经常生病，照顾不了孩子，艾芜还得在伏案写作时，怀里抱着那个不满周岁的孩子。至于跑街、烹饪，那就得更加多分担了。”

青岛市钜野路是市区西部一条不长的小街，宽（含人行道）不过20米，北眺后海（胶州湾），平日行人稀少，路北只有一座日式二层楼，路南有两座中式二层楼，今仍保持原貌。沙汀的记述没有错，从他的回忆分析，沙汀住路北楼上，艾芜住路南楼上。

艾芜没有职业，6月间又添了儿子，生活拮据；王蕾嘉又产后病倒，家务事全压在艾芜身上，但他勤奋创作，写了不少散文和小说。他们不像同期在青岛的许多作家，虽然也同样有着忧国忧民的心怀，但却住着公寓洋房；他们的生活情境是青岛市被掩盖的另一面，更接近社会的底层，创作环境使他们的作品注入了更具特色的平民风格因素。然而，在国难当头，“华北之大，已经安放不下一张平静的书桌”的纷乱中，青岛地处华北的敏感地区，人心惶惶，想安心搞创作又谈何容易。这也是沙汀所感到的“陌生、沉闷”，难以继续安身。虽则如此，毕竟青岛贫民区的所见所闻丰富了他们的创作素材，这一切也就不能不折射到他们日后的创作中。他们的作品背景虽然着重写的是西南地区，而我们读来依稀可以感受到与青岛的共同之处，优秀的小说总是能概括生活的真实。

《“孪生作家”在青岛》

马庚存：臧克家的诗歌之路

1929年，臧克家借用他的族叔臧援望的中国大学预科毕业证书，考入国立青岛大学补习班（1924年创建的私立青岛大学，后为国立青岛大学、国立山东大学校址，现为中国海洋大学校址的一部分）。不久，由于参加武汉大革命失败，再后来祖父病逝，都使臧克家受到刺激，他回到家乡，陷于深深的悲痛之中。

1930年夏天，臧克家又来到青岛，参加青岛大学外文系的入学考试。臧克家数学基础不好，几年的奔波，难以复习弥补，结果考了零分，他的国文基础扎实，得了少有的98分，名列考生第一名。

▷ 臧克家

1930年秋天，时年31岁的闻一多应邀来到山东大学，担任文学院院长兼国文系主任。那个时期的闻一多几乎停止了新诗的创作，集中精力涉足楚辞、乐府、唐诗、古代神话、古文字研究领域，成为很有建树的教授。他居住的二层红顶小楼，坐落在校园安静的角落。这座朴素的小楼被后人命名为“一多楼”。

闻一多批试卷极为严格，他很少见到臧克家所答的这类试卷，其实这份试卷上也仅有三句话：“人生永远追逐着幻光，但谁把幻光看作幻光，谁便沉入了无底的苦难。”三句杂感，打动了教授兼诗人的闻一多。学校有充分的选择学生的自主权，幸遇闻一多慧眼识才，臧克家如愿进入青岛大学。

入校初期，臧克家就读于外语系，臧克家的记忆力较差，接受外语有困难，他的真正爱好是文学，便要求转学到了闻一多兼任主任的中文系，在几名同学都想转系的情况下，臧克家被闻一多批准为唯一的一人，幸运地成为闻一多的弟子。闻一多是成就斐然的诗人，又是学识渊博的学者，还是独具慧眼的老师。臧克家开始系统学诗、写诗，“把郁积在心胸里的悲愤不平之感，发而为诗，呕心沥血，‘心与身为敌’”。他后来回忆道：“我初期的诗创作多半产生于青岛，我清楚青岛灾难的历史，青岛也最了解我当年的苦楚心情。”入学后，臧克家成为“一多楼”的常客，与闻一多的助手陈梦家一起并称为“闻门二家”。有一次，臧克家去拜访闻先生，正碰上闻先生焚诗，闻先生说是“不成熟的诗”一定要毁掉，臧克家遂被先生的严格精神所感动，回来后就烧掉了自己的一些诗稿，臧克家先生曾经说：“我的诗是从火中开始的。”

当时国立青岛大学文学人才汇聚，梁实秋任外语系主任兼校图书馆馆长，学校馆藏莎士比亚著作的版本是全国最全的，梁实秋就是在这里开始了他的莎士比亚研究。学校图书馆还有两位女士，也爱好文艺，后来都有了名气：李云鹤（江青）、张兆和（沈从文先生的爱人）。她二人一个编英文书目、一个编中文书目，江青当年还是该校的旁听生和学校海鸥剧社的女主角，算得上是学校的风云人物。

在国立青岛大学期间，是沈从文先生创作最旺盛的时候，发表了一些作品，并酝酿了《边城》的创作。梁实秋之后，洪深任外文系主任，在青岛大学期间写出了《劫后桃花》，为中国电影史上的第一个剧本。老舍先生在青岛三年，其中，在国立山东大学任教两年，一年专业写作，留下了《樱海集》《蛤藻集》等有深厚青岛地域烙印的作品，在此期间写成的《骆驼祥子》，奠定了他在中国现代文坛的地位。

在这样浓郁的文化氛围中，在闻一多的直接指导和鼓励下，臧克家诗兴大发，先后写出了《炭鬼》《象粒沙》《老马》《神女》《元宵》《难民》等，闻一多将《难民》《老马》两首诗介绍到《新月》月刊发表。从此，臧克家登上中国诗坛。

在青岛大学求学期间，臧克家比较真切地接触了这座工商业城市，见到社会上一些贫富差别、待遇不公的现实。特别是，这座城市的港口任由外国军舰肆意进出，“像一条铁链子，锁住了大海的咽喉”。四方工厂区的工人生活贫困，到城市谋求生路的农民日子艰辛，为了修建教堂，许多人冒着生命危险在高空操劳，目睹这些城市社会风景，臧克家满腔悲愤，挥笔写下了著名的长诗《罪恶的黑手》，愤怒鞭挞帝国主义侵略中国、建设天主教堂的行径。

青岛大学学校条件还是不错的，臧克家住在可以观海的德国建筑石头楼上，那是德国侵占青岛时的兵营，房屋高大坚固。但是，他却经常夜不能寐，处于失眠状态，原因在年轻的诗人对黑暗的社会现实无法容忍，心中的怒火经常让他痛苦不已。当时学生多热衷古典文学，很少有对新诗倾心酷爱的，难免有同学讥讽臧克家，说他“妄想当诗人”。臧克家感到这种环境不适宜他进行思考和创作。

后来，臧克家搬到一个亲戚家居住，与一个从乡间来的小工友一齐住在一间无窗的斗室中，同睡在一个床板上。斗室闷人，环境较差，他将这间屋子称为“无窗室”，在这里写下了一些追求光明、批判黑暗的诗文。“一只黑手掐杀了世界，我在这里边呼吸着自在。”臧克家以《无窗室随笔》为题，在当时《申报》专栏《自由谈》上陆续发表一些表达思想情感，反映社会现实的作品。这个时期，臧克家的诗篇幅短小，却颇具概括力。他除有意识学习古典诗词的结构方法，形成凝重、集中、精粹的风格之外，还苦心追求词句的新颖、独到、形象化，但又不失平易、明朗和口语化。

这时，臧克家还与另一位寓居青岛的著名作家结下珍贵的情谊，他便是王统照。王统照也是诸城人，与臧克家是同乡，还有亲戚关系，王在1920年便来青岛，在观海二路购房居住，从事文学创作，并编辑文学刊物，他是青岛现代文学的奠基人。王统照学识渊博，为人热诚。臧克家经常同吴伯箫一道去拜访王统照，请教问题，得到王的奖掖和帮助。王统照爱才但不徇私情，1936年，王统照去上海主编当时很有影响的《文学》月刊，当他收到并读了臧克家的诗稿以后，深感作者的可贵才华，在《文学》上发表作者一些作品。他认为不宜发表的作品，也给臧克家写信说明，使年轻人受到教益。

臧克家想出版一本诗集，但作为没有名气的青年诗人，是很难的事情，出版社是不肯为他安排的。

1933年7月，王统照等帮助臧克家自印出版了第一部诗集《烙印》。这本诗集的出版，得到了众多热心友人的帮助，王统照为发行人，闻一多作序，他们二人各出了10块钱，卞之琳、李广田等为作者在北平联系印刷出版事宜，由生活书店正式出版。闻一多在《序》中强调：“作一首寻常所谓好诗，不是最难的事。但是，做一首有意义的，在生活上有意义的诗却大不同。克家的诗，没有一首不具有一种极顶真的生活的意义。没有克家的经验，便不知道生活的严重。”闻一多将臧克家的《难民》《老马》《洋车夫》等反映劳苦民众的诗歌称为“最有意义的诗”，用自己的声望和影响去推出得意弟子。

由于作品有着锐利的思想锋芒，又有众多名人助力，所以《烙印》出版后，很快在社会各界引起广泛注意，茅盾、老舍首先在同一期《文学》月刊上发表评介文章，给予很高评价。《烙印》是臧克家最具影响的作品，这部诗集真挚朴实地表现了中国农村的破落、农民的苦难与民族的忧患。

臧克家接着便出版了第二本诗集《罪恶的黑手》，这本书奠定了他在中国诗坛的位置。此后，他陆续出版的诗集、长诗有《罪恶的手》《自己的写照》《泥土的歌》《宝贝儿》《生命的零度》《运河》《淮上吟》《古树的花朵》等。臧克家以其代表现实主义诗歌成就的诗集《烙印》《罪恶的黑手》闻名诗坛，深刻地载入中国现代文学史，许多人都记得诗作里那些脍炙人口的句子。朱自清先生曾经指出，以臧克家为代表的诗歌出现后，中国才有了有血有肉的以农村为题材的诗歌。

《臧克家与青岛》

第三辑

顾客盈门·老字号与生意经

❖ 王国章：福生德茶庄，香飘岛城

青岛人喜欢茶，特别是许多中老年人喜欢茶的芳香及特有的滋味，养成了天天喝茶的习惯。青岛人也善于选茶，不仅选择适合自己的优质茶，更选择到正宗茶庄名店去购买。位于中山路179号的福生德茶庄是青岛人公认的正宗茶叶老字号。它环境优雅，陈设古色古香，店堂内茶香馥郁，清气自来，确是购茶、品茗的好地方。

作为青岛的老字号茶庄，福生德初创于青岛开埠中期的1939年。起初是福生德元记茶庄，经理叫张聘之，店址设在高密路71号。张聘之曾在大连东生茶庄任职，当时他看好了青岛的茶叶市场，借助其内弟邹润生的力量，向同乡邹仁甫等人集资48000元，办起了这个茶庄，自任经理，又聘请了瑞芬茶庄的贾智超当其副手，雇用店伙20余人。

据传，"福生德"三个字的招牌，寓意为"福至业盛，以德生财"之意。开始的业务是经营台湾产的包种茶，从日商山井洋行趸货，部分在门市销售，大部分销往省内潍县、坊子等地，以此起家。后因战乱，包种茶货源断绝，加之股东撤资，张聘之遂求助当时在青岛开办崂山烟厂的崔熙诚（号笃生）合作，崔出资100万元法币与张合作经营，改字号为"福生德义记茶庄"。

1947年，崔熙诚凭自己在工商业界多年经验，认为福生德的市场地位前景无限，存心把它买下以图进一步发展，于是联合崔岱东、崔颂周，三人共出资100两黄金买下福生德，改名为"福生德生记茶庄"，并聘任崔氏本家人崔熙桓为经理，崔熙泳任副经理。这样兄弟二人，熙桓主内，熙泳主外，力求经营上的发展，崔氏家族企业由此形成。氏族的亲密团结，共同创业，买卖日渐兴旺，企业积累日丰。为再图发展，又出资90两黄金盘下了原为中华船行的办公地址——中山路179号日式临街楼房一幢（即现在的福生德茶庄），将原高密路71号门头撤销，全部人员和业务都集中到中山路179号，延续至今。

▷ 福生德茶庄茶叶盒

福生德在经营上与同行业相比，可谓几十年独树一帜，概括起来有六大特色。

一是在进货上能揣摩消费者的饮茶口味和习惯去选择货源。青岛人喝茶的特点是喜欢“香”，茉莉大方在当时的青岛茶叶市场极为风行。福生德由专人坐庄在南方产地直接进货。每到产茶旺季就派得力人员到浙江、福建、杭州等地设磅收货。选择上品茉莉花茶及其他香茶和名茶，像西湖龙井、福建乌龙、洞庭碧螺春等，一批批运进青岛，大饱青岛人的“茶福”。凡新茶登场，福生德总是先人一步上市销售，而且成本低，货色好，价格公道，颇得广大茶客的好感。

二是保管上精细无比。因茶叶属于产季收购长年消费商品，保质、保香、保鲜最为要紧。福生德聘请专业技师管理茶叶库存，在仓库里保持适宜的温湿度及必要的密封措施，不使茶叶有丁点“走味”和受潮。因此从福生德出来的茶叶任何时候都是那样的香，那样的鲜。

三是门市销售环节有严格的要求，茶叶都用特殊容器盛装，不同香气的茶叶不能互相“串味”，更不能有异味，以保持茶叶纯真的本色香气。

四是在服务上订有严格规矩。每个店员穿着深色长衫，浑身上下十分清洁，衣服要两天一洗，袖口领口要洁白得一尘不染，双手洁净，严禁留指甲，更不准使用香皂、发蜡及任何化妆品，防止异味传到茶叶上。

五是在接待顾客时彬彬有礼，与顾客说话要面带笑容，有问必答。店员在白天是不准吃葱、姜、蒜一类有异味食物，亦不能喝酒，必须保持口气清爽。凡老顾客进店，按规矩要问候、让座、上茶，然后再谈生意。对新顾客热情招呼，详细介绍。茶叶包装用纸是经过特殊处理的洁净纸，每个店员必须掌握娴熟的包茶技术，否则是不能上柜的。同时，福生德有严格的店规，教导员工要以德为重，单身职工不得在外过夜，学徒们在店铺打烊后不准外出，每人在灯下练写字、练算盘、练包茶技术。严格的规矩培养出高素质员工，更造就了这个经久不衰的老字号。

六是店铺风范特异、匠心独具。店内环境清洁幽雅，传统木质大柜台，靠墙货架上方为一扇扇小木门标示各地名茶名称，如“洞顶乌龙”“老竹大方”“信阳毛尖”等近百个排列一起，有进入茶的世界之感。特别是深褐色的小木门配以黑色凹刻书法字体，可感受出浓厚的文化气息，加上清静的环境透出一股儒雅之风。尤其因“福生德”三字隐喻“福地、长生、修德、养心”的吉利含义，为青岛众多绅士名流、文人墨客所向往，结伴到此会友、品茗、聊天、买茶以为乐趣。

《青岛茶叶老字号——福生德》

王丰敏：盛锡福帽子，自产自销

青岛盛锡福公司，原名“盛锡福帽厂”，其前身是天津盛聚福帽庄于1947年建立的“青岛发行所”。如今已发展成为以经营各种帽子为主的综合性商贸公司。

天津盛聚福帽庄是知名的老字号企业，创建于清宣统三年（1911），店址在天津市估衣街归贾胡同南口。创办人刘锡三，祖籍山东省掖县湾头村，早年在青岛、天津经营草帽辫生意，后与他人集资创办“盛聚福帽店”。1925年，迁到天津法租界，改店名为“盛锡福帽庄”。1929年，其出品的草帽和草辫获菲律宾国际博览会头等奖，因而驰名中外，在全国各地建有多家发行所，青岛发行所是其中之一。

青岛发行所建立之初，主要经营礼帽、草帽、四季帽等，货源大部分由天津总店供给。1948年，兴办加工厂，有6台缝纫机，9名工人，以翻洗旧礼帽为主业，逐步生产各种帽子，自产自销，形成前店后厂的经营形式。

1949年青岛解放后，礼帽逐渐被八角帽、圆顶帽代替。

《以帽为主多种经营的青岛盛锡福》

鲁　海：“足尺加一”的瑞蚨祥

“瑞蚨祥”是山东省章丘县旧军镇孟氏家族的企业之一。从清末至民国，旧军镇孟家是中国北方最大的商业资本家。民国初年的《山东各县乡土调查录》中说：“章丘风俗素有经营商业号之特长，数十年来，章丘帮中最雄厚的是章丘旧军镇孟氏家族财团。孟家的发家史可上溯到三百年前的清康熙年间，……包括绸布店、茶叶店、金店、钱庄、当铺、锅店，分布在北京、天津、济南……”

孟氏家族中分几支，孟洛川的矜恕堂是其中一支。孟氏矜恕堂来青岛发展，因当时统治青岛的胶澳总督明令青岛区只限欧美人购地、建房，于是孟洛川在中国人居住的鲍岛区通衢胶州路上购地建起了瑞蚨祥绸布商店（1905年开业）。

青岛瑞蚨祥的建筑很大，前后三进，两重院落。虽在“红瓦绿树”的青岛，却是黑瓦黑清水墙，临街设计近似北京大栅栏的瑞蚨祥，前为门市部，后为货栈。孟氏集团早期自己生产布匹，所以批发业务占很大营业额。

▷ 瑞蚨祥

按照孟氏传统，每年腊月，各地“祥”字号经理都要到章丘集会，汇报工作或交流经验，也会在会上任命新的经理或免去某个经理。青岛瑞蚨祥当然也不例外。

瑞蚨祥经营的特色是绸缎布匹，其信条是：明码实价、言不二价、童叟无欺、足尺加一。一般绸布店价格“要谎”，顾客可以讨价还价，而瑞蚨祥标价后不能还价，许多顾客“货比三家”后认为，瑞蚨祥虽不能“讨价还价”，是“言不二价”，但价格的确很公道，保证质量。“足尺加一”即买一丈，送一尺，每年会有几次。“瑞蚨祥”在各地皆有分店，大批进货，所以可以保证售价低于一般绸布店。

1911年的辛亥革命推翻了清王朝，一大批清朝官吏客寓青岛，他们在京师时就是瑞蚨祥的老主顾，到青岛后仍是瑞蚨祥的回头客。

对于来店消费的富贵人家的顾客，瑞蚨祥把他们招待到后堂，送茶奉烟，并根据需要把绸布呢绒一一拿来供挑选。购货多了，就由伙计直接送到顾客家中。另外，瑞蚨祥对于购货较多的顾客，每家设一个折子，每次购货记于“折”上，每年三节——端午、中秋、春节结账，平时购货不用交现金。

过去结婚、过寿、小儿“百岁”乃至丧仪，流行送“幛子”，即根据经济情况送布、绸、呢等料子，宽两幅，长八尺。幛子上写题字如“天作之合”“寿比南山”及上下款，红纸（丧仪用白纸）墨字，用大头针别于布料上。这是绸布店的一项生意。瑞蚨祥高资雇用了书法好的店员，专门题写“幛子”，平日就在堂前设案书写，往往有人围观。书写者写完之后，向围观者抱拳，口称“诸位指教”，形成一种广告形式。

抗日战争时期，经济萧条，瑞蚨祥生意也不好，后期它又被强征布匹军用，仓库也被强征而去。汉奸、地痞等不断敲诈，使老字号“瑞蚨祥”出现了亏空。抗战胜利后，瑞蚨祥的经营规模有所扩大，除传统的绸布呢绒外，还增加了百货。

建国后，社会主义经济“三大改造”中，商业进行公私合营，瑞蚨祥公私合营后，老字号的名号被保存了下来。

《瑞蚨祥》

肖文玉：购销有方的谦祥益绸布店

青岛谦祥益商厦，位于青岛市北京路，是有名的老字号企业。其前身为“谦祥益绸布店”，建于清宣统三年（1911），业主是山东章丘孟养轩。

章丘孟家是当时有名的实业家，先后在周村、郑州、北京、上海、苏州、济南、武汉、天津、青岛等城市开设谦祥益绸布店近20处，总资本达400万两白银，在绸布行业颇有声誉。青岛谦祥益绸布店门面宽敞高大，主要经营绸缎、棉布、皮货、百货、首饰等，还自设染坊，收购坯布加工印染，经常推出时兴或花色鲜艳的品种。在经营上，长期坚持“货全招远客，和气能生财”和“若要多卖钱，就得货品全”的生意经。为了使商品适销对路、多卖快销，特别重视商品采购和推销手段。

在进货方面，一是与本市一些批发商和厂家建立常年业务关系，根据销售情况及时组织进货。二是从省内的周村、潍县等地采购土纺、土织布料。三是从上海、苏杭进货，设申庄坐镇上海，沟通信息，照单发货。这是谦祥益优于其他绸布店的原因之一。谦祥益还以雄厚的资金，采取季前进货，冬季进夏令商品，确保季节来临时的市场供应。

在销售方面，一是以货真价实、童叟无欺为宗旨，赢得顾客的信任。二是殷勤招待来店的顾客，对待老顾客更是亲热，安排座位，拿烟倒茶，店员态度和气。三是对指定地点和时间的购物者，送货上门，从不耽误。四是对于有钱的熟人可以赊销，每年定期两次登门收款。五是放尺售货，一般买一丈放六七寸，对买货多的顾客还免费奉送包袱皮。六是舍小赚大，在淡季常将一些绸布的价格降到市价以下，每尺虽少赚点钱，但吸引了众多的顾客，为旺季赚钱创造条件。

《购销有方的绸布店青岛谦祥益》

❖ 刘恩川：久负盛名的亨得利钟表店

青岛亨得利，是久负盛名的钟表专业名店，建于1924年，由浙江省鄞县人郑章华等合资开办。开业后，在同帝国主义洋行和众多华商同行的竞争中顽强拼搏，从一家小店铺发展成为山东省钟表零售的龙头企业。

青岛在近代先后被德国和日本帝国主义侵占。在德国占领期间，钟表价格昂贵，销量很少，主要是德国生产的挂钟和座钟也有少量瑞士等国生产的手表及怀表。这些商品控制在德商“宝华洋行”“美最时洋行”以及英商“怡和洋行”“太左洋行”手里。在日本第一次占领青岛期间，日商的“下江洋行”“近江洋行”“西南堂”，控制了钟表眼镜业的进销业务，以销售日产手表及零件为主。在北洋军阀及国民党统治期间，日商洋行仍然垄断钟表眼镜业。在日本第二次占领青岛期间，除了原有的三家日商洋行继续垄断钟表眼镜业以外，又于1938年在中山路开设“成沼商店”，专门从事手表批发。青岛亨得利钟表眼镜店，是在帝国主义洋行的夹缝中惨淡经营，谋求生存和发展。

青岛亨得利还要与华商同行竞争。当时在青岛从事钟表眼镜业务的华商较多，据1943年钟表眼镜业同业公会会员名册记载，共有74户，其中从事钟表零售业务的商号有7家。实力最强的是1929年应顺昌等人合资开设的“大中华钟表眼镜行”。郑章华与应顺昌同是浙江人，而且是同镇的同乡，但在商业活动中却是互不相让的竞争对手。“大中华”于1932年开设了分店“胜利钟行”，1933年开设了另一分店“太平洋钟表行”；青岛亨得利1933年开设了分店“大西洋钟表店”。大西洋钟表店与太平洋钟表行，是同一天开业，而且是隔壁相邻，同业竞争更为激烈。

青岛亨得利在经营钟表眼镜和修表方面，经验丰富，其特点是专营优质名牌钟表和眼镜。在进货渠道上，座钟挂表多由烟台、上海进货，且与香港互有业务往来。郑章华在其弟郑章斐（上海大明钟表眼镜业知名人士）的大力支持下，货源充足，业务不断发展。1936年，在中山路开设亨达利钟表眼镜店。烟台钟厂的“宝字”“永字”牌挂钟，几乎被该店包销，并都标上了“亨得利”名号。

《在竞争中发展的青岛亨得利》

丁昌会：生意红火的天真照相馆

青岛市天真摄影专业公司，是综合性照相企业。五层楼房，玻璃幕墙，灯箱广告，展现出专业经营的特点。其前身是“天真（合记）照相材料行”，创办者为宁波人华德泰。

▷ 天真照相馆

1921年，华德泰与同乡徐永卿、徐弼卿、郭锦卿合资，在青岛中山路开设天真（合记）照相材料行。有近300平方米的二层楼房，一层经销德国生产的照相机和柯达、爱克发、依斯曼胶卷。二层是摄影室和工作间，照相工具比较简陋，感光材料是国产玻璃底板，拍照和晒相采用自然光。它是青岛首家照相馆，生意比较红火。1941年，由徐步瀛和郭村仪经营。这时，企业已积累了较丰富的经验，员工的技术水平也有显著提高。经营范围从仅能拍摄公事照、全家照，发展到拍摄婚纱照和宴会照，并能用大型长条转机拍照。老板很重视照片质量和企业信誉，每天巡回检查各套工序的质量，因而信誉较高。

《青岛明星影楼天真摄影公司》

庞　敏：翰林题匾的书林堂刻字店

作为青岛最繁华的区域之一，20世纪初的沧口已经是车水马龙的繁盛之地。上百家商号、大小店铺聚集在当时的“下街”和周边一带，各类营生之业也纷纷崛起，沧台路上的书林堂刻字店，就是其中之一。

1921年，即墨周家疃的王有祥只身来沧口闯荡，在沧台路地段，也就是当时最繁华的“下街”开设了后来享誉岛城的书林堂刻字店。随着当时华新、宝来、钟渊、富士等纱厂以及大马路、振华路的建设，1923年书林堂刻字店等诸多店铺就势纷纷东迁到更具发展潜力的大马路上。迁到大马路西侧38号的书林堂刻字店，南边有同义堂药店、交电商场、万香斋饭店，往北是奶站、精一医院，马路东边则是满口福饭店、崂山号食品店等一摆溜的热门铺子，这两排热闹非凡的店铺迅速带动了大马路的繁荣。

商埠的繁荣、钱票的大量流通，使得市场对印章的需求与日俱增。加上王师傅刻字技术十分高超，行、草、隶、篆样样精通，刻字店的生意十分红火，慕名前来的人络绎不绝。“书林堂”不仅为“第一楼澡塘”“沧口仁记茶庄”“即墨庆和茶庄”“四方德顺”等诸多商号篆刻了店章，还篆刻了“暂编奉天镇威君第二路军第六司”“陆军第八军军士教导团骑兵营一连第一号”等军务机构用章。为省内外各大商号、名人刻的章更是不计其数，其中就有为权倾一时的军阀张宗昌刻的私章。特别是王师傅为一些店铺篆刻的木章财神，更是栩栩如生、细致入微。随着名气的不断高涨，“书林堂”逐渐发展成沧口的头号刻字馆，不仅在青岛，许多文人墨客、达官贵人、字号商主，相继从即墨、高密等地慕名而来刻章。清末进士、翰林院庶吉士王垿还亲自题写了“书林堂”字号的匾额。

“书林堂”生意极好，不仅是因为这里的师傅们手艺精湛、服务态度好，也同王师傅乐善好施、扶危济急的个性息息相关。1925年，有人发起在集资兴建明真观，“书林堂”自发捐了数千大洋，是当时的捐款大户。

青岛解放前，“书林堂”除了经营各种形状、规格、材料的印章以及中文、外文的刻字漏板篆刻，还兼营旧书和文房四宝等文具。其经营的书刊从文学书籍、老期刊、诗歌，到各类小说应有尽有，极大满足了众多书迷的不同需求。现在沧口街上的一些老人提及幼时到书林堂刻字店淘书购纸，仍是津津乐道。

篆刻印章是“书林堂”的主要业务，沧口地区及其周边区域相当一些人把印章叫为“戳”。“戳”的使用在早些年极具权威性。在民风淳朴的年代，一个刻章，是一个人或者单位身份的象征。手握一“戳”，便可办事无阻。特定的工作和级别对章的大小、纹理的粗细，都有十分严格的限制和规定。刻章的店铺自然有其独特的规矩，需要店铺有高度的自律和诚信精神。在“书林堂”，只有当着客人的面，师傅才会拿起刻好的干净印章蘸上印泥，在店铺早已准备好的记录簿上给印章开封。若有细节需要斟酌，师傅也会当着客人的面进行修改，在无形中保证客人的印章不被挪作他用，这一良好传统一直延续到今天的“书林堂”。

传统手工刻章工序主要包括磨面、排版、拓字、篆刻等，客人进店根据各自的需要选好基本的版式和材料后，师傅熟练地为客人选字、设计印稿，在选好的坯章上画好格子，将要临刻的章在材料上反临，然后把待刻的印章固定在印床上，就可以篆刻了。临摹印章是一门技术活，刻字师傅需要手稳眼活、心静，方能刀下生花，刻出筋骨。

值得提及的是，因篆刻对临摹笔的要求极高，市场上的毛笔参差不齐，刻字店对毛笔的需求又大，于是“书林堂”就自制了各类毛笔，不仅满足自己的使用，还同墨、纸、砚等文具一同对外销售。

篆刻是一个磨性子的工作，想要成为一名合格的刻章师傅需要数年的工夫。开始学习刻章，首先要用边角料和废料刻大章练手，等刻章逐渐工整精细，有模有样，才有机会篆刻小章。而贯穿学徒期始终的，是小楷毛笔字的临摹练习。写小字而手不抖，再加上一两年的篆刻练习，熟能生巧，才能算出徒。王有祥的长子王振瑞师承其父，刻图章技术一绝。他刻章不打底稿，不用翻印，只需在印章坯料上划上格子，胸有成竹即可直接入刀，手法娴熟，随意雕琢，飞龙走蛇之间，一个艺术印章立马刻就。侍立身旁，如同欣赏一项绝妙的艺术表演，令人叹为观止。

《翰林题匾的书林堂刻字店》

朱　梅：中国第一家啤酒厂——青岛啤酒厂

啤酒来到中国，与各帝国主义的入侵分不开。先是各国帝国主义分子来中国后，喝不惯中国的烈性酒——白酒，要喝营养丰富的啤酒。当时中国没有啤酒厂，啤酒便开始进口。德帝国主义入侵中国并强占胶东半岛后，为了满足其侵略军的需要，于1903年在青岛建立起啤酒厂，这是我国历史上第一家啤酒厂。这家啤酒厂是以德国资本为主，英国人投资合作，当时叫做青岛英德啤酒公司。

青岛啤酒厂的发展是很曲折的。第一次世界大战以德国的投降而告终，参加协约国集团对德宣战的中国，不仅没有从德国方面取得任何利益，反而让日本帝国主义把德国侵占的胶东半岛强占了去。日本接管青岛以后，由于青岛啤酒厂是德国人办的，所以，它要接收。但青岛啤酒厂有英国人的资本，经过几度交涉，日本帝国主义把青岛啤酒厂硬作价买了去，只付了英国人的那份资金，对德国人的资本则实行没收。于是青岛啤酒厂便改为“大日本麦酒株式会社”的一个分厂，啤酒的商标为“太阳牌”，与日本本国的商标相同。为了适应军队和民用的需要，日本对青岛啤酒厂进行了扩建。1941年，日本人将该厂一套糖化设备换下来运到北京，在北京建立一个新啤酒厂。

▷ 青岛啤酒厂

1945年日本投降以后，国民党反动派对青岛啤酒厂伸出了魔掌。四大家族之一的陈果夫派出曾养甫在青岛组织“齐鲁公司”，将啤酒、面粉、油脂、橡胶、玻璃等厂“劫买”了下来。从此，青岛啤酒厂便落入四大家族之手。

解放后，人民政府接管了青岛啤酒厂，对工厂进行了整顿，扩大了设备，增加了生产，并从1954年开始试行出口。当时向香港进口啤酒的国家共有12个，中国进口量是最末一个。香港五丰行为了使青岛啤酒引起广大消费者的重视，提出了一个响亮的爱国口号：“中国人请饮青岛啤酒。”由于青岛啤酒质量好，所以到1959年，在香港进口啤酒的国家虽已增加到19个，而青岛啤酒却由第十二位一跃而居第一位。原来占香港市场第一位的荷兰“三马牌”啤酒，这时退居第六位。荷兰啤酒公司对于这个巨大的变化感到吃惊，总经理亲自从荷兰乘飞机到达香港进行调查了解。当他亲口喝了青岛啤酒以后，认为质量的确胜过“三马牌”才感到心服口服，甘拜下风。

《关于酒的几项史料》

王第荣：酱油大王——万通酱园

德日占领时期，青岛市上所售的酱油全系日本生产的化学酱油。化学酱油生产简单，只用豆饼加入适量盐酸混合后，再加入食盐和糖色，搅拌过滤即成酱油。这种酱油的氨基酸含量低，味道也不鲜美。像食盐水一样，不为人们所欢迎。

1922年我国接收青岛后，青岛有个浙江绍兴人叫高金荣，他认为将江南用豆瓣酱酿造酱油的秘方在青岛生产，定有销路。遂联合同乡数人集资2000元，在嘉祥路、云南路转角平房大院内开设了万通酱园，以生产酱油为主。当时有技师2人，职工20余人，均为绍兴人。购置大缸100多口及其他所需设备，并自制酱油容器木桶，木桶分100市斤、30市斤和15市斤3种，均为圆形密封，仅在上端及下端各留一圆孔，以备装入和放出酱油之用。因豆瓣酱油生产周期长，约需1年时间，积压资金太多，两名技师分工，一人专管酱油生产，另一人则管腐乳生产及酱菜生产，缩短生产周期，以利资金周转。豆瓣酱油生产程序如下：①蒸煮：将黄豆放入大锅内蒸煮，煮烂为止。②晾干：取出煮烂黄豆，拌入面粉，搅拌晾干。③发酵：用大笸箩盛装，晾干半成品，加入曲菌，送入发酵室发酵，发酵室门窗密闭，温度在30摄氏度以上。④制酱：将发酵之半成品移置大缸内，加入盐水，上下搅动，让日光照晒，并按时翻入空缸，使发酵均匀。这样经过三伏天，就能发出鲜美味道，浓香扑鼻。这一工序最为繁重，占用时间也最长。⑤过滤：发酵好之酱料，加入水、食盐、糖色、防腐剂等，搅拌后过滤装桶，第一次过滤为一等品，滤渣加盐水第二次过滤为二等品，滤渣再加盐水第三次过滤为三等品。最后所剩渣滓供猪饲料之用。

高金荣在开设万通酱园之初，即一心想创出万通酱油的牌子，他把质量视为生命，除由技师监督生产规程外，还检查半成品质量，一丝不苟。对于酱油容器木桶，循环使用，无论新做的或是收回的，都要洗刷干净再盛酱油，使酱油不生白醭。当时青岛还没有味精，一般用户把酱油当作调味品使用。万通酱园在经营方面也有与众不同之处，首先职工工资比同业高，每年还加一次工资，对出力的职工，工资则成倍增长，职工医药费也可报销。那时，企业管饭，万通酱园的伙食费也比同业高出许多，由于以上待遇，激发了职工的积极性，从早到晚都在努力地生产，都想创出万通酱油的名牌。

万通酱油面世后，受到用户好评，营业逐渐开展，委托各零售小店赊销，每月结算一次，并向各餐馆推销。万通酱园选派店员两人，专管下街送货，100市斤大桶用地排车送，30市斤中桶和15市斤小桶用自行车送，送货时将用完的空桶捎回，以便再用。因为万通酱油质量优良，成为名牌货，消息不胫而走，附近各县客商纷来青岛，用油篓贩运万通酱油回去销售，使万通酱园的营业蒸蒸日上，被誉为“酱油大王”。

随后，又有南方人在青岛开设了两家酱园，也是以生产豆瓣酱油为主，一家是在单县路的民生酱园，一家是在费县路的大兴酱园。另外本市还有几十家北方人开设的酱园，都是以酱菜为主，有的兼做酱油，市场竞销激烈，万通酱园更加注重质量，以质取胜，在同行业中，万通酱油一直名列前茅。

在日占青岛时期以及抗战胜利后国民党接收青岛时期，因为化学酱油生产周期短，成本低，有利可图，一些酱园便生产化学酱油，甚至有的住户也制造化学酱油到市场兜售，造成市场一片混乱。但万通酱园始终坚持生产豆瓣酱油，一些老用户仍然愿买万通酱油。

1956年全行业公私合营，万通酱园并入青岛酿造二厂，经理高金荣已退休，回绍兴原籍安度晚年。

《酱油大王万通酱园》

❖ **杨浩春、周岱东：**义聚合钱庄的生财之道

青岛义聚合钱庄成立伊始，除了办理存款、放款及汇兑业务外，还兼营土产业务。当时中日合办的青岛取引所办理经记人登记，本市有20余家中日商号被批准为经纪人，义聚合钱庄领到第六号经纪人牌照。根据取引所交易章程规定，该所设有土产纱布、钱钞3个交易市场，并规定花生以50吨为一交易单位；花生油以1车（每车1万斤）为一交易单位；棉纱以10件为一交易单位；棉布以25件为一交易单位。各商号进行交易须由经纪人代为挂牌，所有成交货物均为期货，到期无论盈亏，必须交现货或按当日价格结清。义聚合因有经纪人资格，各商号纷纷委托代为买或卖，可以收取代理费。同时，义聚合利用钱庄资金比较宽裕之机，也大做土产纱布以及“老头票”的买空卖空，业务异常兴旺。

1934年义聚合钱庄迁入中山路82号中国银行旧址营业，因房屋宽敞，业务得到扩展，共有职员和学徒100余人，其中约有数十人每日在取引所各个交易市场上办事。为求信息灵通，义聚合钱庄安装了10余部电话，其中5691到5698是联号电话，所谓联号电话，即向义聚合挂电话时，只要挂5691号，如果联号中任何一号占线，电话则自动滑向空号接通，上市职员可以随时报告行情，绝不耽误时间。义聚合营业大厅内熙熙攘攘，电话铃声此起彼伏，终日不断。王升三、王芗斋和几名高级职员则在经理室坐镇，根据行情利用电话指挥业务，或买或卖，完全依照经理的指示行事。

义聚合钱庄经理室还装置10余部直线电话，这些电话是与日商三井、三菱、伊藤忠、江商、东棉、铃木等洋行直接相通。日本洋行虽然也是取引所的经纪人，可以自己在取引所挂牌交易，但因其交易数量大，不便自己出面，以免引起行市波动。

▷ 日本洋行的聚集地——所泽町（今堂邑路）

因义聚合信誉较好，日本洋行则与义聚合架设直线电话，秘密委托义聚合代为挂牌交易。义聚合乘此机会大做投机生意，买进时把低价者作为己有，卖出时把高价者作为己有，以此做法大发其财。

义聚合钱庄为了与各商号联络感情，还编辑了《行情简报》，记录当天行市，预测行情涨落或加以评论，由肥城路文升印刷局铅印，每天出版一次，分送各有关商号参考。钱庄本应以存、放汇兑为主要业务，而义聚合钱庄却以经营土产为主，钱庄为副，这种本末倒置的现象在本市银钱业中是很独特的，也是义聚合发家致富的主要原因。

《青岛义聚合钱庄》

李立明：食品业的“大字号”——万源永

在青岛，说起中山路上的海滨食品商店，人们对她的印象是亲切、温馨。因为她是中山路上最早开设的食品店，为几代青岛人服务了76年，是国家正式命名的中华老字号。

1928年，三位浙江宁波籍商人王少乾、洪荣芳、张根睦来青岛寻访商机，看到长长的中山路上缺少做食品的商铺，觉得这是再好不过的商机。三人一眼看中了中山路北头，高密路转角处这个“丁”字形地角，于是合伙出资，开起一家南货铺，店名叫“万源永”，其寓意是祈求“万源辏集，年永财广”。为了让店名招牌有一定的影响力，便请了当时在青岛隐居的江浙同乡、晚清进士、康有为的老师、书法大家吴郁生老先生题署店名，其字迹苍劲，笔力雄健，路人视之，啧啧称赞，为店铺增色。

当时店铺所售的商品主要为自产的京式、苏式糕点和北方土特食品、沿海地方干海产品，而有很大一部分是从南方采购进来、青岛人尚未见过的南国风味食品。三位老板，一位掌管门头经营，二位外出采办货品，许多江南的地方特色名吃名品渐次在岛城露面。像酒类中的贵州茅台，开林花雕；食品类的金华火腿，龙缸松花，福建桂圆、荔枝、木耳、香菇，浙江竹笋、藕片，湖南湘莲，广东蜜饯、明姜；罐头类的凤尾鱼、油焖笋、四鲜烤麸；上海产的各色饼干、糖果、陈皮梅等等，而燕窝、银耳更是万源永独家所有。其中，最受当时青岛人欢迎的是上海货。二三十年代许多寓居青岛的文化名人写作之余喜欢到万源永买食品，把这当成一种享受，一种情趣，一次休闲。在开埠初期的中山路出现这么一家食品铺子，确实给当时的青岛人带来了美味，带来了新意，为中山路聚集了商气。有人说，万源永是青岛食品零售行业的开拓者，应是当之无愧的。

万源永开业后，买卖兴隆，宾客如云，引起许多商人的羡慕。于是纷纷仿效，同样的店铺如雨后春笋般开张，在店名上也因袭了“万源永”招牌上这个“万”字。一批“万”字头的食品商铺先后出现。如在潍县路上的“万康”，在河北路上的“万生”，在北京路上的“万祥”，在河南路及四方路上的“万福临”等等。青岛的食品零售业由此兴盛起来。他们在经营上虽然也效仿万源永的模式，但却赶不上万源永，尤其在接待顾客方式上，万源永自有一套独到之处。

那时候，大批外地人纷纷移居青岛创办实业，洋人在青岛设行办厂的亦为数不少，更兼青岛山清水秀，环境优美宁静，一批文人墨客迁居青岛的甚多。这些人日常消费自然选择有名望的店铺，万源永就是他们经常光顾的地方，因此在接待上自然形成与别家商店不同之处。

一是店铺内部布置不同，迎门“U”字形柜台显得宽敞气派。后墙一色落地到顶样品货架，显得品种丰满，进门两侧摆设了两对木质太师椅和茶几。顾客走累了进门后，可以先坐下休息，充满人情味。

二是接待不同顾客有不同待遇。如遇老顾客，多由相熟的店伙接待，显得热情，不见外；有名望的人士来店，则有“头柜”先生出面陪伴着说话，还让小伙计端上茶水、瓜子、点心招待，边吃边喝边谈生意，临走还派小伙计跟着顾客送货上门。对个别交情比较深的顾客还有小礼品相赠，以此博得顾客的欢心，留住顾客。

三是商品质量不同，万源永特别讲究商品质量，这是几十年经营不衰的根源。在店堂楼上的仓库里，有一位专职整理商品的老师傅，对进来的散装商品一律进行挑拣、筛选、去杂等多道工序，使商品鲜亮干净，招人喜欢。老百姓家中凡有寿庆婚娶、节日馈赠、置办礼品都喜欢到万源永来，以显隆重。当受礼人看到包装上有万源永的大红帖儿，就会认为这礼品是贵重的。

四是店规森严，站柜台的店伙全是男性，进入柜台，身上是不准带钱的。虽然店伙们家境都较贫寒，但上柜接待顾客必须穿戴整齐，一律留分头，穿长衫、白袜、黑布鞋，内着白小褂，把洁白的袖口高高卷起，显得精明干练。不站柜台的小伙计一律穿短褂，着布鞋，系围裙。搬运货物，清理卫生，都是小店伙的活，每天工作十六七个小时，晚上店铺打烊后，还要在大门处打“顶门铺”睡觉，给店铺安全值夜。这样的生活一般要熬二三年，等来了新小店伙才能升为大伙计可站柜台。

万源永对银钱的管理更是十分严格，店堂中央设一个“大账台”，由老板最信任的人当“账先生”，他的工作一是收银，二是监视着所有店伙计付货、收款，两眼、两手不停地忙碌。站柜台的店伙计接过顾客交给的钱，必须立即转身交到“账台”，找零也需账台先生付给，店伙计不准动钱的。

正是由于这种严厉的店规养成了不同于别人的店风、行规，在各方面都胜同行业一筹，成为当时食品业的“大字号”。

《从“万源永”到“海滨”的发展历程》

❖ 吕文泉：国货运动与青岛国货公司

青岛近现代史上的国货运动，一直与反帝爱国运动紧密结合。五四运动、五卅惨案、五三惨案，都与青岛有直接联系。在历次反帝爱国运动中，青岛的工人学生爱国群众，因有切肤之痛，义无反顾，站到斗争的前列，高呼“外争国权，内惩国贼”“国家兴亡，匹夫有责”的口号，深入乡村，发动群众，不用洋货，提倡国货；走进商店，检查洋货，限期拍卖；同时劝勉商民发扬爱国主义精神经销国货。当时在青岛抵制日货确有困难。自1914年日本占领青岛后，日人蜂拥来青，设厂开店。1922年中国政府收回青岛后，仍有数万日人留在青岛，并享有特权，致使日货充斥市面。中国商人与日商交易，久已成习。但青岛商民以爱国决不后人而自勉互勉，都自觉封存日货，经销国货。

▷ 青岛国货公司

1930年2月7日，青岛各界推举代表，成立“青岛各界国货运动委员会”，接受了原胶澳商埠局在河南路东莱银行兴办的商品陈列馆，将其改为国货陈列馆，并开设了青岛国货商场。国货陈列馆陈列国产商品，每年在此举行一次国货展览。经五个月的筹备，国货陈列馆于1930年7月1日正式开幕，并举办了第一次国货展览，展出上海、天津等地41家工厂的产品共1900余种6150件，吸引了数以万计的参观者，在不到一个月的展览期间，销货成交额达10余万元。1931年11月和1932年10月，先后举办第二次和第三次展览，参加展出的工厂，分别为72家和50家。1933年7月举办的第四次国货展览会，规模更大，参加展览的有本市及上海、杭州、天津等地工厂173家，产品6300余种。在22天的展出中，参观者达40万人次，销货成交额达389900余元。

开设国货商场是为了扩大经营国产商品，为国产商品开拓市场，振兴民族工业。青岛国货商场在招商试行规程和管理规则中规定：国货商场专营国产商品，招来国货工厂和国货贩卖商承租经营。承租厂商按等级预交保证金和按月预交租金。所陈列各种国货，均须明码标价，废除讨价还价陋习，听任顾客挑选。店员必须和颜悦色招待顾客。1930年9月，据国货运动委员会调查，有23家商号租用商场的营业场地，分别经营教育用品、布匹绸缎、服饰化妆等用品、烟酒、日用百货、医药、机电、工艺美术品等。

1933年，青岛地方当局集官、商、银行各界资金在原青岛国货商场组建了青岛国货股份有限公司，同年12月开始营业。1934年，上海有10家国货工厂——五和织造厂、中国化学工业社、中华珐琅厂、华昌钢精厂、华生电扇厂、美亚织绸厂、鸿新织布厂、华福制帽厂、裕泰暖瓶厂、中国赛璐珞厂联合派人到青岛，在中山路101号开设上海国货公司青岛联合营业所，简称“青岛国货联营所”，随后又有上海一心牙刷厂、联华螺钉厂、上海瓷砖厂参加联营所。开业后，五和织造厂生产的鹅牌绒衣、汗衫；中国化学工业社生产的三星牙膏及三星牌化妆品、蚊香、味精；中华珐琅厂生产的立鹤牌搪瓷面盆、口杯、盖杯；华昌钢精厂生产的五星牌钢精锅；华生电扇厂生产的台扇、吊扇，都以质优价廉、畅销不衰，逐渐占领了城乡市场。青岛国货联营所批发零售，年营业额达十余万元。

1936年，青岛国货股份有限公司与上海国货工厂青岛联合营业所合作组建青岛中国国货有限公司。公司的章程规定：本公司以促进国货发展、增强产销合作为宗旨。（一）运销我国各地货物；（二）经销全国国货工厂产品；（三）有关国货事业之开发与介绍；（四）发售本公司自制货品；（五）承办代理购销国货业务。故该公司经营的商品，多属国产名牌，以货真价实，服务周到而赢得信誉。当时推青岛市市长沈鸿烈为董事长，青方股东代表王新三为经理，沪方股东代表柏坚为副经理，年营业额为80余万元。1937年，该公司由河南路迁到青岛最繁华的中山路胶州路拐角处。1938年初青岛沦陷，该公司停业解散，营业大楼被日本海军占用，继由日商白石洋行接收，开设银丁百货商店。

抗日战争胜利后，上海中国国货联营公司派柏坚来青岛，办理中国国货公司复业事宜。1947年举行股东创立会，推举孔士谔为董事长，柏坚为经理，李仁寿为副经理。公司资本总额为法币25000万元，1947年4月4日正式复业开幕，向顾客发送“开幕幸福奖券”，顾客盈门，盛况空前，五天营业额达3亿多元。当时公司的机构设置：经理、副经理下设业务部、总务部、会计部、出纳科。业务部辖营业股、批发股、服务股、广告股，连同门市各商品柜、驻外采购人员，共有职工103人。因物价上涨和经营发展，1948年4月资本增至20亿元。公司派专人常驻上海，采购上海国货工厂产品。济南、天津、北京、广州、九江、武汉等地国货工厂的产品，或派人前去采购，或委托各地国货公司代为采购。1947年营业额达130亿元，门市销售占80%。公司并大力协助国货工厂批发产品，代理各地国货公司购运土特产品，承办本市机关团体委托业务，开拓了国货市场，促进了民族工业发展。青岛中国国货公司，摆脱了当时一般商业长期沿袭的封建组织形式和管理经营方式，以董事会代替了东家家族经营，以推选的经理代替了店东老板管理，以练习生制代替了学徒制。还有一套较为严格的管理制度、财会制度以及各部门业务范围、服务规范、职员公约等。

1949年青岛解放，青岛中国国货公司积极组织商品购销，稳定市场，搞活流通，供应人民生活需要。继后青岛中国国货公司改“青岛国货公司”。随着企业性质的改变，在“发展经济、保障供给”总方针指引下，面向生产，面向群众，逐步发展成为为社会主义经济建设和为人民生活服务的企业。

《国货运动与青岛国货公司》

周 寅：开埠初期的房地产业

1897年11月14日德占青岛后，即开始了大规模的城市建设，其中重要的一项是开发房地产业，大批标卖土地，并由当时胶海关税务司的阿里文记载于《胶海关十年报告》之中。德国提督府最初标卖土地的时间是1898年10月3日，仅仅5天，便以每平方米1元的价格售出土地105390平方米，买方主要是那些准备在青岛开设工厂和商店的德国人。

▷ 20世纪初的青岛街头

▷ 街头的自由市场

▷ 瓷器摊儿

提督府还发布政令，通告所有持有土地的青岛人，除了卖给德国殖民政府外，不得售与他人。这样就由提督府逐渐购买了青岛近郊的土地，并且享有了征用土地权。随后，提督府还对公开拍卖土地及出售房地产等作了具体规定。

据1901年的资料统计，青岛及其郊区的总人口（不包括胶州和即墨）约有1.4万人。为了“确保房屋建筑的式样符合这个商港要求”，提督府还要求建筑人员事先将图纸及设计规划报工务局批准，严禁采用“质次材料”。这段时期，即1898年10月3日至1901年底，青岛出现了首次“建筑业高峰”，仅大鲍岛华人居住区的地价，每平方米就涨到了3元，并且此时青岛的大部分土地均已脱销。

《青岛开埠初期的房地产业》

王铁群：印刷业的创始与发展

青岛市的印刷业创始于德国占领时期的1902年，当时天主教会在曲阜路开办“天主教印刷所”，由德人开梦兰主持，但不对外营业。1905年改名为“天主教堂印书局”，正式对外营业。该局备有德制新式凸版印刷机，拉丁文、希腊文，中文各号铅字和划线、制本、烫金各种机器等齐全。其主要服务对象是天主教会、德国在青的军政机关企业等。继青岛市各项市政建设逐步完备，商业日益发达，工业也随之发展起来，我国民族资本的印刷工业也应运而生。1909年即墨人徐敬舆在河北路开设鸿顺公南纸印刷局。1912年，广东人陈乃昭购买了原广东人朱淇1909年在潍县路创办，后来停刊的中文《胶州报》的设备，开设了宜今印务局。除原有的印刷机器设备外，还由上海购置了划线机、烫金机、各体拉丁文铅字、各号中文铅字，所用纸张是进口账簿纸、蓝棉纸、道林纸、打字纸等，多印刷西式账簿单据及较为考究的印刷品。鸿顺公是作坊式的，仅设有木雕板，手工操作，印刷红格旧式账簿、信纸、信封、呈文纸、发货票、收据等，用纸多为我国南方出产的毛边纸、连史纸、宣纸等，故称南纸印刷局。该局兼售对联、挽联、请帖、账光纸、笔、墨、砚等文具用品。继之又有几家小规模的铅印及石印作坊先后开业，印刷一般单据、表册、招贴广告、讣文、一色和套色的小型商标等。

第一次世界大战结束，日本帝国主义侵占了青岛，日本商人随之蜂拥而来，他们无孔不入，遍及各个行业，日本经营的印刷工业，迅速发展起来。青岛市的军政机关、铁路、海关、工商企业各部门的印刷品，几乎全被他们抢夺承揽。国人经营的印刷工业无力与之竞争，只能惨淡经营以求生存。当时大英烟草公司附设的印刷厂虽技术先进、设备齐全，具有竞争能力，但不对外营业。1922年我国收回青岛的一切主权，工商企业迅速发展，学校、社会团体日有增加，印刷品的需要量急剧上升。于是，印刷工业犹如雨后春笋，蓬勃发展起来，民族资本经营的规模大小不同的铅印石印的印刷厂相继开业。1937年七七事变前夕，青岛市已有32家印刷厂，开业歇业，交替延续。

印刷工业无定性产品，绝大部分的印刷品是接受顾客的委托印刷的。印刷工业又被旧政府定为特种工业，受到一些特别管束：如承揽印刷书刊、传单等，在付印前须将原稿送警察局特务科审查，不得许可，不能付印。其他行业的繁荣萧条，政治形势的安定与否，都能影响到印刷工业的兴衰。因而时而有所发展，时而出现衰退，加之内部竞争激烈，规模小的印刷厂求生存不易，求发展更难。几家同业大户，也无保障，时有横遭摧残之虞。其中设备齐全工人较多，资金较为雄厚，营业时间较久，具有代表性的几家印刷厂简况如下：鸿顺公、即兴诚、新华、恒聚兴经营印刷兼售文具，主要营业对象为机关、商店、工厂、学校等。宜今、福昌、新华兴以印刷外文精装西式账簿单据为主，营业对象为洋行、银行、海关、港务局等。兴华、华昌大、俊德昌、新文化、文华等厂，则专承揽各机关出版单位的月报、年报、期刊、杂志及其他大宗印刷品。益隆、恒忠、隆记行等则专门用铜锌版印刷粗糙的火柴商标、迷信用品。

当时规模最大设备完善的祥瑞行，是唯一设有胶版机的彩印厂，专印套色美术画片，技术先进，产品精良。该厂拥有工人150余人，单色对开胶版机三台、铅印糊盒机、压盒机、大石印机等设备。

《青岛印刷业的创始与发展》

于文卿：自行车业发展史略

青岛有自行车，是19世纪末期由德国进口的，价钱昂贵，骑车的人多是洋行买办阶级的阔佬阔少们。他们拉响车铃（那时是拉铃）招摇过市，神气十足，旁若无人。

第一次世界大战以后，日本产的“宫田牌”“富士牌”大飞轮自行车，又源源输入青岛。随后，英国的“梯兰陵牌”“三枪牌”大飞轮自行车也相继涌入，当时不仅是青岛，连整个山东甚至华北各地区的自行车市场，也为英、日、德各国所垄断。青岛地形特殊，马路高低不平，骑用大飞轮自行车，比较稳妥安全，深受消费者的欢迎。直至今日，据有关方面统计，大飞轮自行车在全国来说仍以山东为最多。特别是农村里，大飞轮自行车被誉为“不吃草的毛驴”。

外国自行车既然大批输入，占领了整个自行车市场，就必然要有相应的自行车零件和维修行业来为这些自行车服务。因为青岛不能生产自行车零件，在青的德商禅臣洋行，日本三菱洋行、菱田洋行等便大量进口德、日自行车零件。这些洋行都是只批发不零售，更不经营维修。于是就产生了自行车零件的零售和维修行业。

最早经营自行车零件零售维修业务的是曹海泉，他在山西路开了同泰车行，经销从外国洋行批发来的自行车零件兼营维修业务。以后又有德兴车行、福兴、德兴太、同和太、润大等车行相继开业，经营零件和维修。到抗战前夕，这样的车行在青岛已有20多家了。

这些经营零件和维修业务的车行，因为自行车零件货源供应受到外国洋行的垄断把持，影响他们业务的发展。他们就开始模仿制造一些较为简单的自行车零件，逐步达到自产自销。最早仿造的还是同泰车行，它在蒙古路开了个工厂，生产自行车架子、叉子、车瓦等。这个厂唯一的一名技术工人叫徐祈惠，是他用从日本进口的机器，开始生产自行车零件的。因为国产零件比较便宜，所以很受用户欢迎。接着，润大车行、普华工厂等也开始生产一些零件。比较复杂的零件，如大飞轮、链条、牙盘、辐条等还得依靠洋行进口。

1932年，陆丰铁工厂看到自行车业很有发展前途，就由林廷球等人着手研制大飞轮这个技术比较复杂的主件了。经过两年多的时间，进行了若干次试验，直至1934年才研制成功了第一个大飞轮，定名为“气球牌”成批投产，后因陆丰铁工厂迁往济南，太东铁工厂移至陆丰铁工厂旧址，仍由林廷球和孙志诚等继续生产大飞轮，产品质量进一步提高，遂改名为“地球牌”，产品畅销青岛市及山东各地。当时每月产量千余个，每个售价5元，进口德国大飞轮每个7元，每月进口一万多个。当时大飞轮虽解决了，但车链、辐条还是不能生产。

七七事变后，日本帝国主义占领了青岛，日货又充斥市场。在这种情况下，同泰车行等自行车零件厂，关的关，停的停。日本厂商趁机在青岛开办了生产自行车链条、辐条两个厂子。从1945年日本投降，到1949年青岛解放在这一段时间里，由于国民党的反动统治，自行车工业毫无发展。青岛解放以后，自行车行业也和其他行业一样得到蓬勃发展，一两年就由原来的20多家发展到近60家。

《青岛自行车业发展史略》

第四辑

色味俱佳·当异域美食邂逅正宗鲁味

❖ 张聿贤：聚福楼，最正宗的鲁菜馆

青岛聚福楼大酒店，以清醇香嫩的正宗鲁菜享誉岛城，独领传统鲁菜烹饪风骚，是青岛久享盛名的老字号饭店之一。

聚福楼建于1924年，由山东省福山县吴子玉、高学曾创办，原址在即墨路12号。房产为清末朝廷重臣、著名书法家王序所有，店号也由他起名书写。原牌匾已不知去向，现在的招牌是岛城书法家张书年所写。

当时的聚福楼，烹调技术高超，可与春和楼、顺兴楼等名店并驾齐驱，争相媲美。菜肴品种齐全，燕窝、鱼翅、海参、烤鸭等高档名菜应有尽有，美食佳品无所不备。服务方式也很有特色，既可在店内设宴，也可向外送菜，有一套流动式灶台和外出服务设备，顾客有约，厨师便带着物料登门服务。经常为朝廷官府、达官贵人、工商企业、社会名流包办酒席，名声红极一时，生意十分兴隆。

1943年，聚福楼因顾客将烟头扔入砖木结构的墙缝内，遭遇一场火灾。消防队救火时，又因水龙无水，眼睁睁地看其全部烧尽。店主高学曾与其表弟杨清环（该店的堂头），四处奔走，筹资复业。当年买下东升楼饭店的全套铺垫，改名为“聚福楼东记”。同时又联络渔业、肉业的友好苗春亭等发行股票，集资将失火的原店址翻建为砖石结构的三层楼房，更名为“聚福楼西记”。

聚福楼东西两记，共有资产25万元，店员110人，两处都有高级厨师掌勺，红白案齐备，烹调技术和服务水平进一步提高。名厨有高学智、赵风岭、王振东、泮学良等，烹调技艺高超。菜肴特点是清醇香嫩，保持海鲜、肉菜等原料的原质美味。燕窝、鱼翅、海参、干贝等高档菜，以及什

锦小豆腐、五香蒸鸡、椒油白菜、砂锅三味等，都是有名的正宗鲁菜。在酒店餐馆林立的岛城，聚福楼以正宗鲁菜独占鳌头。

《久享盛名的青岛聚福楼》

❖ 叶　征：饮食，以海味为主

由于青岛靠海，小海鲜齐全且便宜，沿海一带的居民经常吃贴饼子炖鱼，或以蛤蜊为原料做成各种菜、汤，也有用捡捞的绿海菜做馅，贴菜饼子。大葱蘸虾酱就饼子，也是一种嗜好。

市民也有吃饭喝汤的食俗，汤也是以海味为主，流传至今的是人称“晃汤”，也就是汤里下青萝卜丝，放海蛎子和小蛏子，其味鲜香无比，今多改用虾汤。还喜欢喝一种海菜疙瘩汤，此菜用绿海菜和面疙瘩煮成，清淡鲜美。

在乡村，旧时农家多使用柴灶，主副食用锅一次做熟，故得名“一锅熟”。例如：在锅底熬鱼、熬汤、蒸蛋，煮地瓜、土豆、山药、芋头、胡萝卜等，在锅帮上贴饼子，品种可多可少，熟后往往可摆满一大桌，各味纷呈，五色俱全。“腥鱼烂虾，送饭的冤家”，其中的贴饼子、熬杂鱼尤令乡民们难忘。乡民居家度日，喜食咸鲜辣味，多食生葱、生蒜，也离不开咸菜和大酱。每年秋后，农家都要制作大量的腌菜和干菜，家家户户的庭院窗下，都有一缸自家晒制的酱菜。乡民吃饭时喜欢蘸大酱，供蘸酱用的原料很多，“一时韭菜一时葱”，春天有小葱、小白菜、菠菜、小水萝卜和蕨菜等脆嫩野菜；夏天用蒜薹、大葱、黄瓜、萝卜等；秋天用大蒜、葱白、萝卜等；冬天则用白菜心、葱白等。

《青岛民风民俗》

▷ 德租时期的车站饭店

▷ 德租时期的侯爵饭店

❖ **王徽明：**日本茶座

日本人做生意比较精明，市北区的饮食业开设茶座就是明显的例子。当时李村路有一家电影院叫“青岛映画”（今青岛影剧院），市场三路有一家日本电影院叫“电气馆”（今东风影院）。在这两处电影院旁边，各开一家茶座。在电影开放前和散场后，游人都可至此喝杯茶，吃点点心，休息一会儿再走。这里事实上是电影院的小卖部，除了卖茶、牛奶及咖啡外，还出售糖果、点心等零食，并且还供应日本料理，是极为方便的餐馆。其分布如下：

映画庄（电气馆隔壁），市场三路。

若草（三浦林藏），李村路 8 号。

百波（铃木由纪子），聊城路 136 号。

明朗茶房（番川勇胜），招远路 54 号。

日本专卖茶水的店铺，一般称茶坊。茶屋、茶寮是饮茶及料理都供应。明朗茶房与以上几种茶馆不同，它是新旧交替的产物，专门供应红茶和咖啡。在当时的日本侨民中，喝红茶和咖啡甚为流行，而且他们还发明勾兑方法。如红茶除加方糖外，还可以兑入威士忌酒。咖啡除加牛奶、方糖外，还可以加入白兰地。明朗茶房就是这种提供特殊饮料的地方。

《市北区日本料理馆史话》

王徽明：用料考究的寿司馆

“寿司”在日本古代原指用醋拌的生鱼片。现在则为一种粳米饭加生鱼片制成的和餐。直至今日，日侨在世界各地大都设有经营“寿司”的餐馆，这是一种高档的和餐。

寿司的做法是取煮好的粳米饭，拌上醋、盐、糖等调料，再用手按薄，中间加紫菜、鱼松、鸡蛋片、冬菇等夹层卷起切件，上面用生鱼片或生鱿鱼等覆盖，也有用紫花包覆的，颇像中国的如意卷。切件的形状分方形、梯形、菱形、圆形等，吃时蘸酱油和山葵泥（日本的辛辣调料）吃。这种食品，一般料理店也供应，但没有专营寿司的料理店用料考究，花色品种繁多。寿司里面有的还增加了生虾、生鱼子、生蛏子、生蛤蜊及芥菜等，外形色彩也十分美丽悦目。上菜时用漆盒盛装，打开盒盖，那切割整齐的寿司透明晶亮，有的还带点闪闪发光的银色，使人胃口大开。当然，这种以生鱼为主的食品，中国人很少问津，市北区那时专营寿司的餐馆只下列一家：东京寿司（岛崎），桓台路36号。

《市北区日本料理馆史话》

孙兆瑞：滋养轩，最早的东洋糕点厂

在青岛最早的东洋糕点、糖果厂，是日人福田开设的滋养轩，当时在青岛很有名气。他在20世纪初曾在德国人经营的养牛场当饲养员。后来他自己也养奶牛，并卖牛奶、羊奶，业务逐年发达。他又从日本请来了做糕点、糖果的技师，专门生产日本风味的糕点与糖果。如日本最著名的樱花软糖、牛奶软糖、太妃软糖及各种饴糖、硬糖、软花糖等，同时也正规地制作各种日式糕点。如以糯米粉和红小豆为主料的栗子馍、香蕉糕以及各种豆沙馅点心和一些日本人喜爱的各种杂点。后来又增设饼干车间。他的糕点、糖果、饼干等产品除供应本市之外，还远销济南、徐州、开封等地。福田在经营企业上很有魄力，除了增设中山路门市部之外，在生产设备上也力求机械化。当时青岛的糕点厂，一般都是直接用火熬糖，用明火烘烤点心。滋养轩就改用了电炉烘烤和蒸汽熬糖。

福田一方面从滋养轩攫取了大量利润，一方面也为我们造就了许多会做日式糕点、糖果的技术人才，其中较成熟的有江清东、卞夏、于德成等人。

《青岛糕点食品业发展简史》

王树功：中国人经营的西餐馆

20世纪30年代以前，青岛的西餐馆全为外国人经营。30年代以后，张絅伯在青岛开设明华银行，利用储户存款在汇泉角建造了规模宏大的东海大饭店，经营高级旅馆及西餐馆，这是国人开设的第一家西餐馆。因距市区较远，除有汽车的特殊阶层外，一般人是很少光顾的，后来有崔子运在保定路河南路转角开设了大同西菜馆。继又有人在湖南路中山路口开设了上海饭店西餐馆，都以接待工商界顾客为主，这类西餐馆的菜谱往往都是仅为可数的几样套菜。如先上一道冷盘，多为色拉、酸黄瓜、几片红肠、几片西红柿等，继上一道汤菜，有俄国白菜汤、玉米汤或牛尾汤等，次为一道或几道大菜，如煎牛扒、炸猪排、烤加吉鱼、烧小鸡、咖喱鸡饭等，最后一道为甜菜，有布丁、水果、咖啡等。人们为了换换口味，常去光顾，营业一时很盛。在这期间，青岛咖啡经理王秀臣另在南海路开设饮渌轩西餐馆，专门接待美国水兵，后已歇业。青岛沦陷时期，日本宪兵队翻译贾某在安徽路开设了新新大饭店西餐馆，孙某在沧口路开设了亚洲饭店西餐馆。一些趋炎附势者，纷往光顾，而正当商人则裹足不前。同时，日伪军方还将龙山路迎宾馆开放，内设西餐馆，但为时不久便停业了。

抗战胜利后，有国民党人士奚恒如接管了安徽路新新大饭店（今新青岛理发厅址），继续经营。张某接管了德县路日本吉田洋行原址开设南京饭店（今市南文化馆址），经营西餐。当时适值处理战后剩余物资，美国士兵也盗卖军用物资，市场上美国货品充斥，呈现了虚假繁荣景象，西餐馆、酒吧、舞厅应运而生。后因法币、金圆券一再贬值，正当的工商业都无法维持，这些西餐馆只好倒闭歇业。

《青岛的餐馆业》

王　铎：南式糕点“四大家”

在20世纪二三十年代，青岛的南式糕点非常有特色，当时有“四大家”，很有名。现在来数一数，它们分别是潍县路上的万康公司、同裕和和三阳泰，还有博山路上的泰和祥，都是前店后厂的经营形式。这些南式糕点，做工精细，花样多，个头也小。它们围绕着四方路一带的众多茶庄、浴池和妓院，招徕生意，一天到头买卖都很火。

比如，当你在天德塘洗澡的时候，第一拨“盆汤”洗下来，就在你躺床上穿着浴衣休息的时候，此时你肚子一定有点饿了。于是，你可以对着外面叫茶，点点心。

令你想不到的是，万康公司的小伙计早就等在外边了。听到叫声后，他会提着漆花提盒，一路小跑地来给你送茶点、沏开水，服务热心而周到。当小伙计当着你的面儿，打开提盒的时候，各种花样的糕点会一下子引出你的馋虫来。此时，你可以每样都尝一块，也可以随便吃，吃多吃少不限。

等到洗完了澡，愿意再带走一点糕点的，小伙计会快速给你打包，最后再贴上红纸贴，让你带走。但如果遇上过年过节，你来洗澡就没有这么从容了，因为到了那个关头，“四大家”的生意不光好，有时还得早早预订，不然买不到可是小事，洗澡时的那份风光和排场，可就要大打折扣了。

《青岛掌故》

刘华亭、黄宏伟：辣蛤蜊

辣蛤蜊是岛城人众所周知的传统风味小吃之一，其清鲜爽口，风味独特，人人愿做愿吃。蛤蜊，青岛人又叫它蛤，是海产双壳类软体动物，青岛特产，经济价值较高。它生长在胶州湾近海的浅滩，上下双壳合璧，无足无丝。其肉质鲜美，很早就被列为青岛的小海产品，有“海族最为鲜”之美誉。每当退潮之时，大片的海滩裸露在人们面前，青岛人“赶海”挖蛤蜊蔚为壮观。有人一次就能挖十几斤，收获到的蛤蜊可做许多小吃，用蛤蜊炖豆腐，炒辣蛤蜊，用蛤蜊下面条，用蛤蜊做馅，包素荤馅饺子等等吃法各不相同。现今炒蛤蜊、喝生啤酒已成为岛城人一大时尚，辣蛤蜊在岛城饮食店、饭店都是保留菜目之一。把从市场采购来的蛤蜊放海水中浸泡着，那些活着的蛤蜊会自然地伸出它的吻突吸气呼气，吐净其体内的泥沙。此时再把它入锅炒热，既不牙碜，

▷ 黄海海边捕蛤蜊的渔夫

肉质又柔嫩，味道鲜美。青岛人各家做蛤蜊这拿手菜，都有不同的高招。现今青岛许多加工厂家还把蛤蜊制熟，用抽空袋包装。蛤蜊肉贮存、采买、运输均很方便。难怪有久居在外的原籍青岛人都有一种共同的愿望和感叹："想家乡的海，想家乡的亲人，更想吃青岛的蛤蜊。"

《青岛风味小吃》

盛相国：鲜香可口的沧口锅贴

清朝末年，列强侵扰中华，国内战乱也层出不穷。此时的皇宫御内人心惶惶不安，许许多多被誉为国宝、价值连城的珠宝名画，纷纷流入社会，一些原来只供皇亲国戚享用的名品佳肴、宫廷御宴也渐渐地在民间传播开来。锅贴便是其中的一例。

1926年春天，一对中年夫妇自京城到济南，又经诸城、胶南辗转来到了青岛。此时的青岛就像一颗璞玉浑金，凭着刚刚露出的一丝峥嵘就深深地吸引住了这对落魄的夫妇。他俩在沿铁道线而建、已粗具规模的沧口大马路上购买了几间房子安家落户，开起了小饭店，起名叫"万香斋"。起初的万香斋饭店分早、中、晚餐经营，品种有酱货和油条、蒸包、稀饭、甜沫以及从皇宫传入民间的锅贴。当时的锅贴只有一个品种，就是用猪肉、韭菜和青岛盛产的小海米做原料制作的三鲜锅贴。因为锅贴的制作相对于其他面食品种的工艺要复杂一些，用品用具比较讲究，包制、煎炸有一套程序，一般的家庭做不了，加之外焦里嫩、鲜香可口、独有特色而渐渐走红。

《久负盛名的沧口锅贴》

❖ 王　铎：天合成家的桃酥

▷　桃酥

在解放前，云南路上有家天合成糕点，主要生产桃酥，在青岛港号称“桃酥大王”。“桃酥大王”的经理名叫宋仲彬，对制作桃酥非常有研究，他的名言是“三成案子七成炉”，意思是烤桃酥主要的功夫是掌握火候，火候掌握得好，烤出的桃酥就会酥脆可口。

那时，民间常常会有这种试验和比较桃酥的办法，即将一块桃酥放入一只大海碗中，用开水一沏，天合成的桃酥会膨胀成满满一碗。曾有有心人测量了测量，原来这块桃酥经开水一沏，大约比原来大了两倍半。而别人家的桃酥就不行，这叫做不怕不认货，就怕货比货。所以，天合成家的桃酥一直到解放初期还供不应求，成为“岛上名点”。

《青岛掌故》

孙兆瑞：多种多样的俄式面包

青岛市解放前曾是全国的特别市之一，由于曾受帝国主义统治，外侨较多，特别是擅长制作糕点饮食的白俄较多。因而过去市场上的面包主要是俄国式的，法式次之，德式的很少。俄式面包又分三种：

第一种是大面包，是用模子烤的；另一种是圆面包和梭形面包。上面呈裂口形的，是在耐火砖上烤的。这种面包底部烤的皮厚，吃起来香脆可口。

第二种是各种鸡蛋面包。正规用料应有鲜牛奶、鸡蛋、香草粉。各种副料有奶酪、奶油、酥面、各种果酱和葡萄干等。

第三种是大面包圈，配料与普通面包同。另外有一种手指头粗细的面包圈，配料加鸡蛋、糖、奶油；还有一种做得更细的面包圈，是用明火烤的，香脆可口；还有一种玫瑰花小面包，用料与细面包圈相同，是在耐火砖上烤的，有其独特风味。以上这几种大小、粗细不同的面包圈和玫瑰花小面包，外侨多用于儿童早餐。

《青岛糕点食品业发展简史》

王徽明：河豚料理

河豚宴，在日本餐馆中属于高级宴席。河豚料理被视为高级菜。

河豚有毒，人所共知，误食可使人丧命。但在日本的筵席中，烤河豚却认为是无上美味，我国也有“拼命吃河豚”的典故。所以制作河豚需要特别细心，一般饭店是不大敢制作的。

日本人吃河豚，一般是放在筵席最后。制作者是穿和服的清秀女子，用手托着洗好了的河豚，坐到烤炉旁边，架上铁丝网，把一条条河豚放在铁网上面，用熟练灵巧的手法翻拨着，随烤随吃，鲜美无比。

当时的市北区，经营河豚料理的只有聊城路108号山本和子开的鱼利一家。这里卖的全是特色菜肴，如东京饭团、关西割烹、河豚料理、鳗鱼料理等，当时是很有名气的饭店。

《市北区日本料理馆史话》

刘华亭、黄宏伟：清蒸海蟹

我国食海蟹有悠久的历史，宋朝著名诗人苏东坡诗曰“半壳含黄宜点酒，两螯斫雪劝加餐”。这对蟹肉既可下酒又可下饭的描写再贴切不过了。《红楼梦》中黛玉也有两句诗：“螯封嫩玉双双满，壳凸红脂块块香。”把由蟹制作的菜肴色、香、味形几乎都概括地呈现出来了，嫩玉般的蟹肉确实味道鲜美，难怪李白欲“摇扇对酒楼，持袂把蟹螯”了。

古人对蟹肉百般钟爱，但不如海边的岛城人对其更青睐。青岛人又称海蟹为海盖子。在青岛近海有大量海蟹栖息，以胶州湾所产海蟹最为著名。其个大、肉肥、色泽诱人。海蟹以每年三四月间所产最肥。雌蟹为团脐，雄蟹为尖脐（以腹部脐为准）。其壳厚而扁平，呈青灰色，头部生有两只大螯，另生有八只脚，全身略呈梭形，海蟹形象特殊，煮熟后内陆人都不会吃。青岛人对其再熟悉不过了，他们准会津津乐道地告诉客人如何吃。海蟹去壳后，底盖两侧肉质白嫩、鲜美，呈蜓状结构，口味好极了。

《青岛风味小吃》

❖ 鲁　海：历史悠久的李家饺子楼

饺子、包子、面条是北方主要面食。“好吃莫如饺子”，饺子一直受人们钟爱，是中华民族代表性食品。虽然是家庭面食，但也是餐饮业的主要经售食品，过去在青岛，饺子、包子被列为点心，未入饭店业。

青岛虽是年轻的城市，又是欧化城市，但青岛的水饺却十分有名，如梁实秋就说过：“我一生吃过的最精致的水饺是在青岛。”

列入点心店，以经营水饺为主的饭店中，最有名的老字号是李家饺子楼。相传投资开这家饺子楼的是清朝遗老、曾任铁道大臣的吕海寰的儿子，当初曾叫李记饺子楼，它由李继康、李继昌兄弟于1930年在劈柴院开业，开业之后生意兴隆，于是又在积庆里开了分店。

李家饺子楼，饺子皮软硬适度，有韧性，而饺子馅选肉新鲜而精。有的饺子店往往在饺子馅中混进次肉，而李家饺子楼为了老字号信誉，宁肯多花钱也选精肉，用油适量，鲜而不腻，吃来两颊生香，回头客非常多。除饺子外也经营酒、菜，品种不多。

李家饺子楼两个店分别在劈柴院、积庆里，是青岛最繁荣的两个市场，商业、娱乐业为餐饮业带来顾客，餐饮业也促进了娱乐业。李家饺子楼比炒菜饭店价低，因而二处的许多艺人是他们的常客，许多彼此成了朋友。

《青岛老字号》

徐　奎：名厨名菜荟萃的春和楼

春和楼饭店，原名“春和楼利记”。创始人周氏，系当地渔民，早年在小鲍岛村、大鲍岛村一带设点摆摊，经营简单的饭菜。清光绪十七年(1891)，朝廷派兵进驻胶州湾，港口逐渐扩大，初步形成商港后，周氏便在此建起简易店房，饭菜品种不断增加，生意越做越活。1897年，在原址扩建二层楼，一层为小吃便餐，二层设单间雅座，生意甚为兴隆，成为岛城商人名流宴请宾客的餐馆。1922年，由鲁某任经理，后又交给马星源掌管。几易其主后，于1932年由田斗桓任经理、刘景伦为主厨，与其他五人合资经营，取店名为“春和楼利记”。

厨师刘景伦、王振才，善于研究烹调技术，对鲁菜不断发展创新。创制的烤鸭、清汤燕窝、白扒鲍鱼、香酥鸡、烩口蘑鲍丁、龙凤双腿、油爆海螺等，深受食客青睐，一直流传至今。后代名厨有张石岛、田文会、任荃等人。他们青出于蓝胜于蓝，在前人基础上不断发展创新。所制的燕窝凤尾虾、明火海螺、四龙相会、两吃全蟹、西施虾球、凤凰鱼翅、雪丽大蟹、四喜鱼卷、扒原壳鲍鱼、三吃明虾、凤尾全鱼等十几道菜肴别有风味，成为岛城名菜。

30年代末，店主将邻壁的服装鞋帽店买下，与原店合为一体，扩大经营，改店号为“春和楼”，并在后院建起三层宿舍楼，成为岛城的一家大型饭店。

《名厨名菜荟萃的青岛春和楼》

❖ 刘华亭、黄宏伟：乌籽串

乌籽学名乌籽鱼，它虽称为“鱼”，但却生来外形奇特，是乌贼科属，青岛沿海均有盛产，每年5—10月是汛期。青岛人吃乌籽鱼有许多食法，在开水中稍氽取出拌大葱丝，或将其炒韭菜，把乌籽鱼串起来烤着吃或涮着吃，这是青岛当地渔民的一种“独创”。因乌籽的谐音是“屋子”，“爱乌及屋”，对岛城渔民来说，海中盼船舱满载，陆上盼多建房屋，人丁满堂，五谷丰登，这些企盼对吃法也有影响。把乌籽鱼串起来入沸水涮熟或入油中炸熟，蘸味料吃起来别有特色，百吃不厌。如今遍及岛城的有烤（炸）肉串、涮鸡心、涮羊肉，但最受人们喜爱的可能还是这乌籽串了。这可能缘于其外形奇特、口感鲜嫩之故吧！乌籽烧白菜、乌籽烧豆腐连同乌籽串这些风味十足的菜肴、小吃，不在岛城的外乡人恐怕是欲先尝为快，一饱口福非来此地不可了。

《青岛风味小吃》

第五辑

逛庙会看演出·老青岛人的民俗风情

❖ **鲍运昌：**过年送“斧”

春节将近，过去年前送“斧”（福）的却不见了。旧时青岛地区，每到这个时节，有人总要用铁片打成一些小斧头，临近年关时到各大商店门前叫卖：“掌柜的，送来福了，你不要斧吗？”这一问，掌柜的当然不能不要“福”，就花钱买下这些小斧头，算不上艺术品，但买卖兴隆，大家都是为了图个吉利。

《过年送“斧”》

❖ **谢洪山：**春节食俗

百节年为首。岛城人过年的食品也非常讲究。青岛人过春节都要提前做饽饽（馒头），因饽饽的样式不同，意义也就不同。鱼形为吉祥，桃形为长寿，苹果形为平安如意。有的家里还要做上一对“剩虫”，意思是年年有剩粮。有的家里，不仅有“剩虫”，还要做上一对“圣鸡”，象征着自家的学生学习好，年年能够“升级”。

有意思的是，岛城有的人家在大年三十早晨，全家人就要喝用小米、大枣和菠菜熬制的稀饭，中午吃包子，且要配一份大锅菜，还要再留一碗到正月初一。这叫“隔年菜（财）”，盼望着来年有财源。年三十吃饺子，是庆贺丰收，全家团圆的意思。用栗子炖鸡，表现的是大吉大利。拌胡萝卜丝，俗称“和菜”，比喻全家团结和睦。

《春节食俗》

❖ 王　铎：正月初九萝卜会

每年的农历正月初九，是玉皇大帝的生日。为了恭贺玉皇大帝的寿诞，青岛人照例要在台东镇的清溪庵前，举办“萝卜会”，大庆三天。萝卜会，也叫“萝卜山会”。赶会的人，天不亮就要起来下地拔萝卜，为的就是新鲜、水灵和脆生。常言道，“萝卜快了不洗泥”，清溪庵的萝卜要的就是这个讲究，必须带着早晨的露水和泥土上市。

▷ 1941 年重修清溪庵建筑委员会庆祝上梁纪念合影

拔完萝卜之后，就得赶快进筐、进篓、进口袋，不能失了水分。随后，还要将萝卜码上驴背、架上手推车或装载马车。细心的妇女，手巧的，还要给“头刀”萝卜系上显眼的小红绳，这叫作“走红运”。只待丈夫的吆喝，或马鞭的一声脆响，赶萝卜会的车轱辘就转动了起来。清溪庵原址在台东道口路附近，修建于元代。旧时，这里是水草丰美的海泊河畔。当海泊河支流的一条条小溪，伴随着初升的太阳从这里潺潺流过的时候，赶庙会的人群会一下子从四面八方潮水般地向清溪庵涌来。

此时，老台东人会像过节一样早早出门来“耍景”。看看这一拨是从会前村来的，那一拨是从团岛“波菜地”来的，又一拨是从大湛山村辛家庄、大麦岛、登窑村来的，还有从城阳、女姑门、沧口、水清沟和四方来的。最近的要算是仲家洼、太平镇和吴家村来的了。每个推车牵驴牵牛和赶马车的人，脸上都挂满了汗珠和笑容。他们不仅仅是来赶庙会的，而且还是为着来追赶春天、追赶那红红火火的年景来的。于是，道口路、登州路、台东一路、顺兴路、昌乐路、辽宁路等路段，全都挤满赶会的人流。许多早早卸了车的汉子，一边将牲口拴在昌乐路“马车地”的拴马石桩上，一边顺手从河里打来清水，先洗几个萝卜解解渴，也算是尝尝鲜、解解馋。因为，这开春的萝卜原先在地里的时候，是不舍得吃的。现在，咬几口，不仅是为了向着赶庙会的人们做广告，而且还有“咬春”“开春”“尝春”（即“长春”的谐音）的意思。也可以这么说，谁的萝卜绿生生的、新鲜、甘甜，谁的生意就好。

俗话说，“粗皮萝卜细皮梨”。谁的萝卜浇水勤，水大，生长得快，皮就粗，明眼的青岛人都能看得出来。

其实，不管你码萝卜是不是码得整齐，不管你萝卜缨子上是不是系了红绳，也不管你是不是将萝卜一劈八瓣儿，所有赶庙会的人都得品尝。不知是哪年哪月兴起的先尝后买的规矩，那些胃口好的大姑娘、小媳妇、大爷大妈、小弟小妹一路尝下来，肚子不咕咕叫才怪呢。

台东“萝卜会”，也是民间演出的盛会。那些令人眼花缭乱的耍龙灯、舞狮子、踩高跷、扭秧歌、跑旱船表演自不必说，光是各种说书场子，就有十几个。大鼓书、山东快板、数来宝、八角鼓、天津快板和相声等等，各路好手争相斗艳，叫人拔不动腿，也扒不下眼。

《青岛掌故》

❖ 秦永洲：海云庵糖球会

海云庵，又称大士庵，位于青岛市四方区海云街一号，始建于明代，迄今已有500余年的历史，为道教全真派的古道观。此庵建成时有南北殿堂两座，北庙三间为正殿，称老母庙，供奉观世音菩萨，当地民众俗称“观音老母”；南庙两间为关帝庙，供奉关羽、比干神像，左右配殿供奉龙王、老君。

海云庵得名于一个古老的传说。相传500多年前的一天，海中漂来一根巨大的圆木，上面载着一家老小。人们把他们救上岸后，才知道他们的渔船在海里被风浪打翻，多亏漂来这根圆木，全家才得以幸存，当地百姓认为这是神灵的庇佑。出于对神灵的敬畏和对海事安全的祈福，人们就用这根圆木修建了一座庙宇。因为庙宇附近是大鹤鸟群居栖息的地方，又长年云雾缭绕，所以人们就根据“海为龙世界，云是鹤故乡”这一诗句，定庙名为“海云庵”，庙前一条街为“海云街”。

海云庵建成后，以“保平安、祈丰收”为主题，定每年的第一个大潮日——农历正月十六为海云庵庙会，但始于何时已不可考。每逢会期，善男信女群集海云庵烧香磕头、祈福求子，庙外海云街上，各种小商品、手工艺品和地方特产等摊铺不可胜数，庙前庙后多有唱大戏、踩高跷、跑旱船等娱乐活动，饮食、玩具摊贩也云集而来。“红色”在中国人心目中历来是大吉大利、驱邪避灾的象征，所以沿海渔民在出海前习惯吃一串大红糖球，以此为一年吉祥如意的象征，这一习俗使庙会上卖糖球的生意异常火暴，有山楂、软枣、山药、橘子等多种原料的糖球，后来民众便称以糖球为特色的海云庵庙会为“糖球会”。

1926年海云庵大翻修后，赶庙会的人有时多达上万人。会上卖糖球

▷ 海云庵旧影

▷ 民国时期的糖球商贩

的摊点林立，他们各显身手，加工出100多种不同造型的糖球，如“马到成功”“孔雀开屏”“金龙腾飞”“吉庆有余”“吉星高照”“合家欢乐”等。群众喜闻乐见的舞龙、舞狮、高跷、旱船等民间杂耍和快板、大鼓书等文艺表演，在糖球会上形成了一股民间文化的热潮。对中国人来说，一般是过完元宵节才算过完年，对岛城民众来说，则是赶完糖球会，年才算过完。

《山东的节庆活动》

鲍运昌、李国增：二月二，炒豆子

二月二的节日饮食，主要是炒燎豆和淋煎饼。

淋煎饼是将谷米、高粱、地瓜干等磨成面后调为面糊，在锅里擦上食油，将面糊倒入锅内摊匀，熟后取出，这一天全家食用。炒燎豆是先将黄豆用糖水浸泡，粘上一层面粉，晾干后烘炒而成。同时还要用面粉、地瓜面、糖精等混合做成“箕子”，箕子为菱形，大的如手掌，小的如豌豆粒儿。这一天孩子们特别快活，因为他们不但可以脱掉磨蹭了一冬的破棉裤、棉鞋，换上新衣，还有一些小食品吃。他们在粮囤周围，一面吃着口袋里的燎豆、箕子，一面唱着童谣：

二月二，炒箕子，大人孩子一席子；
二月二，炒豆子，老婆孩子一溜子；
白面箕子两头尖，包顿骨扎敬老天；
炒豆子圆溜溜，今年“抓入”好年头；
爬囤子，爬高楼，老婆孩子热炕头。

这天，胶州还有“忌龙”的习俗。家中凡有属“龙”或属“蛇”者，这一天都不能动刀、剪、针。俗谚说“二月二动刀，伤了龙的腰”“二月二动剪，伤了龙的眼”“二月二动针，龙蛇断了根”。

《青岛民俗》

❖ 鲁　海、鲁　勇：湛山寺庙会

旧历四月初八日，是湛山寺传统庙会，也是我市较大的民俗活动之一，有些年公交公司加开专车直达湛山，往往这一天有数万人赶庙会。

▷ 湛山寺

庙会在中国早已超出宗教范围，成为一种民间综合性活动，所以庙会上商贾云集，摊贩林立，过去以各种小吃为多，而一些民间艺人也趁机来演出。

佛教寺庙多有四月初八庙会，因青岛市内仅此一家佛教寺庙，所以有人认为是湛山寺独有的庙会。

为什么佛教于四月初八做佛事，会形成庙会？有两种说法。

一种说法是，这一天是佛教创始人释迦牟尼的生日。我国汉族地区世代相传四月初八为释迦牟尼的生日。释迦牟尼，姓乔达摩，名悉达多，释迦族人，后人称他为释迦牟尼，意思是“释迦族圣人”。他创立的佛教，是世界性的宗教，与基督教、伊斯兰教并称世界三大宗教，他的教法，由弟子整理成为经、律、论“三藏”。

由于传说四月初八是释迦牟尼的生日，每逢这一天佛寺僧众要举行仪式，进行诵经。传说中“龙王以香水洗浴太子”，佛教僧众也以香水洗释迦牟尼像，所以叫浴佛节。

还有一种说法，认为浴佛节是为了纪念弥勒佛。弥勒是梵文，意为“慈氏”。佛教中认为他原是释迦牟尼的侍从，后在龙华树下成佛，继承释迦牟尼事业。《荆楚岁时记》记载：“四月八日，诸寺各设会，香汤浴佛，共作龙华会，以为弥勒下生之征也。”

四月初八日作为浴佛节，由来已久，《后汉书·陶谦传》中已记有“每浴佛，辄多设饮饭，布席于路”。可见汉代已经有了。唐代大诗人刘禹锡在诗中也写着：“支公去已久，寂寞龙华会。”龙华会是浴佛节的又一称法。

青岛多道教宫观，少佛寺，因而湛山寺的四月初八浴佛节成为一大盛事。

《湛山寺庙会》

鲍运昌、李国增：端午节扎五索

扎五索将红、黄、蓝、白、黑五色线缠在孩子的手腕、脚脖或手指上，这叫“拴命索”，意思是拴住好养。等端午节后下第一场雨时，扯断（不能用剪刀剪）彩线扔到雨水里。旧时，货郎们在端午节前挑着五色线走街串村，唱着歌谣，按庹论价，招引了许多村妇儿童。

有的区市还有扎笤帚、戴胖孩的习俗。用五颜六色的苘麻扎成长约三四厘米的小笤帚、小炊帚，或用各色花布做成形态不同的胖娃娃给孩子们佩戴，用以祈福消灾。

即墨、崂山等地的妇女，还在端午节清晨外出采野茶，是一种叫“豆瓣茶”的野生灌木，采回家后，带露水上锅蒸熟，然后晒干，备盛夏时饮用。

《青岛民俗》

叶　征：热情好客的青岛人

山东民风淳朴，而青岛人又以热情豪爽待客而闻名，他们很乐意在自己家中款待亲朋好友，尤其是来自远方的客人。

客到家后，必先敬烟、敬茶，问寒问暖。即使没有烟茶，也要先给客人斟上一碗开水，以示欢迎。过去青岛居民特别嗜好喝花茶，城市贫民因经济困难则喝白水。待客时，要洗刷茶具，给客人现沏新茶，倒旧茶给客人喝是极不礼貌的。而且讲究“茶要浅，酒要满”。茶水不能倒满杯，七成即可，否则是对客人不尊重。倒茶水时，壶嘴儿不能冲着客人，俗认为“柄之所向为尊，口之所向为卑”，故忌茶壶、酒壶的嘴儿向客人。

客人进门的第一顿饭是不能吃水饺的，民风认为水饺是送行的食品。一般人家，来了客人要请吃面条（多为手擀），表示让客人长住下来。若客人在主人家留宿，主人则定要请客人改顿吃饺子，以示热情。一般人家平日粗茶淡饭，来客时则较丰盛，民间俗语说“平常勤俭，来客丰满”。待客吃饭要求“干、满、热、实惠”。

农村待客是很讲究的，年节宴客，皆设馔珍。凡是干亲，必以最高礼仪接待；当然客人也须携重礼。旧俗，若是男客，进门后至少应煮四个荷包蛋，继而炒花生，献茶。午饭四至六个菜，饮酒。未婚女婿或新婚首次登门的女婿，按此规格招待。其他亲友，如姑、舅、姨姐妹等，招待饭食则比较随便。

待客吃饭时，多坐在炕头上，座次、举箸、饮酒，禁忌无长幼、尊卑之序。客人居于主要位置，特别是长者，必坐上席。然后炒菜温酒，酒必先上，菜必双数，或四个菜，或六个菜，决不可摆三个或五个菜。按旧习，只有死去父母时，招待送葬人的丧葬席，才是奇数。

宴客时的炒菜，以肉鱼之类多见，俗称其为“大件”。上菜讲究顺序，一般是先凉后热，先一般后大件，先炒熘后煎炸，先咸后淡，先菜后汤，先白酒后啤酒，或同时上各种酒，任客人选用。

吃饭时，主人要亲自给客人布菜、敬酒。过去喜饮烧酒（酒度较高的老白干），也饮用大黄米制的老酒或地瓜制的地瓜黄酒。若系喜庆宴席，头一杯必喝红酒；酒宴终了，同干一杯红酒，称为“满堂红”。农村一带，没有孩子的人忌喝瓶底酒（即已开瓶的残酒）。饮酒碰杯时，晚辈的酒杯要低于长辈的杯子，以示对长者的敬意。席间主人通常殷勤劝酒，自已无酒量，要请几位有“海量”的至亲陪客，猜拳行令以至通宵达旦，让客人一醉方休，此即“客不躺倒，酒桌子不撤掉”的习俗。

在宴席上必定有一道菜是整条鱼，上这道菜时，鱼头要朝着客人摆放，以示尊重。主人先请客人举箸品尝，然后同席的人才动筷分享。高档鱼，如加吉鱼之类，要将鱼头敬献给客人。吃鱼后，将一面鱼肉吃光了，吃另一面鱼肉时，忌讳说“翻过来”，要说“划过来”。

上鱼时，必须将鱼头对着长者或客人。鱼头对着谁，谁要先饮酒三杯，然后大家方可动筷吃鱼。在即墨、崂山等地，有“鱼不让背”之俗，就是上菜时，鱼背不能对着客人，将鱼腹对着客人才合乎礼仪。吃鱼吐刺，忌吐在地上，要放在桌上。通常最后一道菜，是严禁上丸子的，俗认为上丸子有“滚蛋”意，故普遍忌讳。

吃饭间，主人要始终陪坐，忌讳提前离席，而且必频频向客人敬酒、劝酒、夹菜、添饭。盛饭时忌勺子往外翻。席间吃饭时，忌将空碗、空碟收走，忌讳席未散抹桌扫地，认为这有“赶客”之意。宴客忌问客人“吃醋不吃醋”，要称醋为“忌讳”。饭后，主人必再向客人敬烟献茶。待客吃水果时，忌讳两人分食一个梨，讳避“分离”之意。当然对客人来讲，也有一些禁忌旧俗，如吃饭忌食太饱，要留有余地；吃饭时忌脱衣、松裤带；忌谈论饭菜不好；忌站起身来夹远处的菜；忌食光菜盘之食；忌主动要求添菜添饭；吃鱼时忌主动把鱼翻转过来，俗谓“客不翻鱼”；还忌不道别就离席而去。

上述待客旧俗，有很多至今仍在沿袭。

《青岛民风民俗》

叶　征：亲戚间的节日往来

过去青岛乡镇在年节期间亲戚来往有很多讲究，常见的有这样一些内容：“拜姑姨”，过年时，正月初一拜亲族，初二由家长率男孩往姑家、姨家拜年。“拜岳家”，即正月初三“回娘家”，年轻夫妇往岳家拜年，年年如此，若年事渐高，须在家主事时，也要让儿女往拜外祖父母。“送二月二”，旧时以农历二月初一为中和节，后来则多是二月初一出嫁的女儿带着礼品回家，二月二必再携礼回婆家过节，故俗名“送二月二”。“送三月三”，因寒食、清明都在农历三月三前后，一般是出嫁的姑娘在三月三前回娘家，三月三须携礼回婆家，故俗称“送三月三”。“端午赠礼”，五月初五为端阳节，有些乡镇男女订婚后至端阳节互送礼品，形成特定习俗，也叫“送端午”。六月六“送炒面”，亲戚间互相以炒面赠送。七月七“送巧”，男女订婚后，逢七月七日，男向女家赠食物，女家以巧饼回赠，称之“送巧”。中秋节“送月饼”，中秋节亲戚间互送月饼瓜果，欢度中秋，也有月圆之意，讨个吉利。“重阳赠糕”，九月重九，登高，追节，以花糕、枣糕互相馈赠。十月一“送纸”，这一天家家要上坟，所以，亲戚间送纸形成风俗。

亲戚间的节日往来，规矩甚严，其中的说道也非常严格，如“吃了腊八粥，闺女就往婆家溜”；“糖瓜祭灶，家家媳妇都到”，凡女子出阁住娘家者，这天都回夫家。在胶东一带，探亲有一定时序，如春节后三日至正月十五以前，均为“走亲戚”时间。有的规定新媳妇正月十五前不可住娘家，过了十五,十六就可以走娘家了，届时家家媳妇都走娘家。但有规定不能在娘家住到二月二，俗为不吉利。故媳妇携礼返回，俗称“送二月二”。农历六月麦已收，用新麦粉蒸饽饽探亲，谓之“看伏”。

一般来说，过去亲戚除了节日期间的往来，还有平时一般往来，特殊聚会等。往来的内容大致分类是“贺”与“吊”两种。贺的内容包括：“贺婚礼”，不仅嘴上贺，要带实物贺，食品、日用品都可，通常送喜幛、送钱。无论送什么，忌单数。一般都用红纸包裹，以示吉祥。结婚之日，男方用红色请柬遍邀亲戚参加婚礼，共同吃喜酒或吃喜面。“贺生育”，生育子女三日后，要准备礼品报喜。娘家则要备鸡蛋、蒸饼，小儿被子、枕头、衣服等盛在新篓子中，蒙红布，由产妇兄弟携物登门致贺，名为“送喜”或“看欢喜”，故有“姑送鞋，姨送袜，小孩活到八十八”和“姑家的裤子姨家的袄，妗子家的花鞋穿到老”的说法。待孩子百日、满周岁时，还要庆贺，婆家要设宴答礼。“祝寿”，亲戚间祝寿，视被祝之人的地位、身份、年龄，送寿桃、寿面、寿酒、寿幛等。

家有丧事要报知亲戚，亲戚要吊祭。送丧主钱要用白纸包裹，名为“赙”“赙仪”“人情”等。有些乡镇送给丧家妇女钱，名为“束发”或“收头钱”。至于“圆坟”“烧七”“烧百日”“烧周年”时，亲戚亦多送纸送香。解放以后，丧礼渐简化，此种习俗也淡化多了。

亲戚间的往来，还因具体事情而临时决定，如亲戚子弟上大学、谋得好职位、要远行或乔迁新居、盖房等都要贺喜。就是平日，亲戚间互通有无，遇事相帮，往来也很多：有孩子的往来；有远行归来，遍访亲戚的往来；有病有事，亲戚间互相安慰的往来等。亲戚之间还常有特别的会面，如儿女结婚前后的亲戚相会等等。过去还有一种宴会礼，大户人家程序繁杂，规矩颇多。平常人家亲戚相聚，不过是问好问安。

《青岛民风民俗》

鲁 海、鲁 勇：“鲅鱼跳，丈人笑”

妻子的父亲是岳父，俗称为丈人，或者老丈人。崂山一带，以谷雨节为丈人节。谷雨期间正是渔汛时期。青岛一带海域盛产鲅鱼。鲅鱼个大，味鲜。崂山一带俗称“谷雨到，鲅鱼跳，丈人笑”。这一天各家的姑爷无论如何都要买一条鲜鲅鱼送到丈人家中。因而这一天被称为丈人节。

旧时，结婚的时候，丈人给女婿要送一双鞋，主要是平口布鞋，因而这种布鞋也叫丈人鞋。谷雨这一天或者前一天，街头会见到穿着丈人鞋提着鲜鲅鱼的男士，就是给丈人送鲅鱼去的。许多年来，丈人节从崂山一带广泛地传播到了全市。

《民间节日》

叶 征：祝寿之道

祝寿，是儿女孝敬长辈的一种表达方式。自古以来，不分贫富之家，在老人寿辰之时，都要庆贺。民间有不到花甲不庆寿之说，即60岁以后才可以庆寿。年过“花甲”者，上无父母的人才能大办生日。乡村讲究50岁以后才能做寿，50岁以前只能说“过生日”。有些人家讲究50岁开始做寿，逢五为小生日，逢十为大生日，而且讲究做九不做十（如49岁做50岁寿）。但多数人家年满60岁的老人，儿女们就开始为其祝寿。每逢庆寿，儿女们都要用白面做成的寿桃、寿鱼前来庆贺，要给老人敬献寿面、点心，现在多为寿糕。时近中午时，女儿和媳妇们和面擀面条。人们尽可能将面条切得又细又长，浇上又香又软的面卤，由晚辈双手递给老人。这碗面称为“长寿面”。到了66、73、84岁的父母，祝寿就特殊了。岛城有些人家讲究“六十六，娘吃闺女一块肉”。即母亲66岁生日时，出嫁闺女给母亲的寿礼是一块肉。这块肉象征着女儿是娘身上掉下来的一块肉，在六六大顺之年，报答母亲养育之恩，偿还母亲一块肉。买这块肉时，一忌与卖肉者讨价还价，二要一刀切下来，有多少要多少，不能计较斤两，以表示孝敬母亲的诚意。

男人过生日、祝寿的岁数忌讳41、73、84、100岁。旧俗认为男人41岁会妨妻，男人到了这一年就会跳过去，多说一岁。73、84是与孔孟二圣的终年有关，传说老人到了这两个年龄，就是到了“难关”，是不祥之年。老人一般在这个“人生关口”庆寿时，都要少说或多说一岁，故意把73岁说成74岁，把84岁说为85岁，意即闯过了难关。做儿女的也帮助老人渡过难关，趁父母生日时，买条鲤鱼让老人吃，鲤鱼善“蹿”，这一蹿，老人就算过了难关，太平无事了。生日祝寿用的“面鱼”也有这种含义。民间忌言百岁，习俗并有“抢寿”之举，就是提前做寿，尤其是一百岁大寿，必须在99岁时过，否则就有损寿之忧。老人活到100岁时，祝寿的人只能说“祝老人家99岁大寿”，因“百年”是人寿的极限，“百年之后”“百年之计”一般都意味寿限之极，真正100岁整，也要只说99岁。

为老人做寿，多在自己家里过，但也有进饭庄摆寿席者。寿宴请客是“中面，晚酒”，即中午吃寿面，晚上饮酒。亲友们多送寿面、寿桃、寿糕、寿酒等礼品。过生日吃面条，谓之“长寿面”。旧俗有禁食鸡（与“饥”谐音）食饺子，认为吃饺子“捏寿”，故为老年人办寿，一般人多吃面条，亲友多送寿桃。现在多兴送生日蛋糕。旧时岛城民间的寿宴，必食老板鱼（学名孔鳐）。此鱼味并不美，但肉质比较细嫩，沿海人平时不常吃，但逢寿宴则不可少，概此鱼谐音“老伴”，便有祝夫妻白头到老，永为伴侣之意。

旧时乡村的贫困农家，一般不庆寿，只改善一下生活以示庆贺。

《青岛民风民俗》

叶　征：请客吃饭有讲究

农家的一日三餐，平日都在自家土炕上吃，农忙时在田地里吃。在土炕上用餐时，于炕中间摆上饭桌，用抹布擦拭一遍，全家老少盘腿围坐在桌子周围。长者居内，幼者居外；老人坐在炕里或炕头上，小孩坐在老人两旁或炕里。个头小的孩子有坐小凳的，也有双腿跪着的。儿子、姑娘或媳妇则坐在桌子两侧或炕沿边上，以便给老人孩子盛饭、拨菜。上菜时，一般先在桌子上摆好咸菜、虾酱、大酱及供蘸食的新鲜菜蔬，然后端上熬炖的热菜肴，而后全家动筷。这种炕上设桌就餐形式，适合北方的气候特点，对老人孩子就餐尤为方便舒适，故至今仍有沿袭此食俗的。

旧时在农村也有吃饭男女不同桌的习俗，尤其儿媳不能与老公公同桌吃饭。农村男子没有做饭的习惯，都是由妇女来干。如果妯娌几个没分家，则共同或轮流做饭。做饭的人一般都要到最后才能吃，剩多吃多，剩少吃少。第一碗自然要先端给长辈或丈夫。

旧时在农村，还有分餐进食、端着饭碗上街吃饭的习惯。天气暖和，吃饭时，不分男女老少，人手一大碗饭菜或一手端着饭、一手端着菜，到大门外，或蹲或坐，或背靠着墙根或依树干，或干脆将鞋一脱，坐在自己的鞋上。大家边吃边说，东家长，西家短，婆婆恶，媳妇贤，上至国家大事，下到村内新闻，边吃边聊，无所不谈。这种饮食习俗，后来有所变化，到吃饭时，一般不得串门的。小孩子在吃饭时仍待在别人家玩，要受到父母训斥的，以为看人家吃饭是不礼貌的。

对这“一日三餐”，我市民间有着不同的称呼。早餐市区叫“早饭”，市郊称“头晌饭”。午饭市区叫“中午饭”，市郊称“晌饭”“吃晌”。晚餐市区叫“晚饭”“夜饭”，市郊则称“后晌饭”。对于吃饭的“吃”字，我市大多居民叫

“吃”，有些人家叫“呔”。非正餐叫“垫补垫补”，也有叫“搬零嘴”的。

旧时请客人用餐，座次很讲究。首先，席位的方向要摆正。俗有“席不正不坐”的说法。尤其在崂山、即墨、平度、莱西一带，家宴聚饮必论资排辈，以别尊卑长幼。

旧时一般农家的家宴均设在土炕上，炕上放一炕桌，桌上置案盘。主宾入座时，主人请客人坐首位，就是向外方位的左侧为首位，右侧为次座，其他依次递推，炕下坐的是最末一位。如果所办宴席规模稍大，就要摆方桌宴请。餐桌的摆设是有些规矩的，其摆设要符合礼俗。用方桌宴请要看方桌与房屋的朝向问题，如在南北屋宴客，桌缝要东西向摆置。房屋是坐西朝东或坐东朝西，则桌子的桌缝就要朝南北方向摆置。民俗认为宴请时忌方向错置，否则会“直冲首席”，因首席总是位于面向屋门口的方向。如遇婚宴要同时几桌宴请时，要以正厅的一席为首，左侧厅为二，右侧厅为三，依次类推。这是对方桌而言，圆桌无桌缝口朝向问题，讲究稍逊，但顺序亦然。

旧时，尊位有尚右的习俗，如今宴席上仍有主居左客居右习俗。其席位安排，一般是以客人为上，紧挨主人，便于祝酒陪饮。乡间一般宴客大都是在南北屋内，正宾面朝南坐于首席，座次按齿德尊长的顺序排列，年长德高者居于上。主人自谦，常坐于下位。宴请的座次安排好后，必待上座者入席后，余者方可入席落座，否则为失礼。家庭筵席比较随意，一般是长者居上位，幼者居下位。婚礼筵席，首席的首位，当然是娘舅的座，陪娘舅的必是男方家的长者，以示对联姻的重视和双方结亲家的亲密。在寿筵上，当然是寿星居首位，但不同的是，寿星入席后，并不按辈分大小依次排列，常常是孙辈或重孙辈坐寿星身边，以示长辈对小辈的喜爱和器重。在丧事的筵席上，座位也是按辈分或年龄划分，但也有例外，就是死者如是高寿长辈，那么，筵席上的首位要空下来，并摆上一副碗碟盘筷，以示纪念和敬重。如死者不是高寿长辈，则不留空位。

关于上菜先放哪位客人面前（一般放主座客人面前）的礼节，也都有尊卑、长幼的俗定要求。上菜时应靠近客人，即上首的地方，将菜肴最肥、最嫩的部分朝着上首。例如整鱼的腹部对宾客，不能以鱼尾相对。整鸡则要以鸡身对准客人。上菜的设置，如求顺利、吉祥，一般是要双数，如四四席，即四盘炒菜，四碟小菜；如示盛情迎贵宾，则足八盘八碗。胶州、胶南兴大盆、大碗，讲究实惠。上菜的原则是先凉后热，先质优后质差，先咸后甜，先味浓后味淡。上菜的顺序也有规定，如是八盘之席，那么第四盘必是鱼，如果是十六盘之席，那么第八盘为鱼。端出的鱼讲究一定要全尾，以鱼肚一方对主客，以示规矩和尊重，谚曰“头朝北，肚朝客”。上鱼之前要把酒杯斟满，吃鱼时必干杯。这一顺序用过后，便可随意食用了。另外，一个地方一个规矩，也有习俗相反的。有许多地方是后上一整鱼制作的菜肴，意为酒席菜的结束，名曰“散席鱼”。胶东西部人家请客吃这道菜时，主人有先把席中鱼眼抠出敬于客人的风俗，被敬的人受到如此礼遇，是要客气一番的，就夹其鱼眼在鱼上一抹，意思便是“大家吃”，这样互相尊敬，调节宴席气氛。而在胶东东部，却完全不同了，如抠鱼眼那可不行，那是砸席逐客之意，会使人怒目，因那里有“客不翻鱼”说道。总之，旧俗上菜于主人的右侧，撤菜于主人的左侧，还应视客人吃菜的快慢，恰当掌握上菜速度，不能出现脱节或变相逐客的现象。

《青岛民风民俗》

第六辑

忙里偷闲·惬意难忘的消遣时光

❖ 易　青：博物馆里看展览

青岛最早的博物馆设立于1909年。是年，德华大学在青岛开办，学校设立了一所教学实验器材陈列馆，这是一所为教学服务的博物馆。此时中国科学技术非常落后，入校学生对科技没有多少感性知识，学者难，教者也难，故校方设立此馆，陈列了许多机器模型、技术装置、仪器用具，供学生观摩实物，开阔眼界。

同年，胶海关创立了一所海关博物馆，陈列数量相当可观的山东土特产品和外国货物。陈列的进出口产品均标出产品、价格、进出口数量等。该馆主要服务于进出口贸易，为交易双方展示货样，提供有关的资料。另外，该馆也搜集、陈列了青岛本地工业品和中国历代的瓷器等物品。

1916年，日本当局在青岛建立了一处商品陈列馆，这也是为经济交流服务的博物馆。该馆1919年进行了扩建，展品主要是山东出产的物资，如工业产品、农作物、矿物产品等。1930年，中国海洋研究所筹委会在青岛成立，该组织委托观象台设计建设一座水族馆。次年1月工程动工，1932年4月竣工，5月8日正式开展。馆楼宛如城堞，为中国城楼式建筑，颇具特色。馆内设活动海水玻璃展池13个、标本室4个及研究室、解剖室、陈列室、养鱼池，展品主要是海洋生物。当时没有保温设备，每到冬季活鱼即死亡，只能闭馆。等到第二年开春后，再捕捞新的海洋生物，重新开馆。

1935年，青岛农事试验场在场内设农产陈列馆，陈列本市主要农产品及各种标本模型，供附近农民参观，以改进农业技术。

1938年，日本再次占领青岛。日人浅田龟吉霸占了1936年12月落成的海滨生物研究所房产，将这座位于水族馆东面的中国宫殿式建筑物改办山东产业馆。该馆陈列山东及华北的地理、交通、农、渔、工、矿等方面的模型，其中有火山喷发、采金、海潮、采煤等模型和各地经济产业模型。浅田从日本延聘了47名学者，在这里苦心研究华北的各种资料，为日本经济侵略服务。日本投降后，该馆焚毁的大批研究资料足足烧了两天。国民党当局接收该馆后，改名为市立博物馆山东产业部，于1946年4月1日重新开放。馆内收藏标本394件、仪器79件、模型36件。

旧青岛的博物馆多为产业、自然博物馆，一直没有建起一座全面反映青岛特点的博物馆。

《青岛历史上的博物馆》

王志远：沧口的露天电影院

沧口地区的露天电影院在爱伦照相馆后院，创办时间为1934年，当时是在台东和市北经营娱乐业的孙寿琪等人合伙经营。这家电影院利用自然院落，在东北角用4条圆木支撑，搭高架木屋，用手摇电影机放映。

那时，院内设有约400个座位，大多是藤椅。为了使无声电影变成有声电影，在幕前设有一盏红灯，还有三至四人的铜管乐手，在开演前奏乐烘托气氛，吸引观众。更有意思的是乐手们还根据电影的剧情为其伴奏，时而紧张，时而轻松，并无乐谱，只是临场发挥。现在看来实在可笑，而在当时观众却认为这种演电影的方式很得体。

记得首场放映的是国产无声片《火烧红莲寺》，之后是许多外国滑稽短片，故事情节多是外国生活琐事。无声片欣赏起来并不轻松，因是画面与字幕交替出现在银幕上，一出现字幕时台下就发出一阵朗读声，所以看起来非常累。

另外，露天电影是老天爷做主，不能全天放映。因根本没有安全措施，故有次观众正在聚精会神地看，不料从邻院扔过一块砖头，打破了一个观众的头，电影即无法再演下去了。

至1939年，在沧口永康路菜店后，也有家露天电影院，但这时已无乐手吹奏，主要放映武打片。印象最深的是武打片《女镖师》，为当时的名角邬丽珠主演。因此时正是日本占领青岛，民不聊生，电影院自然也受影响。因此这些露天电影院开业时间不长就纷纷倒闭。

《沧口的露天电影院》

倪锡英：欧化的生活

青岛的生活是华贵的，是一种欧美绅士阶级典型的生活。这是历史和习惯使然的。因为青岛是一个特别的都市，自德人开辟青岛以来，他们把一切的生活环境，完全欧化了。使人们一踏着青岛的土地，便如置身在欧洲北部一般，充满着异国的情调。

▷ 华泰洋服店

在青岛前海沿岸的住宅区，都是高矮重叠的洋房，它们的样子，真是“一屋一式”，绝不雷同，并列在一起，不觉得乱，反显得美。在那个区域里，绝少看见纯粹中国式的住屋，只有那太平路旁的总兵衙门，清季遗留下来的古迹，因为它含有历史的意味，至今还保存着，那是住宅区内仅有的一所中国式的古屋。除此以外，像新建的水族馆、海滨公园，都有一座宫殿式的房屋点缀，反觉得很新奇了。

青岛市大部分的居民，大都是出入在这些高矮重叠的洋房里，因此他们的生活，便也随着洋化起来了。先从住屋做起，卧房和会客室的陈设，都欧化了。然后穿衣服也非洋服不可，只有吃，还保持着本国的滋味。而日常生活如娱乐、运动、散步、游泳，也都一个劲儿跟了外国人学。结果，生活在青岛市内的一般职业较高或较为有钱的人，都成了欧化型的中国人了。

《青岛》

倪锡英：海边消夏

青岛最热闹的季节，便是每年的暑期；那时间，全国以及全世界的游人，都旅行到青岛去，过长期或短期的避暑生活，而青岛当地的市民，对于暑天，似乎更格外感兴趣。因此，青岛的夏季生活，便显得十分的热烈与活跃。当这个时期内，青岛市政府举行各种大集会，如游泳比赛、运动会、展览会等，以吸引外来的游人。而外方的各机关团体，也都到青岛去举行各种集会，借着集会的名义，到青岛去住上几天，畅游一下。所以每逢暑天，青岛市内便充满了各地的来客，以及各种文化的、游艺的、体育的活动，热烈异常。

因为这个原因，每年暑天里，青岛的人口，便骤然的增加了。在生活方面，因着人口的增加，便发生了住的问题。全青岛市区内所有的住所，大有供不应求之势。平时闲空着的住宅，此刻都住满了，所有的旅店，也全都宣告客满。在这种情形之下，房金也就猛然的抬高起来，比平时增加五六倍至七八倍不等。平时四五十元一月的房子，此刻非二三百元不租。而旅馆更是昂贵，靠近海滨的房间，往往要十五块钱一天。有时竟会连出了高价还住不到房子的。这种房金的昂贵，在外来的旅客，往往会感到惊奇。其实在青岛当地的房主人算来，这种昂贵是不无理由的；因为他们全靠这一季的收入，来抵全年的消费。有许多房子，是专门供给夏季的避暑者居住的，除了夏季以外，其余三季，简直无从出租，因为房子空着，容易破坏，往往竟有把房子白租给人家住，而不收房金的。至于旅馆，也是这样，只做一季的生意，平日竟是门可罗雀，很少有人去住宿。这种反常的奇特现象，也是别的都市所没有的。

▷ 海滨旅馆

所以，如果要到青岛去避暑，事前一定先要找好住所，有钱的可以租屋住，其次便可以去借学校做临时宿舍。青岛所有的大中小学，暑期里完全休假，短期借宿，最为相宜。住所最好近海滨，否则也要负山面海，如果喜欢活动的人，每天可以上海沿去洗澡，上运动场去做球戏，或是雇只小艇，到海面上去游翔，到山岩边去钓鱼。如果喜欢静的人，那么最好敞开着窗户，迎风读书，或是安步当车，到海滨去漫步，都是极有趣味的事。

《青岛》

王　铎：跳大坝

说起“跳大坝”，人们自然会想起栈桥回澜阁前的那段三角形花岗石围栏，青岛人俗称为“大坝”。旧时，每逢夏季，大坝上总少不了聚集着一群群“高台跳水”的人。在这些人当中，有身怀绝技的青年人，但更多的还是些初学乍练的孩子们。他们赤身裸体，穿着用红领巾自制的小“三角裤头”，一个挨一个地鱼贯登上大坝，然后飞身跃入大海，青岛人热情地称其是在“跳大坝”。

据说，青岛人跳大坝的情结，来源于1933年夏季举行的第十七届华北运动会。因为，当时回澜阁前面栈桥的孔桥部分水域，是该运动会的游泳赛场。比赛时，栈桥上还搭起了阶梯式看台，运动员们的跳水和游泳表演，激动过不少青岛人的心。

于是，华北运动会一落幕，跳大坝就成了青岛人展示才艺的绝活儿。青岛人跳大坝，很有些自编自导、自娱自乐的倾向。他们一会儿跳“飞燕儿”，一会儿跳“镰刀”，一会儿直体前后空翻，一会儿侧身转体，观者无不叹为观止。有些什么也不会的孩子，出于凑热闹，还十几个集体跳“冰棍儿”。一时间，海面上就像下饺子一样，一波接一波，弄得浪花飞溅，笑声此起彼伏。

《青岛掌故》

❖ 鲁　海：风靡一时的爵士乐

半夜舞厅在欧洲人集中居住的太平角四路，是老青岛夜生活的一处著名舞厅。进入半夜舞厅曾成为身份的象征，它的乐队很有名。

20世纪初，西方音乐传入青岛，20世纪20年代以后，除了有青岛交响乐队以外，还有近20支轻音乐、爵士乐队，多为俄国人、菲律宾人组建，少数为中国人组建。乐队的演出在老青岛大受欢迎。

叶儿莫尔爵士乐队曾被称为东亚最优秀的爵士乐队，他们是青岛第一支爵士乐队，并使青岛人认识了爵士乐，也接受了爵士乐，虽然以在青岛的西方人士为主要受众，但当时中国的上层阶层也喜欢上了爵士乐。

叶儿莫尔爵士乐队最初组建在上海，创建人名叫叶儿莫尔耶夫。俄国“十月革命”以后，他来到中国，辗转到了上海。1923年，又有两艘俄国船载着士官武备学堂的师生抵达上海，随后被批准在上海生活，其中不乏音乐人才，叶儿莫尔耶夫从中挑选了乐手并联系了其他在中国的俄国音乐人，组成了叶儿莫尔爵士乐队，后来这支乐队来青岛演出，大受欢迎，于是他们留在了青岛。

这支乐队经常演出的曲目有狐步舞曲《我对你如此深情》、华尔兹舞曲《走开，萨宁》等，乐队在青岛掀起了爵士乐风。有些中学生也喜欢上了爵士乐。叶儿莫尔耶夫多才多艺，他还作曲，创作了《在玫瑰色的海面上》《相聚又别离》等乐曲，由歌唱家韦尔京斯基演唱。哥伦比亚唱片公司为他们录制了唱片。

《青岛老字号》

▷ 德租时期的海军军官俱乐部

▷ 美国海军士兵在打老虎机

❖ 倪锡英：受欢迎的游乐场所

青岛全市，还有两个最广大的游乐场所，便是跑马场和体育场。体育场位在市区的东部，文登路的南面，与中山公园隔路相对，是民国22年举行第十七届华北运动会所建，规模很大，有田径赛场一，网球场六，排球场四，内部有长105米、宽70米的足球场一所。足球场外面，是400米的跑道。跑道外是草地，草地外是十五级看台，可容观众一万六千人以上。看台下面是运动员休息室，绕看台一周是大路，网球场和排球场在田径赛场的东面，全场地位宽广，设备周到，凡是青岛全市各校的运动会，都在此举行。

至于跑马场，便在体育场的西面，最初是德国人和日本人的练兵场，我国接收以后，便租给万国体育会做跑马场。全场面积有30万平方米，每逢星期六或星期日，举行赛马，观众很是拥挤。这体育场与跑马场，合上海滨的海水浴场，这三个场所可以称为青岛最活跃的地方，那里，充满着活力与健美，象征着青岛市的蓬勃气象。

《青岛》

❖ 杨 昊：兴隆的酒吧业

抗战胜利后，美国大兵闯进青岛，为他们服务的行业应运而生，酒吧就是其中之一。

酒吧的数量增加之快，令人瞠目结舌。起初不过5家、10家的，到1946年已有70余家，1947年翻了一番，达150多家。另外，有6处美国自行开设的酒吧。最先发现这一本万利生意的是白俄女郎。做酒吧生意不费劲，只消开设酒吧，为它起个美国名称，装修个漂亮门头，能说几句“Yes”“OK”，财源便滚滚而来。大家见搞这个挣钱容易，又可拿到美钞，就一哄而上，酒吧于是遍地开花。

不过，酒吧多了，美国大兵却有限，营业上的竞争自然非常激烈。业主们便各施所长，吸引顾客。

美国酒吧以价格便宜见长。这里的价格比较起来要低一半以上。像啤酒，其他酒吧每瓶要价美钞6角，这里只收1角，威士忌每杯仅2角5分，大菜3角一客。所以想重温本土情调，想在物质上享受一番的美兵，多光顾美国酒吧。

白俄酒吧充满了色情的诱惑，有的甚至墙上也画上裸女壁画。这里灯红酒绿，娇声燕语，春情盎然。白俄酒吧多集中在南海路一带，地点虽偏，营业颇佳，虽然姑娘数量超过桌椅，但来这里的顾客仍难以应付，有时海水浴场的更衣室也辟为临时房间。

《兴隆的酒吧业》

倪锡英：别墅区里的乡野风光

青岛的颐养区，也可以称作别墅区，范围是从汇泉向东，经太平角、湛山而至凉水所一带。那里，全是一片山林地，山色苍翠，林木幽深，两旁疏落地建着一幢一幢的新式别墅，大半都是欧美人所居。

别墅区内一带的房屋，完全是西式建筑，房屋的式样没有一所相同的。大多斜对着海面，屋前是一片大草坪，草坪上点缀着各色鲜花。室内多窗，饱受空气日光。屋旁都是天然的林木，或是野生的葛藤，蔓牵墙间，屋左靠马路处，有白色的短木栅围着，一路望去，竟是一幅最美丽的欧西乡景图，富有乡野的美趣。

《青岛》

❖ 柯　灵：咖啡与海

感谢朋友的盛情，让我也做了一回“青岛咖啡”座上的贵客。

从汇泉沿马路过去，相隔不远，在清静的海边，傍着疏疏的槐树林子，有一所玲珑剔透的洋楼。每当夕阳踏着微波退隐，那儿就吸引进一批艳妆华服的男女。

白衣的侍者含笑相迎，跑过甬道，来到大厅。辉煌的壁画，灿烂的明灯，跳舞场在正中。厅外是濒海的露台，玉砌雕栏，大理石的圆桌，精巧的座位，骄矜的微笑，指甲涂着蔻丹的纤手，高脚杯里殷红的葡萄美酒。

露台的栏外是一片神秘的海。

天上正挂着一轮明月。

栏外浪花无休止地飞跃，跳上沙滩。每一叠浪打到岸上，就是道银色的花边，一串悦耳的哗哗声。月光温柔地铺在海面，点点如银鳞；渔船的帆影在远处移动；另一边闪烁着万盏闹市的灯火。

慢慢啜着冰咖啡，一面却心不在焉，游移在一些近乎唐突高雅的思想里。前一天独自在汇泉饭店吃了一杯冰淇淋，淡淡的，而且粗劣，价目是半元。这儿的咖啡多少钱一杯？咖啡与海结邻，自然会身价百倍。

半元！贵吗？不，来到这里的，自然不吝惜这戋戋之数。跳舞厅里奏起了流行的爵士乐。

训练有素的侍者恭敬地来往，雪亮的刀叉在音乐的旋律里闪动，女人的媚笑，绅士彬彬有礼的仪态，低低的私语。

同座不善舞艺的朋友却懂得这滨海名城的许多故实。

▷ 冬日的黄海之滨

他说，这青岛咖啡馆是白俄商人开的，每年这儿只做一个夏季的生意，过了夏天他别有经营，可是一夏的收益为数可观。他说，汇泉饭店是日本人开的。青岛的经济命脉全在日本人手里，许多工厂也全是他们的摇钱树和吸血管。有的打起招牌说是中国资本，背地里股东还是日本人……

我想起海滨公园相近的“接收纪念亭”来。只要名义上已经“接收”，这当然值得“纪念”了。况且青岛没给德国的时候，原只是一片蛮烟野草的荒岛啊，现在却已给他们修筑得花团锦簇。

灯光骤然暗了。

绿纱灯下，一对对搂着的男女，跟着音乐的节奏婆娑起舞。

我望着月亮，望着铺满月光的海，望着跳上沙滩的白浪，望着那幽灵般移动的人影。这境界真迷人，可是我有了一点不可分说的惆怅。

《咖啡与海——青岛印象之二》

鲁　海：青岛国际俱乐部

青岛国际俱乐部坐落在栈桥对面的中山路1号，是一座欧陆风格的老楼，虽已经饱经80年风雨沧桑，犹美丽动人，受到国内外游人的瞩目。

该楼始建于1910年，由德国建筑师库尔特·罗克格设计，建成后称为“青岛俱乐部”，是德国及欧美人士聚会的场所。1922年中国政府收回青岛，外国在青岛的侨民组织了国际俱乐部，1926年买下了这座房屋。1928年张学良将军来到青岛，一些外国上层人士在这里宴请他。

▷ 海军士兵俱乐部

1929年国民党政府接管青岛以后，将青岛列为“中央直辖市”，先后有美、英、法、德、丹麦等9个国家在青岛建立总领事馆或领事馆，大批外国人侨居青岛，夏季来青避暑的更多，于是国际俱乐部进行了扩建。

青岛国际俱乐部也称“青岛总会”。主楼进门右侧为存衣室，宽敞走廊如同中厅，有豪华的壁炉，东端是餐厅，南面为舞厅和咖啡厅；二楼东端是图书馆、阅览室，南面为交谊厅、台球室、桥牌室，西端是总干事私寓；半地下室是厨房、仓储室、单身员工宿舍。

东楼中间为咖啡室、更衣室；北面是保龄球馆，因在地下滚动，当时叫“地ball”，是青岛最早的保龄球馆，只有双道，人工摆瓶；南面是壁球馆，有二楼，供十几个人观球。

主楼南面有喷泉和花草树木，主楼北面是花园，没有院墙，以一人高的枸杞树与马路隔开，靠广西路为温室。

俱乐部是会员制，每年交会费，夏季有临时会员证，非会员要由会员带领。会员主要是各国在青侨民，以欧美各国侨民为主，也有极少数中国上层人士，如政府上层官员、上层知识分子等。如著名文学家洪深，早年留学美国，英语极好，1934年来青，任山东大学外文系主任，他就是俱乐部会员。洪深编剧的电影《途后桃花》以青岛历史为背景。摄制组来青岛拍摄外景，洪深在这里招待导演张石川、“影后”胡蝶等人。著名影星李丽华来俱乐部时，受到大批影迷追捧，几百人聚集门前，一时间中山路车辆无法通行。

1937年7月，抗日战争全面爆发。1938年1月，国民党军政人员不战而退，但因英、美等国仍与日本保持关系，领事机构、侨民仍在青岛，俱乐部照常活动。

1941年日军偷袭珍珠港后，英、美对日宣战，欧美侨民有的回国，有的被关进潍县集中营，俱乐部成员只剩下了德、意等国侨民及日本人。原址被军方征用，1942年迁往迎宾馆。1945年8月日本投降以后，俱乐部重返旧址。青岛解放后，因大批侨民离青，没有了会员，俱乐部解散。

青岛解放以后，这座建筑一度为中苏友好协会和中苏友好馆，原保龄球馆改建为电影馆。现在，这里是市科协的办公楼。

《我所了解的青岛德国建筑》

公茂春：青岛第一海水浴场

青岛第一海水浴场居市区南部、汇泉湾内，全长580米，呈半月形，海滩宽阔，沙细柔软，浪小水稳，水底甚平，既无暗礁隐壑，又无漩涡，“沙细水清潮夕稳静”，为国内外所少有。闻一多先生称其为“夏天的天堂”，郁达夫誉它为“远东第一”。第一海水浴场是避暑、游乐、体疗理想之地。有诗云：“海碧青天水自温，泳游女士浪花轻。斜阳西下人归去，沙上独留蝶梦魂。”又有诗云：“才过槐花满地香，汇泉游侣又成行。阿侬最喜平沙卧，浴罢潮流浴日光。”这些诗句真实地描写出浴场的景色、海水浴的情趣和吸引力。

第一海水浴场始建于1901年，此前曾是德国侵略中国的水上飞机场。后来，德国占领者依据这里的风景、海湾、水势、沙质，开辟了海水浴场，专供洋人入浴。殖民当局还在上海、香港等地刊登广告，吸引旅游者。场内建音乐台，每周两次由德国海军乐队演奏助兴。据记载，海水浴场开放期间，1902年每天有浴客30人，1903年每天有浴客126人，1904年浴客增至每天546人，德人2/3，英美人1/3，中国人不准入内。1914年11月，日军第一次侵占青岛，中国人不准入浴的禁令撤销，浴场人数逐年增多。20年代末，北洋军阀政府启用第一海水浴场。

1933年12月12日《青岛指南》载：“青岛海水浴场已经市政府许可开放者，计有四处，其中以汇泉浴场最大。均在汇泉岬之西、海滨公园之东，两海岬左右环抱，形成一大湾形……沿岸有官产板房十间，以供浴客租赁，作为更换衣服及浴罢之用。”此时，私人自建板房亦复不少，疏疏落落，环绕湾前，不知者往往疑为渔家村舍。浴用器械有跳台、浮台、舢板、救生圈等。开放时，由社会局派医生和有关人员负责医疗、救护。浴场北岸设

▷ 第一海水浴场

▷ 避暑消夏的人们

有咖啡店、酒吧间、临时旅社、高尔夫球场。抗日战争前，这里成了繁华的地带，浴场范围扩大，新建更衣室30间，附近建立了东海、百乐门、白马饭店，冷饮室、舞厅比比皆是，中外官僚、资本家避暑者甚多。每逢农历七月十五日，浴场动用船只在海水中抛掷瓜果，浴者可自由追逐取食。晚上举行海上灯会。每天入浴者1000多人。日本第二次占领青岛时期，这里成了藏污纳垢之所，黄色音乐充满浴场，流氓地痞横行其间，乌烟瘴气，不堪入目。1945年初，日本临败之前，在这里大修防御工事，浴场遭到浩劫。抗战胜利后有所修复。

青岛解放后，浴场成了人民群众锻炼身体、避暑消夏的乐园。人民政府多次投资进行修建，使浴场面貌焕然一新。

《青岛第一海水浴场昔与今》

倪锡英：游乐的多样选择

至于青岛一般市民的生活，我们可以归纳为四大类：

第一类，便是政务人员的生活。青岛市内有许多大机关，如胶济铁路管理局、青岛市政府等等。每个机关里都容纳着许多职员，这些政务人员的生活，大多是很优裕的，他们都住在海滨或山麓一带的小洋房里，安置着家眷，过着极安乐的生活。每天除了规定的办公时间以外，其余便完全是游乐的时间了。他们也去游泳，也去上运动场，也去划船，也去钓鱼。有兴时合家上一个名胜的地方去野餐一次。日常生活的方式中，已参加进若干欧西的习惯在里面。这因为他们每月都有固定的丰富的薪金收入，而同时职位又是很有保障的，因此他们的生活，可算得十分安定。

第二类，便是有闲阶级的生活。这一班人，大多是富绅或要人，他们有钱有势，在青岛市区内占有一幢广大的住宅，地方不妨僻静一点，出入都有汽车代步。一天到晚，便是见客、赴宴，忙于各种应酬。他们看着别人跳到海的怀抱里去，自己却只是看着他们，从不肯亲身去参加游泳，海对于他们不起活跃的情趣，他们只是为求生活的闲散而来的。有时间或游兴来时，便坐着汽车到崂山附近去兜一个圈子，或到柳树台上的崂山大饭店去住一宿。可是这种游览，只是多用几个钱而已，实际上并不能领会到游山的真趣。坐在汽车里看山，景色是那么窄狭，又飞奔得那么快，实在是欣赏不到什么，可是他们却全不在乎，汽车溜过一趟，便算游过山了。因为他们的观念，是把青岛的一切，作为享受的对象。因此他们的生活，是极度的享乐生活。

第三类，便是青年学生的生活。这种生活，是充满着活泼与进取的精神。青岛市内所有的大中学生，每天除读书求学以外，更喜欢从事于各种游艺活动。青岛市内举办的各种比赛，都以青年学生为活动的中坚人物。体育场和海水浴场，几乎是他们的大教室，每年暑期内放了假，喜欢运动的，便终天奔跃在运动场上，喜欢游泳的，便终天浸在海水里。一个个都晒得像黑罗汉一样。所以青岛学生的体格，要比其他各都市内的学生壮健，这是自然的环境使然的。

▷ 湖南路旧影

第四类，便是外国侨民的生活。所谓侨民中，又可分为两类：一类是到海外来享福的侨民，他们大半都住在湛山和太平角的别墅区内，那里景色如画，空气清新，生活最为舒适。一类是到青岛来做生意的职业侨民，他们大都住在太平路和中山路一带，以开设酒吧间、跳舞厅，或食品公司、娱乐场为最多。每年夏季，是他们最忙的时期，许多外国的驻华军舰，都轮流开驶到青岛来避暑，水兵们上了岸，都需要找求本国的娱乐，以安慰客中的寂寞，于是所有的娱乐场和食品店，生意便十分兴盛，生活显得很是忙碌。而大多数欧美侨民，天生的习性是好动的，不论是闲着的忙着的人，他们总是喜欢去参加种种游戏活动，如游泳、球戏、爬山、驰马等等。还时常结了队，到崂山上去露宿、探游。生活是十分前进的。

除了以上的四种生活以外，青岛一般普通市民的生活，也比别的都市来得生动。他们受了生活环境的感染，对于生活的态度，非常认真进取，在青岛市内，游手好闲的游民是很少的，大半都忠实地从事于自己的职业，空下来的时间，总是消磨在海滨、运动场，或是公园里去。

《青岛》

鲁　海：金城球社，打台球的好去处

德国占据青岛以后，“台球”传入青岛，在青岛俱乐部、国际俱乐部、亨利王子饭店内都有台球。以后在联青俱乐部（浙江路）、岭南俱乐部（中山路）、海军健行社（中山路）也有台球室。

日本占领青岛后，有了专业的台球房，也叫“弹子房”、撞球房，如中山路上的松茂里台球房、聊城路上的日之出撞球房等。

40年代，中国人在中山路亚当斯大厦旁、亚细亚石油公司加油站（今“百盛”）对面开办了一处金城球社。广告上称为“高雅游戏”，设4个英式台球案子。

台球是一种难度较高的智力型体育比赛活动，它具有健身、比赛、交谊三方面内容。击球是集力学、三角、几何学的综合智慧艺术于一体，可以说人人可能会打，但要打好就绝不是轻而易举的事了。

金城球社的台球按局收费，参加者要具备从局部到全局的、深思熟虑的布局能力和较好的逻辑推理能力，包含着双方看似平淡但内涵激烈的较量，既可陶冶身心，培养良好的情操，又有益于身体健康。

来打台球的人都衣着整齐，一派绅士作风，打球时脱去上衣，多穿背带西裤。看台的男女服务员也都有一定的球技，有时一个人来打台球，由金城球社的服务人员陪同打球，当然是另外付费，平时一局球收费4角。京剧名伶李宗义、李盛藻、叶盛长等都是台球爱好者，来青岛时在这里打台球，李宗义下海当专业演员以前曾在青岛工作，在青岛的朋友很多。

打台球也是一项社交活动，有些人为了联系感情，甚至谈判一些商务，也选择来打台球，那就“醉翁之意不在球”，边打球边进行谈判，时而击球，时而拄杆而立，进行交谈。

金城球社有小卖部，经营各种饮料，顾客几局打完，往往喝点饮料，交谈消闲。

《青岛老字号》

刘雨生：万国体育会的赛马活动

青岛万国体育会于1924年2月呈请胶澳督办公署批准，在同年6月正式成立，旋开始赛马。筹备过程是：上海滋美洋行青岛分行经理滋美满（美籍犹太人）染指上海赛马会获利甚厚，倡议在青岛照样设立，并与驻青美国会会长亚当姆斯、青岛英文时报经理英人士大贵、驻青法国代办达塔灵洛夫和日本交易所兼太和洋行经理日人片山亥六等，勾结一些华人买办，如怡和洋行的何永生、太古洋行的苏冕臣、华北商行的王宣忱、日本元田船行的丁敬臣、交通银行的丁雪农、明华银行的张绢伯和童约之、朱爱甫及少数爱好体育者李植藩、萨福钧、邓益光、凌道杨等组织筹备会。于1923年12月间拟具

▷ 汇泉跑马场

▷ 赛马热

章程呈请胶澳督办公署。延至翌年2月间，由熊炳琦督办批准，特许租用汇泉赛马场和一切附属设备，以20年为期。于是该筹备会遂印发缘起，广招中外会员。会员分通常会员和股东会员两种，股东会员每股收通用银圆50元。该会共收到2000股，计股金10万元，作为运用资金，拟建设球类赛和赛马设备。会址初设在市南区浙江路2号（今改3号）二楼，后迁中山路曲阜路亚当姆斯大楼三楼（即今中山路51号第一百货商店）。

青岛万国体育会股东会员虽中外人士都有，但以美国人滋美满和亚当姆斯的股份为最多，后来有些迁往他处的股东，愿将股票转让，他们两人即尽量收买，因此他们的权柄最大。该会自1924年成立至1937年结束，13年中的历任董事长，不是滋美满便是亚当姆斯。董事名额虽定10人，中外各半，但仅属形式而已，其用人、行政皆由美国人把持。

该会方针及重要问题皆取决于董事会，办事处设总干事1人，承董事会之命，掌理一切事务。下设会计1人、办事员4人、打字员1人、马场总管理1人、场员12人、汽车司机1人、服务员4人，统由总干事管辖。外设售票经理（即买办）1人，赛马日所有临时售票员归他管理。

美国人的股权大，故董事会凡议事多由他们取决。1930年7月，总干事丹麦人安德森病死后，即由滋美满兼之。滋美满一身兼两长，便为所欲为，除引用滋美洋行旧职员毕洛夫担任会计外，复引用该洋行旧职员蒲劳沙斯基为马场管理，另又引用一少女陶布洛娃斯基为打字员。其他办事员4人中，1名是日人，3名是华人，都职小薪低。

售票经理一缺，在开办之初，由滋美满介绍上海滋美洋行买办施愉村担任，因其不能来，派沈饮和前来。滋美满怕沈不熟悉业务，又另介绍一英国人施弼士主持，佣金二成。四年后，与施所定合同期满，施、沈同回申。滋美满本拟将此缺交由毕洛夫或英人凯能担任。但经试用之后，都不胜任，始由中国董事提议，将佣金减低一成，由梁裕元继任。

会内的职工，包括办公室的高级职员、办事员、服务员和马场的场员等，共计25名。其中欧美人4名，日人1名，中国人20名。21名中日人的工资，全年共计10440元。查该会第九届股东会员年报所载，1932年所付的薪金工资共计29972元，减去中日人所得的之外，所余19532元均归滋美满系统的4人所有了。

青岛万国体育会营业除会员费、门票、马匹入栏费外，以马票为唯一的大宗收入。马票计分四种，即独赢票，每张售价1元或3元；马位票，每张3元；摇彩票，每张3元（最末一次每张5元）；大香槟票，春秋两季每张各5元，夏季每张10元。售票方法有当日出售的，有先一星期内预定的。预售者谓之通票，即如你定摇彩票三号，一天各次的三号摇彩票都是属于你的。

每年马票售出，常在300万元上下，其中80%派给彩银，20%为佣金。在佣金的数中，以二成为赛马税，交纳财政局，一成归售票经理部，七成为会中开销。开销最多的为优胜马奖金，约占开销数的一半。

青岛万国体育会还开展过其他体育运动。该会经中国董事建议，在马场内附设了各种球类设施，如篮球场、网球场、足球场、排球场、乒乓球场、棒球场、高尔夫球场等，并备有各项运动器具。凡中外人士有球会组织者，得向该会借用。该会每年都召开国际球类、游泳、田径、野外旅行、男女长途竞走、越野、自行车比赛等。各项奖品由该体育会准备，也有由市机关或日本体育协会赠送的。1932年是该会支付体育运动费最多的一年，其数为3543元，与同年的优胜马奖金相比，则有天壤之别。

根据该会章程规定，每年以净利一成充作慈善费用，每年约支出7万—8万元。其实，支出内容均由外国董事或总干事决定，多数项目都不属于慈善范围。

《青岛万国体育会的来龙去脉》

公茂春：闻名全国的第一体育场

1932年10月在河南开封举办第16届华北运动会时，华北体育协进会决定第17届华北运动会在青岛举行。时任青岛市市长的沈鸿烈为承办这届运

▷ 青岛第一体育场

▷ 第 17 届华北运动会

动会，决定兴建青岛体育场，随即召集了教育、工务、体育等方面的有关人士，成立了青岛体育场建筑设计委员会，着手筹备兴建事宜。山东大学体育教授宋君复受命参加在美国洛杉矶举行的第10届奥运会时，取回了洛杉矶体育场的图纸，几经研究，就按此图纸，缩小了规模，投入了建设。

青岛市体育场地址经过勘察，选定了面山近海、山清水秀、环境幽美、风景宜人的中山公园前，文登路南、荣成路北。当时设计建设体育场1座、网球场6个、排球场4个、活用篮球场2个。田径场是由400米一圈跑道6条、直道8条、弯道3个半径组成，离心力4圈。同时，为宜于观众看清比赛，设3层壮观门楼，周围环绕15级看台，容观众1.5万人；看台下为运动员休息室。体育场北大门、东西两便门直通场内，周围11个入口直通看台。大门口外到中山公园的两侧安装了电灯杆，杆顶装灯，灯柱下设长廊、花坛，新颖别致，具西方风韵，从1932年12月动工，到1933年6月底竣工，历时7个月告成。7月中旬，第17届华北运动会在此顺利进行。青岛体育场也就是现在的第一体育场。这座体育场当时是我国华北地区最优秀的体育场，全国知名。沈鸿烈亲自为体育场撰写碑文。其中开头两句是：“自来盛世之民，健而多寿；衰世之民，弱而多夭。健寿则庶绩咸熙，身世交泰；病夭则百事废弛，气紊愁苦。”后几句是：“有完美之体育，乃有健全之体格。”“古人三时务农，一时讲武。礼乐以涵养性灵，射御以锻炼体魄。”

体育场建成后，我市拥有了第一个体育场所，体育活动开展如鱼得水，全市的体育比赛均在此举行。青岛参加华北18届运动会的选手、旧中国第6届全运会的选手和全国参加11届奥运会的选手均在这里训练。日本第二次占领青岛后，群众体育被迫停止，这里成了日寇关押被抓劳工的集中营。抗战胜利初，体育场一度被国民党军队占据。在广大群众强烈要求下，1946年才恢复了体育场的本来面貌。之后年年举行全市中小学运动会，社会各界公务员运动会和全市知名的篮、排、足球队经常在此活动，并开展各类比赛。

解放后，这里成了全市群众组织比赛的集中场所，从全国、省、市到基层的运动会年复一年，挤得满满的，利用率一年高达300多天。

《青岛第一体育场与体育馆》

❖ 王　铎：闲来无事看电影

青岛作为中国电影的发祥地和中国电影发行放映活动最早的文化基地之一，它所迎来的已不仅仅是一种文化观念上的怀旧，而是它自身所焕发出来的一种奇异的光芒。在这片耀眼的光芒里，有历史的追寻，有文化的回归，有地域风俗的互相渗透，还有文化经济上的不断打造。一句话，中国电影是在青岛人的“观看”下，一步步成长起来的，青岛人见证了中国电影。

需要声明的是：尽管我们现在正在纪念中国电影100周年，但电影在青岛却不是100年的事。这也就是说，当中国的老牌电影基地上海在1905年刚刚放映几分钟的电影“默片”的时候，青岛人看电影至少已经有五个年头了。而当上海在1908年建造了第一家电影院的时候，青岛的电影院就已经发展到了四五家。所以说，青岛才是中国的“电影之根”，青岛是中国最早发行并放映电影的地方。

据史料记载，德国人在1897年占领青岛之后，便于1899年在青岛前海海滩上兴建了一座规模宏大的亨利亲王饭店。于是，欧洲列强的电影便堂而皇之地借助于这家饭店，在青岛这座当时仍处于原始状态的小岛上泊岸。据一些老青岛人回忆，当青岛人第一次看到电影的时候，他们竟然将其比作是“梦境”“海市蜃楼”和一种无法理解的时光隧道。他们不相信世界上还有这种神奇的东西，他们当时确实被惊呆了！

刚刚建成的亨利亲王饭店位于太平路29号，饭店靠近广西路一面，还建有一座拱顶的、大大的影戏厅。当时的广西路，就叫亨利亲王大街，所以这座影戏厅是这座街上的重要建筑之一，也是青岛开埠之后的第一座“影剧院”。这里上映的早期无声影片，也都是德军从欧洲带过来的。现在知道，这

▷ 亨利亲王饭店

▷ 华乐大戏院

不仅是青岛电影之始，也是中国电影之始。难怪在老青岛人中，老早就有这样一个传说，即“德国人是扛着电影机占领青岛的”。从刚刚揭秘的世界电影资料中，这种传说竟然得到了证实。该饭店是集餐饮、住宿、会议、休闲、度假和娱乐为一体的多功能旅游中心，在当时的青岛享有崇高的地位，并在德国总督的主持下，经常接待政要和名人，如1912年来青的孙中山先生，就曾下榻此处。因此，这里经常会放映一些欧洲最新、最流行的电影，成为当时西洋文化在青岛的一种浪漫形式。自1902年开始，青岛人便在当时中国人聚居最集中的北京路上，建起了一座大影剧院，与广西路上的洋人影戏院“遥遥对应”。这两家影剧院，从今天的城市规模中说，虽说相距不太远，而在当时，它们却是“两个世界”“两重天”：即一座是地处“洋人区”的中心位置，另一座是“华人区”的中心地段；广西路上以上映电影为主，而北京路上是以上演中国传统剧目为主。有人说，青岛早期的许多东西都是“中西相对”而建立的。我说这话不假，因为在青岛开埠初期的殖民文化当中，这种“东西方文化的类型和品格”也是在一次次的交汇与碰撞之中。虽说中国人一开始是用戏曲与洋人进行文化对抗，但是因为后来国产电影也出现了，北京路上的这家影剧院，便经常上映国产影片。

青岛历史上的“电影地产”不仅仅是一种财富、一种资源，而且还是一种城市的“文化品行”和“文化籍贯”。

《青岛人见证中国电影》

❖ **曲海波：**科教电影风靡一时

20世纪30年代，故事片、歌舞片在给青岛市民带来电影艺术享受的同时，教育电影也走进了市民的文化生活中。在中国，现代意义上的科教片在20世纪三四十年代统称为教育片，其功用是服务于当时学校和社会大众的教育。

1930年南京金陵大学建立金大电影教育委员会，开全国之先，开始批量引进、译制、流通发行、自行摄制教育电影。而1932年在南京成立的“中国教育电影协会”，由中国文化教育泰斗蔡元培任会长，该协会主要宣传教育电影，是我国最早的群众电教学术团体。据1934年出版的《青岛市政府行政纪要》记载：“教育局为利用教育电影，辅助学校教育之普及，及启发一般民众知识起见，特拟具推广民众教育电影计划。”由此可见当时的青岛市政当局已把向学生和市民大众推广科教电影作为一种先进文化的传播方式。

▷ 20世纪30年代的福禄寿大戏院

为此，青岛教育局分别从南京金陵大学和南京的“中国教育电影协会”订购了电影放映机和租用了一批教育电影拷贝。同时，位于朝城路7号隶属青岛教育局的市立民众教育馆作为“推广民众教育电影计划”的实施者制定了《教育电影巡回施教办法》，主要是在青岛市内各小学校、市立中学、李村中学、市立女中、市民众教育馆、各电影院轮流放映。当时上映的教育片主要有《驱灭蚊蝇》《养蚕》《国术》《陶器》《酱油之速酿》《黄河文化》，等等。教育片上映后，不论是在学校还是在民众教育馆、各家电影院，学生、市民观者踊跃，争相感受教育电影所带来的让人耳目一新的知识视野，引起了较好的社会反响。

1934年4月，蔡元培在青岛市市长沈鸿烈等陪同下游览崂山，参观了各处景点，并到太清宫阅览了珍藏的《道藏》，崂山丰富的自然与人文给蔡元培留下了深刻的印象。同年，以蔡元培为会长的中国教育电影协会倡导用电影进行国情调查，拍摄中国地理名胜以激发爱国热情，拍摄科学常识以提升大众文化。当时，作为中国高校电影教育的开创者、主持摄制了100多部纪录电影和科教电影的金陵大学教师孙明经先生曾亲临青岛，拍摄了有关崂山的纪录片，第一次以教育电影的形式让全国各地观众通过电影镜头和屏幕领略了青岛崂山秀美壮丽的风光，展现了中华民族生生不息的历史文化。

20世纪30年代，在青岛放映的教育电影，是中国电影史上第一批广泛放映的纪录电影和科教电影。今天，从那个时代经历过的人或许还记得这些教育电影在青岛的传播。

《三十年代科教电影在青岛的传播》

刘遵三：大舞台里看演出

过去京剧戏院，由老板组成角色齐全的班底，天天开锣，从不间断。班底中的好手，老板给以优厚待遇，竭力拉住他们，靠他们赚钱，包住班子的开支。这种演员往往年龄较大、功底好、戏路宽、肯卖力气，能独立演戏，也能与人配戏。由于自挑班子闯江湖，要担风险，他们往往待在一个地方与戏院老板合作，一留就是好多年。这种人戏迷称之为“老底包”。

现在的永安大戏院，30年代叫大舞台。当时大舞台有两名老底包：王鸿福和盖春来。王鸿福乃正工老生，唱做念打都稳练大方。一次，马连良来青演《甘露寺》，饰吴国太的老旦因故缺席临时请王鸿福反串，事后得到马连良的好评，观众也为之捧场，认为他当马连良的配角毫不逊色。

盖春来演武生，长靠短打无不精彩，其武功之硬尤为鲜见。他的拿手好戏是《金钱豹》。剧中有飞叉刺悟空一场戏。当悟空几个跟头翻到台中偏右处，飞叉空中飞来，这时悟空正好最后一个腾身，正起到半空，飞叉来到，悟空双手接住，装作刺在肚子上，由空中跌落在地。飞叉者固然得眼精手快，而使飞叉的盖春来更得用力适度，力小刺不到，力大过了头，叉落到台下，就有刺伤观众的危险。而他们演得恰到好处，令人叫绝。在《长坂坡》里，盖春来饰赵云，“抓帔”一场中的一连串动作，像翻身、掠地而过的燕子，许多名武生演这场戏都没有这一招，即使有，也不及盖春来那么矫健、敏捷，干净利落。“老底包”颇能使观众赏心悦目，大过其瘾。

《闲说“老底包”》

刘启合：新华里的说书场

新华里是个大杂院，位于台东八路与威海路一带。就是这个新华里，在旧时代，曾经是我市有名的说书场。

这里的说书场，设在一楼平房内，大约三四十平方米。室内有长条凳，书场外面写着书目和演员的名字。在众多说书艺人中，最著名的大概是评书演员王宝亨了。大约是40年代，王宝亨30多岁，留着小平头，眼睛很大，说起书来声音洪亮，还带有武打动作。王宝亨说的书大约是《大八义》《三侠剑》《三英清烈传》等。听书的人大多是40岁左右的人，也有孩子。

《新华里的说书场》

❖ 鲁 海、鲁 勇：春季赏樱

德占青岛后，自1902年起，在太平山前建为植物试验场，广植各种树木花卉，包括樱花。每年春季4月有“赏花会”，为今日樱花会的雏形。长篇纪实小说《桃源梦》便记载了1912年客居青岛的逊清遗老去赏花会，并带酒菜饮宴的情形。逊清学部副大臣劳乃宣去赏樱花，同时拜访居于会前（今写作“汇泉”）的恭亲王溥伟，并留诗：“暮春天气尚披裘，山外茫茫海色深。霞绚朱樱乾树密，径循翠柏两行幽。”

▷ 青岛神社附近的樱花

1914年日占青岛后，进一步种植了樱花树，每年4月为樱花会。中国收回青岛后，樱花会延续下来，有许多名家学者来青岛赏樱花。著名作家孟超1928年在《樱花前后》中写道：“恰好快到了樱花时节。下了轮船，走进了一家从前曾住过的客栈。‘来了，来了，来看樱花吗？’客栈的账房先生也有点像西子湖边的船子樵夫一般的蕴藉，普通的问答，也微微有点诗意。

‘是的，是的，花开得差不多了吧？’”

到20世纪30年代，青岛的樱花会是全国著名的春季旅游节日。胶济铁路局在樱花会期间设旅游专列，游览车票按7.5折出售。每年四五月间，中外游客云集青岛。有一些名家著文记录了那时的樱花会。

“公园”之称虽然在20世纪初已有，但公园并没有严格的边界界定。新中国成立后，中山公园修了围墙，有几条马路也在公园里面，而樱花会改成了春季游园会，仍是青岛人春天的盛大节日，几乎每一个青岛人春季都去汇泉。新中国成立后的游园会也多了一些内容，如展览、文艺演出等。

《樱花会》

第七辑

老城旧事·打开尘封的民国记忆

❖ 王　铎：中国最早有汽车的城市

1902年，当黄浦江畔精明的上海人第一次看到汽车的时候，当老佛爷慈禧太后在颐和园里首次看到洋人送给她的一辆黑乎乎的铁盒子，并且第一次听到汽车这个名字的时候，远在胶东半岛的青岛大地上，德国的奔驰牌汽车已经满大街奔跑了。

1898年3月6日，当清政府与德国人签订了《胶澳租界条约》的时候，青岛立刻就变成了德国侵略者设在远东的一块殖民地。也就在这一年，德国人的奔驰牌汽车便旁若无人地开进了中国的领土，开上了青岛这片还没有一条像样公路的城市。

据说，德国人在规划青岛这座城市的时候，是坐着汽车来实地测量的。青岛的第一条旅游观光汽车线，就是1902年设立的。其线路是从青岛火车站，沿广西路、莱阳路、文登路至汇泉海水浴场和森林公园（现中山公园）。

当时，能乘坐上一辆奔驰牌汽车沿途观光旅游，是何等的情致和气派啊！这当然是那些欧洲的阔老板携家眷的一种风雅，而还梳着大辫子的大清国民在看到这种“西洋景”时，竟将这些汽车比作是“会跑的房子”。要知道，青岛人看到的是德国生产的第一代奔驰牌汽车。这种汽车在当时还比较简单，除两大两小四个轮子和一个发动机之外，就是一个敞篷的轿斗箱。人坐在上面不仅可以东张西望，而且还可以随时停车。行车和过路口时，当然更不必寻行车道和红绿灯，因为那时一切的交通规则和设施还没有出现呢。青岛的德国“胶澳当局”，也只是告示全城汽车是在道路中心随跑随停，伤人不负任何责任，希望市民注意安全。当时的车站是没有标志的，其乘车收费也是随意性的，不按人头收。

在20世纪初的青岛，最早使用汽车的除了德国远东舰队的官兵之外，还有来自欧洲的铁路制造商、房地产商、金融家、航运业老总和餐饮旅馆业的老板们。1901年秋天，这些在青岛淘到第一桶金的阔佬们，还在汇泉广场同德军官兵举行了一次别开生面的汽车拉力赛。这是不是整个亚洲的第一次汽车拉力赛，虽未可知，但它至少在中国大地上确实是首次，而当时的青岛人却实实在在地以为这完全是一场洋人的闹剧。

一个多世纪过去了，现在的青岛人，已经把开汽车变成了自己的一种“与生俱来”的能力。青岛这座现代化城市，也已经成了高速奔驰的“汽车上的城市”了。

《青岛是中国最早有汽车的城市》

曲海波：第一把“中国造”小提琴

历史上，德国侵占青岛后，传统的民族音乐领地受到了西洋音乐的冲击。外国人居住区，西洋音乐盛行，《胶海关十年报告（1902—1911）》甚至记载：“美丽的海水浴场……每日下午有演奏音乐的管弦乐队。”1910年江苏路基督教堂、1934年浙江路天主教堂等的建立，使教会音乐也开始兴起。小提琴、钢琴、风琴等西洋乐器的现代音乐演奏方式也逐渐流入青岛。在西方音乐的影响下，青岛早期涌现出了许多在国内外较有影响的音乐人才，如：董吉亭（著名小提琴教育家）、金圣乐（著名小提琴教育家）、王重生（著名儿童钢琴教育家）等。

1935年9月10日出版的《青岛民报》在一整版的版面上，分别发表了题为《介绍中国提琴制造成功者》《音乐家王玫》《一位忠诚的艺术者给我的印象和思想》《我制造提琴的经过》等四篇文章。回顾中国报学史，不难发现，报纸与历史有着十分密切的关系，历史通常所记叙的，往往就是当时报纸上的新闻；报纸上的新闻，在岁月的流逝中，又会演变为被后人记叙的历史。正是通过青岛老报纸上的新闻报道，让我们今天铭记王玫——

一位在20世纪30年代曾经在青岛轰动乐坛的小提琴演奏家、中国第一把小提琴的制作者。

王玫，原名王文栋，1907年出生于山东临沂一个平民家庭，中学毕业后考进万国储蓄会。从在中学念书时候起，王玫就是一位音乐爱好者，并且特别喜欢小提琴，长时间坚持用一把别人丢弃的经过自己精心修复的旧小提琴日夜苦练。1926年他随银行迁来青岛。1928年春天，由岛城进步文艺青年王玫、杜宇、王卓等发起成立了青岛第一个话剧团体“光明剧社”。成立以后，1928年5月在平度路22号新舞台（永安大戏院）演出了第一个话剧《卞昆冈》，该剧反映了打制石佛工人的悲惨遭遇。演出时，话剧音乐由王玫现场用小提琴伴奏，取得了很好的效果，这是青岛人第一次欣赏到用小提琴这种西洋乐器进行伴奏的话剧演出。

▷ 青岛新教教堂

1930年王玫到青岛市立中学任音乐教师。在此期间，他结识了当时在青岛的小提琴手谭抒真（我国著名小提琴演奏家、音乐教育家）。他们一起参加了当时青岛一个业余交响乐团。这个交响乐团是在20世纪30年代初组成的，有30人左右，其中不少是在青岛的外国侨民。当时演奏的乐曲是贝多芬、舒伯特等大师的古典名曲，指挥是俄国人。1930年即墨县立中学举行音乐会，王玫、谭抒真应邀参加，在音乐会上用小提琴演奏了3个小时。

王玫因为使用那把自己修复的旧小提琴演奏，在乐团里受尽了外国人的歧视。也正是基于此，1935年春，王玫立志自己制造小提琴。在王玫之前，中国虽然曾经有人制造过小提琴这种西洋乐器，但是，终究因为不能够了解其中详细构造的理论，结果都失败了。王玫在制琴过程中，潜心解剖小提琴结构，苦心钻研资料，熟练掌握小提琴的性能和原理，经过4个多月的艰苦努力，1935年9月10日，终于成功制作出中国第一把小提琴。这把小提琴完全以中国国产木料制成，音质圆润、柔和、甜美，极具穿透力。正如王玫在《青岛民报》上发表的《我制造提琴的经过》一文中所写："……我这次用了一年多的时间研究它的原理与方法，并且用了四个月的时间制成了我这第一琴。它的外表的油漆及一切的构造，都是我所想不到的。尤其是声音方面，我认为我是成功了。因为这一只琴的声音是极美丽的。"同时刊登在《青岛民报》上的文章《介绍中国提琴制造成功者》中这样写道："……他（王玫）费了四个月的时间把这只提琴研制成功了。在他自己也感觉这是一件一生最可喜的成功事实。这不只是在我们的青岛，乃是我们中国音乐界一大光荣。"

王玫制造出中国第一把小提琴的消息传出后，让青岛人深感自豪，在中国音乐界引起轰动，同时，也让在青从事音乐演出的那些趾高气扬的外国人自惭形秽。

在这里特别值得一提的是我国著名小提琴家、音乐教育家、音响学家、曾任上海音乐学院名誉副院长、上海音协副主席的谭抒真先生。他出生在青岛，童年时期在青岛度过，青年时期先后在青岛、北京、上海和国外工作学习，谭抒真教授在青岛时和王玫建立了真挚的友情。在王玫制造第一把小提琴期间，他给予王玫很多小提琴内部构造方面的理论指导。他们不但在演奏方面相互切磋，共同进取，而且都是用自己的真情演奏，积极向我国人民表现小提琴这种西洋乐器的艺术魅力。

历史上，青岛也称"琴岛"，此名据说是出自一本名叫《琴岛诗话》的书。该书中这样形容青岛："取其山如琴，水如弦，清风徐来，波音铮铮如琴声之故”，故称青岛为“琴岛”。而第一把“中国造”小提琴在青岛的诞生，为人们爱称青岛为“琴岛”的美誉赋予了更加丰富的人文内涵。1937年，王玫离开青岛去天津从事教琴工作；1949年调入北京人民艺术剧院工作并且创办了我国第一个专业乐器厂——新中国乐器厂，任总工程师，专门研制生产小提琴。1956年，王玫调入北京中国轻工科学研究院，创办了中国第一个乐器研究所。1985年2月，美国的“中国文化研究院”理事会把“艺术博士”学位授予已经离休的北京乐器研究所高级工程师王玫，对他在30年代研制成功中国第一把小提琴和一生对小提琴制作研究所做出的贡献给予褒扬。

《第一把“中国造”小提琴的诞生》

❖ **刘镜如：**青岛最早的医院

青岛的医院建设随着城市的建立与发展而兴起。医院的历史，是青岛社会变迁的缩影。

青岛最早建立的医院是胶澳督署医院。德国占领青岛的第二年，也就是1898年夏秋之交，胶澳瘟疫流行，死了很多人，其中有4名德国军人也染疾而死去，为此，当时的总督从德国驻青的远东舰队拨出9个毡棚，临时搭建起帐篷野战医院，又称海军医院，收住德国病人，门诊对中国人开放。胶澳督署同时筹划医院建设，当年的10月选定在胶澳督署（俗称总督府）的西麓（今江苏路16号青大附院院址）营建医院，于1899年11月一期工程完工并交付使用。医院建成后命名胶澳督署医院，俗称总督府医院，有病房两幢，设病床74张，由德国人、医学博士马梯姆主持院务，帐篷医院同时撤除。1902年秋，在李村又建立了一所综合性的医院，先开设门诊，后扩建病房，至1904年10月交付使用，由德国军医负责院务，隶属于督署医院。胶澳督署医院历经6年的建设，到1906年已成规模，建筑面积7 282平方米，占地6.62万平方米，总投资198万马克，设有内、外、妇、儿、眼、耳鼻喉、花柳病、精神病、肺病9个科。

▷ 胶澳督署医院

1914年8月1日第一次世界大战爆发，23日日本向德国宣战，11月11日日军侵占胶澳，接管胶澳督府医院，改称陆军医院，专为日本军人及其家属看病。1915年陆军医院划出院外的一幢楼（今江苏路19号）开办青岛疗病院，院长由陆军医院院长兼任，总称青岛疗病院日本陆军医院，其下又立台西镇分院、海泊町分院、叶樱町分院。1916年6月青岛疗病院改名青岛病院，并开设了李村分院。1918年欧战结束，日本迟迟不退，直到1922年12月中国才收回胶澳，设胶澳商埠，成立胶澳商埠督办公署，直属北京政府。但日本将青岛病院移交给日本同仁会管理，其总部在日本东京，1927年3月改称同仁会青岛医院。

1929年4月15日，南京国民政府接管胶澳商埠确定为青岛特别市。1937年7月7日抗日战争爆发，1938年1月日本再次侵占青岛，同仁会青岛医院被日军占用为陆军医院，编为战时医院组织，改称同仁会青岛医院诊疗班，下设台东镇诊所和台西镇诊所。在1940年因经费匮乏难以维持，将台东镇诊所撤销，台西镇诊所交卫生局。1945年抗日战争胜利，南京政府接收了同仁会青岛医院诊疗班。1946年山东大学在青岛复校，组建医学院，国民政府教育部将同仁会青岛医院诊疗班命名为国立山东大学附属医院。

《青岛最早的一所医院》

李文渭：宋春舫与海洋科学

宋春舫（1892—1938），浙江省吴兴县（今湖州市）人，语言学家、文学家、戏剧学家，中国海洋科学研究的奠基人之一，为创建中国海洋研究所贡献极大。

宋春舫1927年夏天来到青岛，住在时任青岛观象台台长的蒋炳然先生家中。虽然，此次宋先生来青岛只是小住，却做出了在青岛筹建中国海洋研究所的重大决策，他们商定在青岛观象台成立海洋科，为青岛发展成中国的海洋科学研究基地打下坚实的基础。1928年11月15日，海洋科正式成立，他到青岛任海洋科首任科长。据说他在黄县路上租了一处房子住下。在这一时期，他主要是在为海洋科的建设奔忙，绝大多数的时间是在办公室度过的，海洋科当时就设在青岛观象台内，所以，严格地说来，观象台的海洋科就是这一时期的宋春舫先生故居。

在海洋科的工作走上正轨以后，宋春舫仍在为创建中国的海洋研究所而在不断地努力，可能是为了工作的方便和专心致志于筹建，他在靠近海边的福山支路6号住下，在住房旁还有一栋二层小楼，因为他的书籍多，需要空间多一些，这里就是宋先生的图书馆，是他藏书之所。

福山支路6号位于康有为故居对面，康有为曾为其居处之景致赋诗为赞：

岛屿幽深是会泉，海山楼阁似群仙。

月明穿过樱花路，尚想花开感往年。

当时此处的景致确实不一般，这可以从他们选定将中国海洋研究所建在汇泉海滨看出来，也更进一步说明了这一带海滨是青岛市的风景最秀丽者之一。在这样优美的环境中生活和工作应当是一种享受，可是，对宋先生来说那是奢望，他的时间就是用来工作和读书学习的。因为，我们看不到他写的赞颂风景方面的诗文，虽然他的文学艺术造诣很高，特别是他写作的多部新喜剧，都受到大家的好评，便是极好的证明。他所撰写的许多论文，无论是关于戏剧学方面，还是海洋学方面，都是高水平的。

他对图书收藏有着特别的爱好。梁实秋曾有过这样的评说："我见过的考究的书房，当推宋春舫先生的褐木庐为第一，在青岛的一个小小的山头上，这书房并不与其寓相连，是单独的一栋。环境清幽，只有鸟语花香，没有尘嚣干扰。《太平清话》：李德茂环积坟籍，名曰书城。我想那书城未必能和褐木庐相比。在这里，所有的图书都是放在玻璃柜里的，柜比人高，但不及栋。"关于他创造褐木庐藏书票的事，还有一个有趣的来历。众所周知，他的藏书不仅精，而且专，主要是戏剧学、文学等专著，也有海洋学的参考书，基本上是外文的原版书。他所藏之书还有一个特点，那就是国内难求，因而，借阅者众。为了大家方便，也为了图书不致丢损，便定名为褐木庐藏书，据说褐木庐三个字是取自世界三大戏剧家：Gomeille、Moliere、Racine当时中译第一个字，也说明其所藏之书是以戏剧为主。他的藏书票在国内不仅时间早，而且影响也大。像洪深、章铁民、张友松、孙大雨等都是借书常客，也更进一步说明了其影响之广。

宋春舫就任科长后，首先招聘和培训技术人员，从国外购置海洋调查、实验用仪器和图书资料等。他撰文介绍海洋科学，发表在《时事新报》的《海洋学与海洋研究》是其中的一篇。他还领导创办了中国第一个海洋科学期刊《海洋半年刊》。1930年蔡元培、李世曾、杨杏佛等都来到青岛，商讨发展中国气象科学和海洋科学大计。宋春舫求蔡元培先生等出面请青岛市市长胡若愚支持和帮助建设。胡市长不仅表示支持，还和蒋炳然、宋春舫三人共同担任"筹备委员会常务委员"，负责筹备资金、基建设计和选址等。经过他们的工作，筹措了一万多元经费，宋春舫一人就捐600元。1931

年海洋研究所动工建设，由于经费不足，到1932年初，只建成水族馆部分，并于5月8日举行水族馆开幕典礼，该馆内有胡若愚题写的“中国海洋研究所”字迹。接着宋春舫与朱祖佑，一同为建立青岛滨海生物研究站奔忙，并于1937年上半年将该站建成。

由于积劳成疾，又因日本再次侵华而极度悲愤，宋春舫不幸于1938年8月在青岛逝世。

《宋春舫故居》

长　安、河　川：生物学家童第周

童第周（1902—1979），字慰孙，浙江鄞县人。我国著名生物学家和教育家，中国实验胚胎学的创始人，是实验胚胎学、细胞生物学、发育生物学及海洋生物学等领域卓有建树的科学家，被认为是“克隆先驱”。

▷ 童第周

1934年，童第周获得比利时比京大学哲学博士学位后，经过在英国剑桥大学一段短暂的访问时光，即怀着拳拳报国之心回国，应国立山东大学之聘，首度来到青岛工作，开始了漫长的研究与教学生涯。山大是一所年轻的高校，得益于先进的学术与教育理念而迅速成长为海内学术重镇。童第周在这里进行了一系列开创性的研究工作，比如在实验胚胎学领域，他深化了棕蛙卵子受精面与对称面的研究；同时还开辟了海鞘等方面的研究，他通过实验获取了在未受精的卵子中已先天存有形成器官的物质的证据，从而创始性地证明了卵质在个体生命发育过程中的重要作用。他是一位善于把科学研究与自然乐趣融合为一体的人，当年的青岛山海，留下了他带领助手和学生进行观察与采集实验标本的踪迹。

抗日战争爆发后，他随山大一起流亡到安庆、武汉、万县等地。1938年山大被迫解散。1946年山大复校。应复校后的山大校长赵太侔之邀，他离开复旦重回青岛，继续担任山大生物系主任。他与曾呈奎一起创建了国立山东大学海洋研究所。在极为艰苦的条件下，他与他的同事和学生们进行研究，完成了若干科学论文，在金鱼卵子发育能力及蛙胚纤毛运动机理分析等方面，取得了重要的研究成果。在青岛，他是一位充满创造力的科学家，也是一位声誉卓著的教育家，与学生心心相通，崇高的风范留在许多学生的心田中。

童第周又是一位坚定的爱国者，他以民族兴亡为己任，在留学欧洲时就积极参与抗日救亡活动。在1935年的“一二・九”运动和1947年的“反饥饿、反内战”运动中，他都给予爱国学生以可贵的支持，尽力保护学生。1948年，作为中国山东大学著名教授，他远赴美国讲学并进行科学考察。在美国喜闻新中国即将诞生的消息，他极为兴奋，对美国朋友讲，“我是中国人，我的最大愿望就是让中国快些富强起来”，于是便放弃了优厚的研究条件，执意回国。1949年3月，童第周回到青岛，不久就与山大师生一起迎来了青岛的解放和新中国的成立。中国科学院成立不久，他即与曾呈奎联名写信，建议成立全国性的海洋研究机构。1950年8月，童第周作为主任，与曾呈奎、张玺等著名海洋科学家一起共同组建了新中国的第一个海洋科学研究机构，这就是如今中国科学院海洋研究所的前身——中国科学院水生生物研究所青岛海洋生物研究室，像在生物进化过程中具有重要地位的文昌鱼卵子发育研究等一系列重要的科学研究工作自此开始，享誉国际科学界。晚年，他与美国坦普恩大学教授牛满江等联合开展的关于生物性状遗传中细胞核和细胞质相互关系的研究取得了世界领先的业绩。在这项研究中，他完成了关于鱼类杂交的实验，在世界上首次成功实现了脊椎动物体的细胞克隆，证实了异种克隆的可能性，从那时起，已经昭示着克隆时代的来临。

《童第周故居》

❖ 寿杨宾：尊孔读经的德国人——卫礼贤

卫礼贤是德意志人，他崇拜歌德，崇拜那个伟大的思想家、诗人，崇拜那个中学时代即通读“四书”、被时人誉为“魏玛的孔子”的人。也许，正是歌德《中德四季晨昏杂咏》中的两句诗“视我所窥，永是东方”，引导他走向东方、走向中国……

▷ 卫礼贤

1899年，年方26岁的德国传教士理夏德·威廉（1873—1930）来到了正大兴土木的青岛。到青岛后，他就给自己起了个中国名字卫礼贤，字希圣。那时，他不懂汉语，不识中文，但这并不影响其融入中国社会和兴办教育的热情。

1900年，他在寓所里教授中国学生德语。次年，即向当局自荐办学，以孔子的“有教无类”思想为办学方针。1902年在胶州街（今胶州路）柏林会教堂旁建讲堂、宿舍，定名为礼贤书院，卫礼贤自任监督。1903年，在小鲍岛东山（今上海路）建成新校舍，招收学生60余人，此后礼贤书院不断扩建。1905年还创设女学，以卫礼贤夫人的名字命名为美懿书院，这是青岛历史上第一所女子学校。学校的课程，除德语外，余均按清廷颁行的学堂章程设置。由于卫礼贤兴办教育的贡献，1906年，山东巡抚杨士襄以其“办学有功”，奏请清廷赏赐他四品顶戴。

在此期间，卫礼贤除了致力于教育外，主要精力用于学习汉语和以孔子思想为核心、儒道佛为骨干的中华民族优秀传统文化上。作为传教士，他没有传布基督教义，没有发展过一个教徒，反而成为孔子的信徒，成为尊孔读经的名人。1903年开始，他即在德国报刊上发表一篇篇推崇、介绍中国以及中国传统文化的文章，翻译出版了一批中国古代经典。主要有1910年翻译出版的《论语》，1911年翻译出版的《道德经》，1912年翻译出版的《列子》《庄子》，1914年翻译出版的《孟子》等。

卫礼贤在青岛期间和晚清名儒康有为、劳乃宣（清末京师大学堂总监）、赵尔巽（清史馆馆长）等过从甚密，特别是劳乃宣，卫礼贤以师事之，师从他学习儒家经典《论语》《易经》等。1912年，康有为、陈焕章等在上海发起成立孔教会，力倡以孔教为国教，卫礼贤闻讯亦到上海参加孔教会活动。从上海回青后，即筹划在青岛成立尊孔文社，并聘请劳乃宣主持社务。

与此相应，1913年还在礼贤书院建了尊孔文社藏书楼。这是青岛历史上第一个现代图书馆，也是中国早期现代图书馆之一。"藏书楼"匾额为当时在青岛当寓公的恭亲王爱新觉罗·溥伟所题。劳乃宣则著《青岛尊孔文社藏书楼记》以赞之："德国卫礼贤以西人而读吾圣人之书，明吾圣人之道者也。时居青岛闻而忧之，与中国寓岛诸同人结尊孔文社以求圣人之道，议建藏书楼以藏经籍……"藏书楼广收经、史、子、集，亦收藏现代中外文书籍。该书楼除对尊孔文社成员开放外，亦对礼贤书院教师及社会上层人士开放。时藏书多至3万余册。

卫礼贤于20世纪第二个十年末曾短期回国，在青岛生活了约20年，后主要在北京继续进行文化学术活动。

1924年，卫礼贤告别第二故乡中国回国前，还专程到曲阜参拜孔庙，瞻仰孔子圣迹。他忘不了青岛，到青岛巡视他创办的礼贤书院（已于1923年改名为礼贤中学，匾额为前清北京大学堂监督、书法家刘廷琛所题）和尊孔文社。还去拜访了潜心于古典作品研究的康有为，高兴地接受了康有为赠予的古代书画及其著作。

回国后，卫礼贤仍醉心于中国传统文化，除致力于中德文化交流外，继续从青岛开始的翻译工作，先后翻译出版了《易经》《礼记》《吕氏春秋》等中国古典名著。特别是《易经》，对于大多数人来说，不外乎一部天书，被认为是“世界上最重要的一部作品”，卫礼贤受教于劳乃宣，在青岛就开始翻译。他呕心沥血，毕十年之功，终于在1925年出版面世，在西方被认为“是无与伦比的版本”。他翻译的最后一部著作是《吕氏春秋》，是他逝世前两年即1928年出版的。该书的出版，西方汉学家认为是开创性的贡献。

《卫礼贤与青岛》

刘增人：李叔同湛山寺扬佛法

李叔同（弘一法师）应邀来湛山寺讲学的时候，恰值出家二十春秋。因为多年精研佛法，对于南山宗的律学的研究尤其湛深、系统，其尤可贵处在于讲律与持律的高度统一，举凡律条所规定的，他无不严格奉行，恪守不爽，与世间一般专门教训别人的吃宗教饭的僧侣恰成背反。

▷ 弘一法师

1936年，在湛山寺为众僧讲律的慈舟法师去北京主持法界学院及净莲寺事宜，恢虚法师乃派梦参法师专程到漳州万石岩敦请弘一法师。梦参抵达与弘一洽谈后，弘一提出“约法三章”：（一）不为人师表；（二）不开欢迎会；（三）不登报吹嘘。知道这是弘一法师特有的个性，其实也是所有讲律的出家人都应该身体力行的原则，恢虚只有一一答应。弘一法师途经上海，拜会叶恭绰居士及范成法师，受到素宴招待。席间叶居士问及法师将乘何船赴青，席后便为法师预备了较舒适的舱位。不料法师听说后，便改乘他船，一则不愿劳烦他人，二则仍以俭朴为本，奢侈豪华，安逸享乐，与法师虔诚信奉的律学都是难以相容的。

5月20日，弘一法师与随行的门人传贯、仁开、圆拙以及前往迎接的梦参，一行五人来到青岛。倓虚法师亲率僧、俗众人到大港码头迎接。青岛的5月，天气还颇有凉意，弘一法师穿一身半旧的夏布衣裤，外罩夏布海青，赤脚穿一双草鞋，精神焕发，步履轻捷，毫无畏寒之意。见面后，只简单说几句话，全无世俗的寒暄客套，便回庙中。庙中的僧人及湛山寺佛学学校的师生在山门口接驾，他非常客气地还礼，真诚地连忙说不敢当。随行的人无不带许多东西，条包、箱子、网篮等等，在客堂门口摆一大堆。而弘一却只带一只破麻袋包，用麻绳扎着口，里面是一件破旧的僧袍，破旧的裤褂，有两双鞋，一双半旧的软帮黄鞋，一双补了又补的草鞋。一把破雨伞，上面缠着好些铁条，显然用过许多年岁。还有一个小四方竹提盒，里面有些破报纸，几本关于律学的书。据说还有少许路费，他的学生给存着。一代名僧，誉满天下，俭朴至此，可谓观止。

弘一来青岛以前，湛山寺特意为之在藏经楼东侧新盖五间住房。弘一法师进寺后，因新的僧房比较偏僻，改请他住在现在的方丈室，这里距湛山寺佛学院的讲堂较近，光线较好，环境敞亮。寺中早知法师持戒甚严，没有为之准备特殊的饭菜。第一次送去四个普通的菜，法师一点未动。第二次预备了更次一点的，还是未动。第三次是两个菜，仍然不吃。最后盛去一碗大锅菜，他问送饭的人是不是大家都吃同样的饭菜，如果不是他还是不用。从进寺到离寺，他一直坚持与寺众同餐，决不特殊，寺中也就无法款待。

法师在寺中的生活，既简朴又有规律，所住僧房，总是自己打扫收拾，从门窗到地板，干干净净，从不要别人伺候。每天都要出山门，经后山，到前海沿，一个人久久地站在水边的礁石上放眼远望，看碧绿的海水，看雪白的浪花，看往来的船舰，看翔集的鸥鸟，如与浩瀚的大海作心灵的感应，如与神秘的自然作无言的交流，每有神会，不胜欣喜。他喜欢去的海边，总是少有人至的地方，浩渺无际的海涛与凝神远望的孤僧，构成了一幅有些苦涩的图画，又启迪着某种令人深思的意境。那情景似很孤寂，但正是法师对扰攘红尘作沉静思索、对人生彼岸作心灵沟通的理想去处。

他在寺中极少外出，总是虔诚拜佛、埋头读经或认真准备讲经。偶尔走在路上，不管见到的是住持还是佛学院的学生，总是恭恭敬敬地敬礼、还礼，既自然又诚恳。对于达官贵人，则回避唯恐不远。当弘一法师在寺中讲经时，有名的居士朱子桥恰好也因事来到湛山寺。这位朱居士曾为军政要人，先后担任过广东省省长、中东铁路护路总司令等要职。1926年后，致力于社会慈善事业，并且热心佛学，被称为西北佛教的大护法。朱子桥久已仰慕弘一法师的学养与清德，恳请俊虚法师引见。因为早已知道朱某的护法向佛的事迹，弘一法师欣然同意。当时还有一些慕名求见的人，弘一法师则一概不见，让传信的人说他已经睡觉不能会客。随后，青岛市市长沈鸿烈要在湛山寺宴请朱子桥，朱氏提议“可请弘老一块来，列一知单，让他坐首席，我作陪客”。沈鸿烈高高兴兴答应。知单写好，让恢虚长老通知弘一法师，弘一法师没有言语，一笑置之。第二天临入席时，又派监院师傅去敦请，却只带回来一张纸条，写有四句诗偈，是宋代惟正禅师为辞谢金陵知州叶清臣的宴请而作。道是：

昨日曾将今日期，短榻危坐静思维。
为僧只合居山谷，国士筵中甚不宜。

朱子桥见后高兴万分，盛赞为清高之举，沈鸿烈见后，不悦之色难以按捺。

《李叔同》

❖ 臧明运、尹相华：马蹄湾之谜

在琅琊台周围，散布着十几处水湾塘坝和水库。其中，琅琊台北坡近海处，自东往西一字并排着六个塘湾。这些塘湾距离相等，面积却一个比一个大。每当春季来临，天天有几百只海鸥自大海飞来嬉戏，为琅琊台名胜风景区锦上添花。大批海鸥频顾琅琊古台，与这里环境清幽、库水清新有直接关系。但令人奇怪的是，在琅琊台周围的大水湾中，只有马蹄湾的水一年四季都是黄色的，海鸥也不敢轻易光顾。此湾呈圆形，面积约600平方米，湾深约5米，传说由秦始皇骑马登山时御马留下蹄印而得名。对此，有人认为与污染有关，但马蹄湾远离闹市，绝无半点污水排入；还有人认为是植被不好的原因，但它与其他几处塘湾的植被完全一样；还有一说则伴随着一个有趣的故事而被人们传颂着：当年秦始皇一行登临琅琊台，乐而忘返，留住三月。其间，秦始皇及随从人员得了一种怪病，浑身生疮，痛苦难忍，随行御医也查不出怪病名称及其病理，不得不向当地郎中请教。当地郎中诊病后，既不开处方，也不派人抓药，而是派快骑不分昼夜赶往秦都咸阳，运回泥沙石块，置于塘湾之中，让秦始皇及其随从一天三时饮用塘湾之水。说也奇怪，不几天工夫，所有人的怪病都痊愈了。原来，秦始皇一行的怪病是因不服水土而致。置咸阳沙石的塘湾就是马蹄湾，马蹄湾的水原来也是清澈见底的，自倒入咸阳沙石后变黄了。

《琅琊台探古》

❖ **赵实甫：**救护美国飞行员

第二次世界大战后期的1944年春，当时的盟国美国派陈纳德将军率空军第十四航空队来华助战。他们的飞机主要是破坏日军控制下的铁路、桥梁、港口、军营、机场等。自此，经常有飞机到青岛地区轰炸或扫射，破坏日方的交通运输线。其中的P51型单座机以扫射为主，专门袭击火车头。日军为保证铁路运输畅通，便强征民夫在胶济线两侧每隔一定距离，修筑一段高大的石墙，遇空袭时，火车头驶进石墙的夹缝中躲藏。十四航空队的P51型飞机，性能较好，在俯冲中可仄立飞行，能从顶端扫射躲在石墙中间的火车头。他们只打车头不打车厢，意在不伤害中国乘客并达到破坏敌交通线之目的。每当盟军的机群来到青岛地区上空时，日军就发出空袭警报并组织对空火力进行抵抗。日本人纷纷钻进防空洞躲避，中国人则大都不肯进洞，而喜欢观望空战。有一次一架日机在空战中被盟军飞机击落，观望的中国人都拍手称快，欢喜雀跃。结果有不少人遭到日寇的逮捕或毒打。

一天，十四航空队的几架飞机在青岛地区作战时，一架P51飞机被日军高射炮击中，摇摇摆摆飘过了浩瀚的胶州湾，在小珠山坠落。当时姜黎川部正驻在小珠山一带，其一团团长韩福德立即率部队前往营救。当他们赶到现场时，见美国飞行员在跳伞时跌伤了腿。他耳朵上还扣着耳机子，看到围上来许多士兵，又惊又怕。韩团长通过会英语的×××向他说明："我们是抗日游击队，是来救你的。"这时他脸上露出了笑容，神情不那么紧张了。他说："你们要把飞机烧掉，不能让它落入日军手中。"于是韩团长立即派人焚烧飞机，美国飞行员望着熊熊大火，点头表示满意，接着由身强力壮者背起他，撤离了现场。走不多远，由胶城开出的5辆满载日军的汽车就赶到了小珠山，他们是接到青岛方面的电话来捕捉飞行员和抢缴飞机的。

一见飞机已烧毁，飞行员也被游击队抢走，就向姜部开火。韩团长当即指挥部队与日寇展开了战斗，副营长傅伯诚（黄埔17期毕业）在此役中阵亡。韩团长见护卫飞行员的人已安全撤走，便适时撤出战斗。日军白跑一趟，败兴而归。

被抢救的美飞行员叫威廉·则普利曼，他在游击队的护卫下，很快到了宿营地。经医官检查腿部撞伤，并不严重。他随身携带着《空军手册》，内有图片和文字说明，以供在太平洋地区作战使用。我懂英文，曾翻看过这本小册子，记得其中有这样的内容："如果飞机被迫降在无人岛屿时该怎样求生？可供食用的动、植物有蜗牛、蛤蜊……蛤蜊虽然生活在高盐分的海水里，但它体内所含水分是不带盐分的，吃此物可解决饮淡水问题。"他还带有一本《中国地图册》，凡中国各行政区有抗日游击队的区域均用红点标明。当时他的座机受伤后之所以努力操纵向海面飘翔，就是因为他从地图上得知小珠山一带有抗日游击队。威廉·则普利曼还向游击队展示出一条白绸带，上面印有"友邦人士，来华助战，凡我军民务必予以援助，所需物资由军事委员会偿付"的中文字样。

为了这位友邦人士的安全，姜部对威廉的住所严格保密，即使内部人员也不得随便与其接触。我虽在姜部上层机关做事，但很少同威廉见面，不过姜澄川还时常告诉我一些有关情况。军医很快就医好了威廉的腿伤，姜黎川、姜澄川等要员经常对威廉进行安慰，并派人到青岛、胶州等地购置西餐餐具，专做西式菜点供他食用，威廉对此深表感激。过了一段时间，他提出要穿中式服装、吃中国饭菜，以便利于随军行动，游击队满足了他的要求。威廉·则普利曼为人很好，我们同他混熟了，就问他为什么提出不吃西餐？他说："这些日子，我看见中国老百姓太苦了，生活水平低，又在艰苦的抗战时期，我不能给中国添麻烦。"他不会使用筷子，吃面条用手抓，结果烫得疼痛难忍。后来发现他爱吃包子，游击队就蒸一些，让他装在背包里随时吃。

十四航空队的飞行员不会打电报，只会用无线电口头联络。威廉·则普利曼要拍电报同家人联系，游击队就把他的电文发到山东调查统计室，中转重庆后发到美国，威廉的亲属从美国也回过电。自从他同家人联系上后，如释重负，显得很快活。威廉曾提出要参观八路军滨海部队，因当时“反扫荡”任务艰巨，行动不便，游击队没有送他去参观。

1945年9月，日寇投降后，姜黎川到青岛与美军联系，将威廉·则普利曼交与驻青岛美军，使他顺利回国。

《救护美国飞行员威廉·则普利曼》

王易庵：万国储蓄会的内幕

1912年10月间，法国人在上海法租界爱多亚路七号（现为延安东路）设立了万国储蓄会。它以有奖储蓄的办法吸引了我国民间大量资金，在我国风行了20多年。我自1923年至1935年在该会任职十一年半之久，先在济南，后迁青岛。现就个人记忆所及，以及同过去几位老同事交谈的情况写成这篇材料，遗漏和错误之处希知情者补正。

万国储蓄会的资本总额仅为白银6.5万两（实缴二分之一）及法国币200万法郎（实缴四分之一）。它曾在上海法国总领事馆注册，并于法国政府贸易部及中国北京政府财政部登记备案。根据1927年的资料，该会董事会是由五个法国人和一个中国人组成的：董事长菲诺，董事比典、柴甫奥克斯、买地尔、西比门，中国人是叶琢堂，西比门兼任总经理。叶琢堂当时是上海著名的大亨之一，他兼任上海英商摩利洋行的董事及买办，又是汉保勒洋行的总买办。万国储蓄会聘任叶琢堂为董事是借用他的势力和号召力。另外还聘请上海有名的麦克罗会计事务所的人为会计师，方升平等为监察人，法国人地朗则尔为查账员，以壮声势。总经理司比门总揽上海总会一切大权，并雇用章鸿笙为华人经理，以便开展储蓄业务。经理部之下设有新会、借款、出纳、会计等部门。经理部之外还设有推销部，是推广业务的主要部门，由叶琢堂推荐其女婿李叔明担任推销部经理，招聘一大批熟悉储蓄业务的人员担任推销员。推销员可以享受一定的扣佣。

万国储蓄会的分支机构遍及全中国，大致可以分为区分行、省分行、分会、支会等。如天津区分行当时管辖着北京分会和山东省总分会以及华北各地的分会。在国外方面，暹罗（今泰国）也设有分会，专门吸收国外华侨的财富。总的来看，万国储蓄会到1934年业务极盛时期，可以说是遍布全中国各省市县以及较富庶的城镇，实乃无孔不入。

在旧社会，万国储蓄会开办有奖储蓄，分为全会、半会、四分之一会三种，全会每月存储12元，半会每月存储6元，四分之一会每月存储3元，规定15年期满后分别发还本金2000元、1000元、500元，另外还分配红利。其办法是每月开奖一次，按照储蓄单的号码中签领取奖金。以全会为例，特奖一个独得5万元，头奖50个各得2000元，二奖50个各得300元，三奖50个各得200元，四奖50个各得100元，尾奖1万个各得12元。

奖金的来源，根据该会章程规定，每月从所收存款总额中提取。该会每月印发全会会单号码10万号左右，10万号收入存款总额为120万元，从中提取25%作为奖金，计30万元。其余90万元则投资于英法租界的工部局、自来水公司、煤气公司、地产公司以及跑马场、跑狗场等，用以榨取利息。

这种奖金的数额是随着每月发行会单号码的增减而逐月递增或减低的。

万国储蓄会的业务之所以能迅速发展起来，每月发行会单10万份左右，主要依靠大力宣传。其宣传方法如下：

（一）各地分会每月接到上海总会开奖中签号码电报后，即送各大报纸刊登，广为宣传。一般是利用四分之一版的篇幅，大字登载，广告费不予计较。

（二）各地分会接到上海总会所寄的正式开奖对号单后，立即通过邮局寄给每个储户一份，如有其他宣传品即随对号单一并寄出。当时青岛分会就有两个固定职员，专门担任写寄对号单信封的。

（三）如缺乏其他宣传材料时，则印刷一些一般的宣传品，这些宣传材料利用“节约储蓄乃美德”“积腋成裘”“积少成多”“轻而易举”“以少博多”和“发财致富捷径”这一类十分动听诱人的词句寄给每一储户，或随同章程寄给函索章程者。

（四）一种颇有诱惑力的宣传品，即报道得奖人的感谢信。一年当中，各辖区总有一次或二次得中特奖的，遇到这种机会绝不放松，除要得奖人广为介绍亲友入会外，并要求得奖人写一封感谢信，说明得奖事实及领奖经过，登诸报端。如1926年春，山东省总分会的宣传材料中有：“请看去年9月份开奖得特奖储户曹县李酉山及东明县李筵升等，入会仅年余，各缴储款四五十元，即各得特奖6854元5角。又本年2月份开奖得特奖的青岛储户蓝记君入会仅10个月，缴款只30元，即得7272元2角5分，何幸如之。”诸如此类的宣传材料，其诱惑性之深可以想见。

该会在山东的业务由巩固到发展，十年来一直是直线上升，从1924年的每月收入储款数千元，增加到1934年极盛时代的每月收入储款达13万余元之多。它在山东省各地共设立了48个分会。

1927年北伐军沿津浦铁路北上，在济南的外国人纷纷避难来青岛。万国储蓄会山东总分会也迁来青岛，改为青岛分行。因此，山东全省的重心，也由济南移到了青岛。行址原在北京路66号，不久因业务扩张，不敷应用，遂租用馆陶路2号为会址。

由于我国人民逐步觉醒，看清了万国储蓄会的内幕，我国经济学专家马寅初首先于1933年左右，在报纸上给予了揭露和抨击。在全国人民的压力下，国民党政府下令取缔该会。当时青岛分行自1935年7月1日起，停止招揽新会业务，挤提的风潮，亦随之而起，人人手执会单到万国储蓄会青岛分行提取现款。挤提情况非常混乱，拖延了半年之久，方才稍为平息。1937年经理凯义辞职，后继者法国人巴贝纳，继续负责办理结束事宜。直到1937年冬，青岛方面发还会本事宜才算基本结束。部分尚待清理的储户，则一律移归上海总会办理。至此，法帝国主义盘剥中国人民的万国储蓄会，终于宣告灭亡。

《万国储蓄会的内幕》

❖ 高新民：日本“地涌塾”在青点滴

第一次世界大战期间，日本从德国手里接管青岛以后，加紧了在青岛进行政治经济和文化的侵略活动。据我所知，其主要活动地点，在聊城路、临清路、夏津路、武城路，市场一、二、三路和招远路一带。聊城路，日本人把它命名为中野町。据我记忆，南自胶州路口的宝菜屋（面包店），北至吴淞路口的博爱医院，只有两家中国人经营的店铺，一是南头的一家理发店，二是市场一路口对面的毛正兴西服店，其余全是日本人经营的商店。这一带成了日本人的商业中心，也是进行政治活动的渊薮。

日本有一个叫黑龙会的黑社会组织，类似我国的青洪帮、哥老会。随着日本人大量涌入青岛，这个黑龙会也随着日本人进入青岛。黑龙会有一个外围组织，叫地涌塾，对外活动是半公开的。从“塾”这个字的意义上看，是一个学习团体，它的主要对象是中国学生，尤其是当时青岛东文书院（是李仲刚与日本人合办的以学习日语为主的中等学校）、青岛商业学校（日本人办的商业中专）和一些市立中学的学生。

地涌塾设在太平路栈桥西面郯城路南口以西的一个小院内。这是一个南北短、东西长的小院，院南面有一道围墙，北面是排坐北朝南的平房，平房中有一大间（约40平方米）是集体宿舍，地涌塾的一部分成员就住在这里。地涌塾的成员总数不详，仅住在这里的就有30人之多。

我在山东省立医学专科学校上学时，有一个比我低一年的同学肖某曾亲口对我讲，他是地涌塾的成员。根据他的谈话片段，综合分析，地涌塾的情况如下：（一）地涌塾由日本人提供经费，黑龙会外围组织，主要吸收中国青年学生，加以教育培养，使之成为间谍人员，然后派遣这些人向中国社会各阶层渗透，为日本侵略中国服务。（二）地涌塾的成员，多数是在校学生，利用课余时间，在该塾接受教育训练，离家较远的成员，就在这里住宿。其成员都领津贴，肖某1944年从东文书院毕业，考入山东省立医学专科学校后，并未脱离地涌塾组织，1945年7月，我们放暑假回青岛，我曾到太平路地涌塾去找过他。（三）地涌塾成员的学习课目，除接受日本人一贯的忠君、爱国、敬神（神就是日本的开国之神，大昭大神，就是天皇的祖宗），还学习柔道剑术等，肖某还学会了用日文字母进行通信联络的手旗信号。地涌塾的教育训练，都由日本人主持，非常严格，稍有错误动手就打。

1945年8月，日本投降以后，再没听说地涌塾的活动。

《日本“地涌塾”在青点滴》

王　铎：最早的报时信号

青岛最早的报时信号，出现在1891年的秋天。这是登州总兵章高元率部驻防青岛之后，设立的报时炮。章高元将小鱼山取名为衙门山，报时炮就设在这座山的山顶上。

▷ 章高元

当时的报时炮主要应用于军事，每天日出、日中和日落时刻各鸣放一次。鸣炮时，驻青各兵营的官兵，都要举行“出操”和“列队仪式”，各个岗哨换岗也在此时。另外，停泊于青岛湾前海军锚地上的清兵炮舰官兵，也是以报时炮为作息时间表。可当时的青岛居民却并不拿它当回事，只是知道清兵每天都要打炮。听炮声、观看衙门山上打出的烟雾，似乎成了一种光景。

有趣的是，当1897年11月14日凌晨7时许，德国的远东舰队以“军事演习”为名登陆青岛湾的时候，正碰上清兵放“晨炮”，德军误以为其侵略行径已经败露。但等到德军上岸后，清兵正在步伐整齐地出操、换岗，这才一块石头落了地。

德占青岛后，于1901年建成了青岛火车站钟表楼，开始使用钟表报时。1905年，当德国人将胶澳气象天测所自馆陶路移至观象山的时候，便又恢复了报时炮。但这时的报时炮，只鸣放午炮。1910年10月23日，基督教堂塔楼上的报时钟不仅华美醒目，而且敲钟报时成了当时城区的一景。除每天敲钟报时外，最响的钟声要算是礼拜天上午了。听老人们说，当时就是相隔四五里之外，也能听到其洪亮的钟声。

▷ 基督教堂

北洋政府统治青岛时期，于1924年8月1日将观象山上的午炮改成电流施放午炮，时称电午炮。电午炮比原先的午炮声音清脆，且计时准确率高、不受雨雪天气的影响。至1927年7月25日，青岛又废止了鸣放电午炮，改为电音报时，市民们称之为“电笛”。电笛拉响的时间为每日上午6时、中午12时和下午6时，各鸣笛一分钟，声音悠扬悦耳，非常动听，连四方和胶州湾一带也清晰可闻。

1931年底，沈鸿烈主政青岛之后，除了仍旧沿用“电笛”报时之外，还在全市主要交叉路口，增设了15座标准钟。如在胶州路和江苏路路口、中山路和堂邑路路口、辽宁路和热河路、泰山路路口，都分别装有高2米的大钟。行人和车辆从很远的地方就可以看到这些标准钟以便核对时间。

1938年1月10日，日本第二次占领青岛之后，为了将青岛变成日本天皇的殖民地，推行奴化政策，强迫青岛人采用东京时间。没办法，市民们不得不将钟表拨快一小时。时隔不久，日本人又废除了观象山上的“电笛”报时，拆除了15座标准钟。将“电笛”专门用作临时防空警报，偶尔拉响几次，搅得市民非常心烦。这时的报时信号则采用广播电台，每天仍在早晨6点、中午12点和晚上6点各鸣喇叭三次。由于当时青岛商店里很少有收音机，故日本商人即从日本本土大肆向青岛贩运电子管收音机，高价出售，从中牟取暴利。1940年以后，伪青岛市政府还下令向市民收取“收听税”。一时间，只要听到谁家收音机响，即会有人上门来收税。为了抵制收税，有的市民即称正在修理收音机或收音机坏了，闹出了不少笑话。抗战胜利后，东京时间当然就被废除了。但采用收音机报时的习惯，却被沿用了下来。

《青岛掌故》

易　青：盐潮内幕

1923年10月3日，几十名盐户苦力闯入永裕盐业公司股东的店铺，大吵大闹，要求取消奸商专利，吊销永裕执照，以维护盐民权益。同年12月4日，盐民再次冲击永裕股东的住宅，并用暴力强迫股东退股。盐民还到处请愿，包围胶澳督办公署，将北京政府盐务署驻青特派员赶出青岛，掀起了一场盐潮。

这些看似是盐民维护利益的举动，实则是青岛经济界两大对立势力之间争夺盐业权益的斗争。1922年中国收回青岛后，北洋政府打算将接收的胶澳盐田盐场一并招商承办，最低标价为300万元。由于胶澳盐场可以据约在15年内向日本出口1亿—3.5亿元的盐，投标者自然不乏其人。不过头标者虽出价553万元，但因有外商操纵之嫌，被取消资格。其次者又都没有按期缴款。结果，第七标的永裕盐业公司中标，1923年9月订立合同，承办一切收回之盐业，并可向日本专卖食盐15年。

永裕公司由青岛盐商丁敬臣、万子玉筹组。丁是扬州人，素与青岛商界实力人物隋石卿不睦。隋见自己的死对头得此巨利，当然不得安生，于是便利用当青岛总商会会长的便利，唆使一批人破坏永裕营业。前面提到的情形，就是在这一背景下发生的。此后，双方互相攻讦，不仅在当地对阵，还向中央申诉，诋毁对方，展开了一场控制与反控制盐业经营权的斗争。

在隋石卿的一手操纵下，盐民们组成了“民户盐田联合会”，有组织、有计划地与永裕作对。他们一方面在青岛制造事端，另一方面又派人向北洋政府请愿，还挑唆主政的军阀吴佩孚加重永裕的课税，以从中筹集军饷，企图借军阀之手，置永裕于死地。

不过永裕毕竟是经过投标承办胶澳盐场，北洋政府没有理由取消其专营权。延至1924年7月5日，已改为股份有限公司的永裕接管了盐产，并于7月12日召开了第一次股东大会。隋石卿恼羞成怒，唆使盐民冲击会场，殴打董事职工，砸毁器物，捣毁了永裕公司。

胶澳督办高恩洪为息事宁人，召集双方谈判，压永裕将承购的盐滩租与盐民，承租制盐，并允许盐民买股合办。以后虽合办未成，但隋派人物得到准许，可以一次性临时出口盐产品，事态才平息下来。不过围绕盐业经营权，永裕和其他盐商的斗争并没有结束。直到隋石卿失势下台，为期数年的青岛盐潮纠纷才算结束。

《盐潮内幕》

牟　木：商品推销战

商店出售货物，要想办法招徕顾客。旧时的店主搞的商品推销术可谓花样翻新，无奇不有，你说你比我强，我说我比你更强，这家商店大减价，那家商店就搞清仓处理，东边绸缎店卖货放尺，西边的呢绒店卖货送礼品。彼此明争暗斗，都想出奇制胜、压倒对方。

不过有的倚老卖老的店铺，不肯多花钱，以为是老牌号，总有一部分老顾客会光顾的。殊不知人家薄利多销，变样推销，迎合了市民心理，使自己无形中失去了大批顾客。于是，这些老店也不得不随波逐流，卷入相互倾轧的潮流。

有的店组织人上街游行做广告。花钱请人扛着花红柳绿的旗子，再拼凑些吹鼓手，大吹大擂，招摇过市，一边走还一边撒传单，引得路人驻足围观，起到了介绍商品的作用。

有的商店利用音响吸引顾客。当时无线电收音机、手摇留声机都是稀奇东西，店主把这些玩意儿摆在门口，不管京剧、评剧、流行歌曲，浪里浪气大唱一番，便会引来听众，其中一些人会到店里转一转，买点什么东西。这一招在夏天格外有效，晚上市民无处避暑消遣，就袒胸露背沏上壶茶，在店外人行道一坐，免费听戏，倒也自在。当然要花钱的时候，首先想到的自然是这家商店了。

推销商品最常用的方法，还是在报上做广告。翻开旧报纸，广告用语无所不用其极。或者自吹自己的商品质地好，“首屈一指”，“品质优良”，或者自称物价最低，“定价最廉”，“贱中又减价”；或者标榜服务质量高，“各货齐全”，“竭诚服务”。搞年节降价、纪念推销生意时，广告占的版面更大。像一家名叫“天宝”的银楼，开业20周搞纪念大减价，宣称货物大减价，凡购买各种金饰，一律“照原本对折”，银货一律“照码九折”。宣称同时搞“大赠品”，如顾客买50元以上的东西，再赠送特等毛巾1条。

▷ 街头的福特汽车广告

吹嘘自己倒还情有可原，有的商店还不满足，想方设法踩对手一脚。1941年卖钢笔的张聋子店和美利时分行在同一时期的同一张报纸上竟相作广告。张聋子自称他的钢笔“精细，玲珑、雅致、美观、受使，顾客得此精品皆大欢喜”，价格上每支少收1/5，还为顾客电刻姓名，不取分文。受到威胁的美利时则立刻推出一笔两尖粗细咸备的两用笔，特意点出自己的货都经政府注册，要大家“谨防伪货冒充”，卖法上则搞“买一送一”，买钢笔还可以得到一支其他的笔。两家你来我往，互不相让，倒让报社多赚了一笔广告费。

《商品推销战》

杨　昊：不择手段的敛财术

北洋政府统治时期，青岛成为军阀榨取财富的宝藏。他们肆意横征暴敛，坑骗搜刮，无所不用其极。兹举几端列下：

1922年接收青岛后，首任督办是直系军阀“大帅”曹锟的亲信熊炳琦。曹锟志在当大总统，不惜采取臭名昭著的贿赂议员、拉选票等手段，贿选的经费有相当一部分就是熊炳琦从青岛搜刮的。熊炳琦一上任，就忙于敛财，先是打算向日人出售公产，遭到舆论反对后，又出售胶澳电气公司股权，改为中日合办，所得资金大都送至保定，为曹锟助“选”。青岛著名报人胡信之曾斥之为“以其明在青岛作督办，实则为保方掠钱财”，“故舆论中谓青岛为保方之外府，熊为外府之管家”。

继任督办的高恩洪则受益于军阀吴佩孚。高恩洪为报吴佩孚的提拔之恩，替吴氏在青岛开办地方银行，发行青岛地方钞票达100万元，远远超过了资本额。他还派人持青岛地方钞票到其他银行强行兑提现金。用自印的纸币换得现金，可谓高恩洪敛财“高明”之所在。

1925年奉系势力控制青岛。奉系在山东的头子张宗昌强取豪夺，更是不择手段。他将青岛地方银行发行的钞票加盖山东省戳记，继续流通，发行的数额高达千万元之巨，并依仗军阀势力强行流通全省。一时间，纸币成灾，物价昂贵，市面流通梗塞，民生涂炭。张宗昌还感到不过瘾，竟然于1925年发行山东省公债券292万元，1926年到1927年发行山东省军用票1800万元，以维持10多万军队的开支。张宗昌的士兵手持军用票强行买卖物品。甚至到1927年11月11日取消军用票后，各行政机关均不收取军用票，而军事机关仍旧强令商民收用。有的官兵还特意用毫无价值的军用票大肆收买珍细物品，动辄以武力相逼迫。商民四处呐喊：“该票较之废纸又有何别！”

在军阀的搜刮下，20年代青岛财政入不敷出，各业凋零，有时连政府职员也无薪可发，哪里谈得上搞建设呢？

《不择手段的敛财术》

王 铎：青岛最早的股票风潮

早在1919年以前，日本人就曾在市南区德县路上设立过交易所，至1920年2月中日合资的青岛取引所（现馆陶路北舰军人俱乐部）株式会社成立，青岛的股票交易即出现了第一个“热潮”。

取引所由日本人峰村正三出任理事长，华人徐青甫任副理事长，开始创办的额定资本为日币800万元，中日双方各一半。

最初开设的业务有证券、钱钞、棉纱和土产。据说，取引所在创办之初就遭到了以青岛总商会为代表的大小商号老板的强烈反对，纷纷向日本驻青的市政当局民政署写报告，认为它危害商民的利益，有投机倒把之嫌。有的还在信中苦苦哀求道：“断不能实行于今日之青岛也！”

1921年，日本大阪大财团的代理人松井伊助来青，因有青岛市民政署长秋山作后台，他很快取代了原理事长峰村正三，并且拉拢了一大批日本国内及在青的投机商。松井当上了理事长之后，立即放风说日本国内的大企业家纷纷携巨款来青，要高价收买青岛取引所的股票。于是本埠各报也纷纷报道此事，致使取引所股民大增。

为了骗取股民的信任，松井不顾华人理事和青岛商会的极力反对，硬是把青岛信托株式会社合并到青岛取引所之内，并且改名为青岛取引所信托株式会社。这样一来，取引所的资本扩大，造成了所内中日股份的不平衡，使日方控制了股票的主动权。

松井见时机已经成熟，又与取引所内人合谋，同用青岛取引所信托株式会社的股票向社会抵押、借款，并让其在证券市场上自由买卖现期股票。

这些名之为“会社股”一出台，立即出现了日本商人大肆高价收购“会社股”的风潮，青岛和外地的股民都认准了“会社股”，纷纷抢购，以致越炒越热，仅仅几个月，便涨到了比票面每股12元5角高出3倍以上的价格，而且持续多日，居高不下。

就在“会社股”炒到了顶峰时，松井暗中让日本商人把手中的股票快速抛出。还蒙在鼓里的股民，都认为有利可图，便放心大胆地买进。于是，股市出现了戏剧性的变化，几经涨落。这可把善良的股民们搞得晕头转向，很多人像输红了眼的赌徒，疯狂地买进，有的不惜倾家荡产，孤注一掷。此时，松井突然宣布：“证券买卖是相对的买卖，会社不能担保，宣布无效。”这话的意思是说，“会社股”只承认股票的票面价值，不负责涨价的部分。

消息传出，犹如晴天霹雳。股市暴跌，股民大哗，许多商家苦不堪言，证券市场一片混乱。“会社股”从原先的12元5角，下跌进了只有几元钱的低谷。就连这个青岛取引所信托株式会社也成了松井的替罪羊。这下，胶澳商埠督办公署咨政部只得感叹：“自日本设立取引所以来，市面纠纷不绝，华商亏累已过350余万之巨，应请迅谋救济办法，徐图整理。”许多股民声称要找松井算账。而松井一伙早已逃之夭夭！取引所也因此关闭了证券交易市场。

《青岛最早的股票风潮》

金平安：青岛第一条电报水线

1900年8月，德国人为了巩固其在胶澳地区的统治地位，扩大对我国的侵略，增设了青岛至烟台、青岛至吴淞口的电报水线。水线由德国“FODBIEISKI”号敷缆船敷设，两条水线总长为646海里。

水线从栈桥东侧上岸，经地缆引入“青岛德意志帝国邮局”（今广西路邮局）内。为使水线免遭破坏，水线登陆处还设有小房，房东则设架标，顶上有三角木牌，立有德代总督罗尔曼的告示：“所指线界以南水面，不准大小船只停泊和挖掘泥沙，以不遵故违者，即按德律法办，罚洋至五百元之多，或监押至三年之久。”这些话，完全是殖民主义的口吻，他们掠夺青岛的资源，好像是完全正确的一样。

1914年第一次世界大战爆发，这两条水线分别被英国和日本割断。同年11月，日本侵略者占领胶澳后，又利用“青烟”和“青沪”两条水线敷设了青岛至日本佐世保电报水线，全长536海里。

1922年秋，中国收回青岛，日本被迫同意“青佐”水线中日各得一半，自东经125度3分50秒、北纬33度58分55秒为分界线，青岛一端归中国所有，佐世保一端为日本所有，两端均为268海里。1941年，太平洋战争爆发后，“青佐”水线即遭破坏，未再修复而停用。青岛解放后，曾在栈桥东侧和大公岛附近捞起水线电缆两段，因电缆受腐而报废。

《青岛第一条电报水线》

潘积仁：“五卅”运动中的青岛人民

1925年5月29日，日本帝国主义勾结中国反动军阀制造了青岛惨案。翌日，上海又发生了震惊中外的“五卅”惨案。惨案发生后，上海爆发了声势浩大的罢工、罢课、罢市运动，全国各地也掀起了反帝斗争的浪潮。青岛人民在中共青岛组织的领导下，从6月至7月上旬，也积极投入了这一浪潮。

刚刚经过罢工斗争锻炼的胶济铁路工人，在中共四方党支部负责人李慰农的直接领导下，先后组织了“胶济铁路总工会沪青惨案后援会”，到市内游行示威，抗议帝国主义和反动派的暴行，同时在铁路工人中发动募捐。工人们虽然每日所得甚微，但他们节衣缩食，慷慨解囊，有的捐银圆，有的捐衣褥。“总工会沪青惨案后援会”将每日募捐情况志于报端，以扩大宣传和影响，鼓舞工人的斗志，胶济铁路沿线不断汇来大批捐款。另外，他们还深入到市民及郊区农民中进行宣传和募捐。沧口日本纱厂的工人，平日饱受日本资本家欺压和剥削，对遭受帝国主义残酷镇压的青沪罢工工人深为同情，纷纷组织起募捐宣传队。钟渊纱厂工人王星五、吕崇修等60多人发起组织了“沪青惨案沧口钟渊纱厂救济会”，他们第一次就凑集了540元大洋。另外，华新纱厂等民族工商企业的工人也踊跃捐款，支援上海、青岛工人的反帝斗争，充分体现出工人阶级的高度觉悟和团结战斗精神。青岛大中学校的学生，联合组织了“各校学生后援会”，一方面进行政治宣传，揭露帝国主义的暴行；一方面积极募捐款项，支援工人的罢工斗争。青大学生还组织了剧团，演戏募捐，先后演出了两场话剧，募到1200余元，支援青沪两地罢工工人。

另外，民族资产阶级由于一定程度上也受外资压迫，因此同帝国主义也存在矛盾。在轰轰烈烈的反帝浪潮推动下，以青岛总商会为中心的13个团体，也联合组织了“沪案后援会”，派人向各厂商募捐。但总的说来，民族资产阶级的反帝热情远不如工人阶级和学生，其所捐款项相对其生活水平也远不及工人群众。特别是大资产阶级，他们不但自己吝于解囊，而且肆意挥霍募集来的款项，其所派出的“募捐团”，坐汽车，食洋餐，花费均从捐款里开支，因而被人们称为“摆阔募捐团”“分肥募捐团”。当时进步报纸《公民报》除了大力宣传募捐，报道工人群众的捐款活动外，还严厉批评和揭露资产阶级的消极态度和卑鄙勾当，因而遭到以总商会为代表的大资产阶级的忌恨，他们串通一气，以不看《公民报》、不在《公民报》上登广告为手段进行报复。

截至7月上旬，从青岛汇往上海的捐款达7500余元，另外一部分捐款由“胶济路总工会沪青惨案后援会”负责救济四方各纱厂失业、被捕和伤亡工人及其家属，青岛人民的义举，有力地支援了沪青两地工人的反帝斗争。

《“五卅”运动中的青岛人民》

❖ 牟　木：斐案与不平等条约

旧青岛的广西路37号有一家斐师恒钟表铺。店主斐师恒是一富有的德国商人，经营钟表、珠宝首饰生意，兼放高利贷，生意颇为兴隆。1926年8月5日晚，他在店中被人击中脑部身死，这就是名噪一时的“斐案”。

斐案发生后，警察包围了出事地点，但无济于事，罪犯还是逃脱了。当时主政胶澳商埠局的赵琪大为恼火。在他看来，斐案绝非一般命案，涉及中外关系，保护不周已属失职，让罪犯逃走更是无法交代，于是下令警察厅5天内拿获罪犯，并拿出2000元的高额赏金。警察使尽全力，总算是在5天内抓到一个嫌疑犯——英国咖啡馆主拉克。

拉克先在上海当巡捕，被撤职后流落青岛。他的生意因未到驻青英领事馆注册，咖啡馆正被英国领事美哲下令停闭，家境不佳，与斐师恒有抵押借款来往。事又凑巧，9日夜里警察搜查拉克家时，门把、衣被等处发现血污，并查出手枪1支，众多目击者也认定他与逃犯相似。警察如获至宝，以为人证物证俱全，真相即可大白，于是将拉克拘留审讯，未想到却因此引发了商埠局与英领事之间一场激烈的冲突。

冲突先是围绕拘审展开的。拉克被收审后，英国领事美哲10日向赵琪提出交涉。美哲这时也搞不清楚拉克是否有罪，只以英国在华享有领事裁判权为由，抗议中国警察亲自逮捕英侨。11日他又写信，勒令在下午2点半前将拉克交给英国领事馆。赵琪无奈，只好将拉克送至领事馆，要求英方拘留候审。美哲对此亦不以为然，第二天就将拉克释放了。

赵琪见拘留不成，乃在起诉拉克问题上做文章，提出英方应尽快审查此案，中方应参加会审。美哲坚持审判拉克应以英国法律程序进行，由中方官员向英人法庭宣誓后，才能提出起诉，按英国法律处置。按此办理，中国作为主权国家，竟受制于英国法庭，有损国家主权与声誉，理所当然遭到中方的拒绝。双方为此打了不少笔墨官司，甚至逐步升级，扩大到中国外交部向英国使馆提出交涉。英人对中方的各项要求置之不理，到9月中旬竟纵容拉克离青归国。赵琪与美哲的关系更为紧张，以至于美哲阻止英侨出席“双十节”国庆庆典，赵琪怂恿外交部与英使交涉撤销美哲的职务，二者大有不见高低不算完的架势。青岛报纸也参加了这场激战，公众舆论一齐抨击英国在华的领事裁判权制度。一时间，斐案真凶何在倒不是问题的关键了。这场纠纷中，赵琪作为亲日派，对英国势力历来不满，他借机抨击英使，实际上有自我标榜的打算。美哲也自恃大英帝国的武力，一味偏袒英侨，根本无意配合中国政府弄清斐案的原委。不是出现新的线索，真不知这场笔墨官司如何结局。

10月中旬，有事实表明斐案可能是流亡中国的白俄所为，警察才将破案的重点放到俄人身上。他们通过打入白俄中间的眼线，到处搜寻线索，到翌年3月在上海将真凶古德·林·瓦列茨基捕获，这起住在上海的白俄有预谋的抢劫杀人案才算水落石出。

《斐案与不平等条约》

吴道林：青岛渔民的抗税斗争

青岛在北洋军阀时期曾设过渔航局，向渔民征收渔税，由于广大渔民的强烈反对，渔航局被迫撤销，渔民不再纳税。但国民党统治青岛后，山东省政府财政厅再次来青岛设立山东沿海渔航总局，向渔民航商征收渔航捐税，激起广大渔民航商的强烈反抗。

1929年5月，青岛地区渔民代表直接呈文或通过商会多次向当时的青岛接收专员公署、青岛特别市政府提出：反对山东沿海渔航局来青岛征收渔航税。还派代表向市长面陈意见，印发《胶澳全区渔民航商敬告各界同胞宣言书》，争取政府和各界人士的支持。但青岛地方政府借口“渔航捐税并非本府管辖”，“所请无从核办”，“仰径向主管机关呈诉”，采取搪塞的态度，使矛盾进一步激化。

7月中旬，胶澳全区数万渔民航商全体罢工。7月28日上午12时，大批愤怒的渔民闯入小港朝阳路渔航分局，将门窗器具捣毁，并将分局员役4人殴伤。次日，沿海各村仍有大批渔民齐集青岛。

山东省财政厅接到山东沿海渔航局7月28日关于渔航局被捣毁的电报后，致函青岛特别市政府，声称：“山东沿海渔航局经省务会议议决裁撤，并令所属各分局一律限于7月底结束。”

在愤怒的渔民面前，原来指责对渔民应“提交法院依法讯办”的公安局局长，主张“迅将已获肇事人等移送法院依法惩办”的省财政厅长，被迫屈服，未敢追究所谓的“法律责任”。

《青岛渔民的抗税斗争》

易　青：日德青岛之战

日本在亚洲东方，德国在欧洲中部，这两个相距万里的国家，1914年为争夺青岛爆发了一场肮脏的战争。

德国人统治下的青岛，靠吮吸中国人民的血汗和本土雄厚资金的支持，发展较快。对此，意欲称霸亚洲的日本人耿耿于怀，早已伺机据青岛为己有。1914年8月，第一次世界大战爆发，德国无暇东顾，有意将青岛交还中国，以捞取政治经济实惠。日本得知此事，一面恫吓中国政府不得与德国谈判，一面加紧实施占领青岛的计划。

1945年8月15日，日本向德国发出最后通牒，要德军在23日前答应退出青岛，交给日本。至23日德国未作答复，日本遂宣布对德开战。

经过10多年的苦心经营，德军在青岛构筑了10余座炮台，沿湛山至海泊河一线设置了外围防线，以市内山头炮台为依托设第二道防线，防线上碉堡密布，铁丝网成片，守兵虽不过5000，但战斗力比较强。因此，日军未敢直攻青岛。9月2日，日军2万多人在山东半岛北部的龙口登陆。这里有迂回进攻德军的考虑，更重要的是日本在借机扩大自己的势力范围。果然，日军无视中国政府界定的“特别行军区”，占领了胶济沿线。

南下的日军于9月12、13日抵即墨、胶州。18日，日军另一部在崂山仰口登陆。二军会合，加上千余人的英军助阵，形成了钳击德军的态势。

9月26日，德日两军在白沙河、女姑口一带交火。日德战事的特点是双方均动用了百门以上的火炮，炮战十分激烈。从9月29日到10月13日，德军发射的炮弹日均1500发之多，日军陆上的重炮和海上大口径舰炮也不停地轰击对方阵地。双方海军多次交锋，飞机也升空助战。

日军利用人多的优势，或暗夜突击，或掘壕渗透，逐步缩小了包围圈。10月31日，日军发起总攻，突破德军一线阵地。在以后的几天里，日军发射了重达1600多吨的炮弹。到11月7日晨，日军攻入湛山和京山炮台附近的德军战壕。鉴于重炮无法轰击眼前的敌军和海泊河水源地失守，德军不得不宣告投降，日军遂占领青岛。

此次战争，损失最大的是中国人民。中国市民很晚才知道青岛将有战事，财产未能转移，炮战中市民生命财产损失严重，以致以后几年民族工业陷于停顿。日本占领青岛后，肆无忌惮地提出旨在灭亡中国的《二十一条》，妄图达到永久占据青岛的目的。

《日德青岛之战》

陈松卿：难忘的受降典礼

1945年8月22日，国民党山东挺进军第十九纵队进驻青岛市郊区大枣园村，9月底移驻城阳。驻防城阳期间，应邀派代表两人于10月25日出席

▷ 青岛受降仪式在汇泉山广场举行

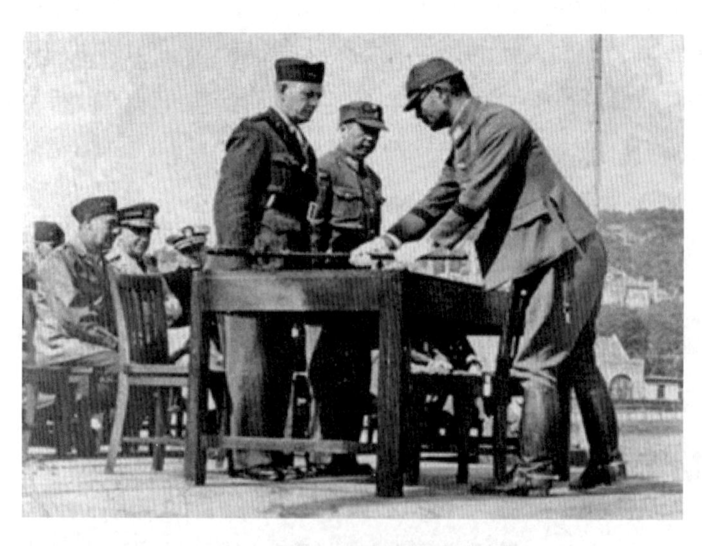

▷ 日本军官把军刀献给谢勃尔和陈宝仓

日军投降典礼。该部派副司令连承先和我（时任该部参谋长）前去。

青岛的10月，正是金秋季节，这一天格外晴朗。汇泉广场已装扮一新，在广场北部中心，搭起了受降台，台上插着中美两国国旗。台上前部中央有长桌一张，桌上摆放着降书10份及水笔、毛笔、墨盒等文具，桌后有座椅两把，是受降官的主座。主座后面有32把座椅分列两排，以备参加仪式的中、美高级军官坐用。台上左右两侧备有特别来宾席。台下前方有桌，供摆放日军投降代表呈献的战刀之用，左前方为新闻记者席，右前方为日军投降代表立候之处，会场中央设有后高前低梯次式看台。稍远处，受降台左前方排列坦克40余辆、卡车及通讯车200余辆；受降台右前方排列榴弹炮40门、战防炮15门、装甲车200余辆。军乐队居中，左右两侧各有步兵3队。

青岛市民陆续涌到会场，看台上坐满了人，周围的场地也挤满了人。11时，军乐队奏乐，国民党军政部特派员陈宝仓中将、美国海军陆战队第六师师长谢勃尔少将乘车来到会场，下车相偕走上受降台就位。出席受降典礼的还有中方高级军官10人，美方高级军官10人。特别来宾国民党青岛市市长李先良及各局局长，市党部主任委员葛覃及各委员，亦相偕入席。日军投降代表第五独立混成旅团长长野荣二少将等11人，乘美车汽车来到会场，下车后，由美宪兵引导来到受降台前伫候。

这时，会场上万头攒动，掌声轰鸣，欢呼中国抗战的胜利受降典礼开始，全场肃立，军乐队高奏中美两国国歌。乐声止，长野荣二解下所佩战刀，双手端刀，走上受降台，向受降官鞠躬呈献。其他10名日本军官在台下解下所佩战刀，依次鞠躬呈献，由美国士兵接过，摆放在桌上，会场上再次掌声雷动。献刀完毕，长野荣二在10份降书上一一签字，陈宝仓中将、谢勃尔少将亦在降书上签字。签字完毕，长野荣二手捧降书，恭谨退下，会场上掌声经久不息，军乐队奏美海军陆战队赞美曲。至此典礼完半，时已下午1时。长野荣二等11人，由美国宪兵引导走出会场乘美军汽车返回驻所。典礼举行时有美空军飞机6个中队在青岛市上空飞行，每中队有3个小队，每小队由3架飞机组成，另外还有指挥机3架。它们时而在汇泉湾、太平山上空盘旋，时而低空飞行，掠过会场。

长野荣二献刀时神情黯然，签字时手颤不已，貌似恭谨内蕴愤懑。其他10人，有的垂头丧气，呆若木鸡；有的故作镇静，神情沮丧；有的表情抵触，神态桀骜……致使献刀时，未能依次列队。

参加受降典礼的记者，除中方10余人，还有美海军陆战情报部的10余人，美联社记者约翰逊，芝加哥论坛报记者哈斯特。

受降典礼是受降工作的开始，继即进行收缴日军的武器装备、军用物资、军事设施等，调查搜集战犯罪证、逮捕战犯。共逮捕战犯36人，解送第十一战区司令长官部军事法庭。

《青岛受降见闻》

第八辑

琴岛印象·文人笔下的海天情缘

❖ 苏雪林：青岛的树

自从逃出热浪包围的上海，在海船上享受海上的清风，便觉精神焕发，浑身充满了蓬勃的活力。好像一株被毒日暍得半枯的树，忽然接受了一阵甘霖的润泽，垂头丧气的枝叶又回过气儿来，从那如洗的碧空里，招魂似的，招回它失去多时的新鲜绿意，和那一份树木应有的婆娑弄影的快活心情。

普安轮船因为今天有雾，不敢快开，所以到岸时，比平时迟了两个钟头。康和周君来码头接我，他虽来青岛已有一周左右，但胃口仍不甚好，还是那么清癯如鹤。我所病不过是暑，一到清凉世界，病即霍然若失，他则才从真正的病魔爪下挣扎出来，想必还要在这个好地方休息一年半载，才可恢复原来的健康。

▷ 人来人往的大港码头

近处万瓦鳞鳞，金碧辉映，远处紫山拥抱，碧水萦回，青岛是个美丽的仙岛，也是我国黄海上一座雄关。百余年前被德国人借口一件教案强行割据，十余年前第一次世界大战，德国行将失败之际，又被日本人趁机攫作囊中物，现在才归入我国版图。只愿这一颗莹洁的明珠，永久镶嵌在我们可爱的中华冠冕上，放着万道光芒，照射着永不扬波的东海，辉映着五千年文明文物的光华!

海中虽汽艇如织，旧式帆船也多得不可胜数。那叶叶布帆，在银灰色的天空和澄碧的海面之间，划下许多刚劲线条，倒也饶有诗情画意。

听说这都是渔船，青岛居民大都靠捕鱼为生，无怪渔船如此之众。完全近代化的青岛，居然有这古香古色的点缀，可说是别处很难看见的奇景呢。

青岛所给我第一个印象是树多。到处是树，密密层层的，漫天盖地的树，叫你眼睛里所见的无非是那苍翠欲滴的树色，鼻子里所闻的无非是那芳醇欲醉的叶香，肌肤所感受的无非是那清凉如水的爽意。从高处一看，整个青岛，好像是一片汪洋的绿海，各种建筑物则像是那露出水面的岛屿之属。我们中国人说绿色可以养目，英国18世纪也有个文人写了一篇文章，将这个理由加以科学和神学的解释，他说道：别的颜色对于我们视神经的刺激或失之过强，或失之过弱，唯有青绿之色最为适宜，造物主便选择了这个颜色赐给我们，所以我们的世界，青绿成为主要的部分。这道理也许是对的吧。

我常自命是个自然的孩子，我血管里似流注有原始蛮人的血液。我最爱的自然物是树木，不是一株两株的，而是森然成林的。不过诞生于这现代社会，受了诗书的陶冶和各种物质文明的熏染，我的蛮性已被过滤得所余无几了。因此那充满毒蛇猛兽的赤道森林，我不敢领教；连绵千里，黑暗不见天日的非洲某些地区的森林，也思而生畏。我只欢喜都市或乡村人工培植的茂密树林，像从前欧洲和今日青岛所见的，便感满足。这文化温床培养出来的脆弱灵魂，说来未免太可怜了。

不过像巴黎的卢森堡、波鲁瓦，里昂的金头公园，虽万树如云，绿荫成幄，我可不大中意，为的游人太多，缺乏静谧之趣。你的心灵不能和自然深深契合，虽置身了无纤尘的水精之域，仍不啻驰逐于软红十丈的通衢，还有何乐趣之足道？

《青岛的树》

老　舍：五月的青岛

因为青岛的节气晚，所以樱花照例是在四月下旬才能盛开。樱花一开，青岛的风雾也挡不住草木的生长了。海棠、丁香、桃、梨、苹果、藤萝、杜鹃，都争着开放，墙角路边也都有了嫩绿的叶儿。五月的岛上，到处花香，一清早便听见卖花声。公园里自然无须说了，小蝴蝶花与桂竹香们都在绿草地上用它们的娇艳的颜色结成十字，或绣成几团，那短短的绿树篱上也开着一层白花，似绿枝上挂了一层春雪。就是路上两旁的人家也少不得有些花草：围墙既矮，藤萝往往顺着墙把花穗儿悬在院外，散出一街的香气；那双樱、丁香，都能在墙外看到，双樱的明艳与丁香的素丽，真是足以使人眼明神爽。

山上有了绿色，嫩绿，所以把松柏们比得发黑了一些。谷中不但填满了绿色，而且颇有些野花，有一种似紫荆而色儿略略发蓝的，折来很好插瓶。

青岛的人怎能忘下海呢？不过，说也奇怪，五月的海就仿佛特别的绿，特别的可爱，也许是因为人们心里痛快吧。看一眼路旁的绿叶，再看一眼海，真的，这才明白了什么叫作“春深似海”。绿，鲜绿，浅绿，深绿，黄绿，灰绿，各种的绿色，联接着，交错着，变化着，波动着，一直绿到天边，绿到山脚，绿到渔帆的外边去。风不凉，浪不高，船缓缓地走，燕低低地飞，街上的花香与海上的咸味混到一处，荡漾在空中，水在面前，而绿意无限，可不是，春深似海！欢喜，要狂歌，要跳入水中去，可是只能默默无言，心好像飞到天边上那将将能看到的小岛上去，一闭眼仿佛还看见一些桃花。人面桃花相映红，必定是在那小岛上。

这时候，遇上风与雾便还须穿上棉衣，可是有一天忽然响晴，夹衣就正合适。但无论怎么说吧，人们反正都放了心——不会大冷了，不会。妇女们最先知道这个，早早地就穿出利落的新装，而且决定不再脱下去。海岸上，微风吹动少女们的发与衣，何必再去到电影院中找那有画意的景儿呢！这里是初睿浅夏的合响，风里带着春寒，而花草山水又似初夏，意在春而景如夏，姑娘们总先走一步，迎上前去，跟花们竞争一下，女性的伟大几乎不是颓废诗人所能明白的。

人似乎随着花草都复活了，学生们特别的忙：换制服，开运动会，到崂山丹山旅行，服劳役。本地的学生忙，别处的学生也来参观，几个，几十，几百，打着旗子来了，又成队走开，男的，女的，先生，学生，都累得满头是汗，而仍不住地向那大海丢眼。学生以外，该数小孩最快活，笨重的衣服脱去，可以到公园跑跑了；一冬天不见猴子了，现在又带着花生去喂猴子，看鹿。拾花瓣，在草地上打滚；妈妈说了，过几天还有大红樱桃吃呢！

马车都新油饰过，马虽依然清瘦，而车辆体面了许多，好做一夏天的买卖呀。新油过的马车穿过街心，那专做夏天的生意的咖啡馆、酒馆、旅社、饮冰室，也找来油漆匠，扫去灰尘，油饰一新。油漆匠在交手上忙，路旁也增多了由各处来的舞女。预备呀，忙碌呀，都红着眼等着那避暑的外国战舰与各处的阔人。多咱浴场上有了人影与小艇，生意便比花草还茂盛呀。到那时候，青岛几乎不属于青岛的人了，谁的钱多谁更威风，汽车的眼是不会看山水的。

那么，且让我们自己尽量地欣赏五月的青岛吧！

《五月的青岛》

▷ 崂山

▷ 崂山的仰口海湾

❖ **朱自清：**南行杂记

我来去两次经过青岛。船停的时间虽不算少却也不算多，所以只看到青岛的一角；而我们上岸又都在白天，不曾看到青岛的夜——听说青岛夏夜的跳舞很可看，有些人是特地从上海赶来跳舞的。

青岛之所以好，在海和海上的山。青岛的好在夏天，在夏天的海滨生活；凡是在那一条大胳膊似的海滨上的，多少都有点意思。而在那手腕上，有一间“青岛咖啡”。这是一间长方的平屋，半点不稀奇，但和海水隔不几步，让你坐着有一种喜悦。这间屋好在并不像“屋”，说是大露台，也许还贴切些。三面都是半截板栏，便觉得是海阔天空的气象。一溜儿满挂着竹帘。这些帘子卷着固然显得不寂寞，可是放着更好，特别在白天，我想。隔着竹帘的海和山，有些朦胧的味儿；在夏天的太阳里，只有这样看，凉味最足。自然，黄昏和月下应该别有境界，可惜我们没福受用了。在这里坐着谈话，时时听见海波打在沙滩上的声音，我们有时便静听着，抽着烟卷，瞪着那袅袅的烟儿。谢谢C君，他的眼力不坏，第一次是他介绍给我这个好地方。C君又说那里的侍者很好，不像北平那一套客气，也不像上海那一套不客气。但C君大概是熟主顾又是山东人吧，我们第二次去时，他说的那一套好处便满没表现了。

我自小就听人念“江无底，海无边”这两句谚语，后来又读了些诗文中海的描写；我很羡慕海，想着见了海定要吃一惊，暗暗叫声“哎哟”的。哪知并不！在南方北方乘过上十次的海轮，毫无发现海的伟大，只觉得单调无聊，即使在有浪的时候。但有一晚满满的月光照在船的一面的海上，海水黑白分明，我们在狭狭一片白光里，看着船旁浪花热闹着，那是不能忘记的。而那晚之好实在月！这两回到青岛，似乎有些喜欢海起来了。可是也喜欢抱着的山，抱着的那只大胳膊，也喜欢“青岛咖啡”，海究竟有限的。海自己给我的好处，只有海水浴，那在我是第一次的。

▷ 20世纪30年代的青岛

去时过青岛，船才停五点钟。我问C君，“会泉（海浴处）怎样？”他说：“看‘光腚子’？穿了大褂去没有意思！”从“青岛咖啡”出来时，他掏出表来看，说：“光腚子给你保留着回来看罢。”但我真想洗个海水澡。一直到回来时才洗了。我和S君一齐下去，W君有点怕这个玩意儿，在饭店里坐着喝汽水。S君会游泳走得远些，我只有浅处练几下。海水最宜于初学游泳的，容易浮起多了，更有一桩大大的妙处，便是浪。浪是力量，我站着踉跄了好几回；有一回正浮起，它给我个不知道冲过来了，我竟吃了一惊，茫然失措了片刻，才站起来。这固然可笑，但是事后真得劲儿！好些外国小孩子在浪来时，被滚滚的白花埋下去，一会儿又笑着昂起头向前快快游着：他们倒像和浪是好朋友似的。我们在水里待了约莫半点钟，我和S君说，“上去吧，W怕要睡着了”。我们在沙滩上躺着，C君曾告诉我，浴后仰卧在沙滩上，看着青天白云，会什么都不愿想，沙软而细，躺着确是不错；可恨我们去的时候不好，太阳正在头上，不能看青天白云，只试了一试就算了。

除了海，青岛的好处是曲折的长林。德国人真“有根”，长林是长林，专为浏览，不许造房子。我和C君乘着汽车左弯右转地绕了三四十分钟，车夫说还只在“第一公园”里。C君说，“长着哪！”但是我们终于匆匆出来了。这些林子延绵得好，幽曲得很，低得好，密得好；更好是马路随山高下，俯仰不时，与我们常走的“平如砥，直如矢”的迥乎不同。青岛的马路大都如此；这与“向‘右’边走”的马路规则，是我初到青岛时第一个新鲜的印象。

C君说福山路的住屋，建筑安排得最美，但我两次都未得走过。至于崂山，胜景更多，也未得去；只由他指给我看崂山的尖形的峰。现在想来，颇有“山在虚无缥缈间”之感了。

《南行杂记》

老 舍：暑避

有福之人，散处四方，夏日炎热，聚于青岛，是谓避暑。无福之人，蛰居一隅，寒暑不侵，死不动窝；幸在青岛，暑气欠猛，随着享福，是谓暑避。前者是师出有名，堂堂正正，好不威风；后者是歪打正着，马马虎虎，穷混而已。可是，有福之人到底命大，无福之人泄气到底：有福者避暑，而暑避矣；无福者暑避，而罪来矣。就拿在下而言，作事于青岛，暑天然不来，是亦暑避者流也。可是，海岸走走，遇上二三老友，多年不见，理当请吃小馆。避暑者得吃得喝，暑避者几乎破产；面子事儿，朋友的交情，死而不怨，毛病在天。吃小馆而外，更当伴游湛山、崂山等处，汽车呜呜，洋钱铮铮，口袋无底，望洋兴叹。逝者如斯夫，洋钱一去不复返。炮台已看过十八次，明天又是“早八点见，看看德国的炮台，没错儿！”为德国吹牛，仿佛是精神胜利。

海岸不敢再去，闭门家中坐，连苍蝇也进不来，岂但避暑，兼作蛰宿。哼，快信来矣，“祈到站……”继以电报，“代定旅舍……”于是拿起腿来，而车站，而码头，而旅馆，而中国旅行社……昼夜奔忙，慷慨激昂，暑避者大汗满头，或者是五行多水。

这还是好的，更有三更半夜，敲门如雷；起来一看，大小三军，来了一旅，俱是知己哥儿们，携老扶幼，怀抱的娃娃足够一桌，行李五十余件。于是天翻地覆，楼梯底下支架木床，书架上横睡娃娃，凉台上搭帐篷，一直闹到天亮，大家都夸青岛真凉快。

再加上四届“铁展”，乃更伤心。不去吧，似嫌怯懦；去吧，还能不带着皮夹？牙关咬定，仁者有勇，直奔铁展，售品所处有“吸钞石”，票子自己会飞。饱载而归，到家细看，一样儿必需的没有，开始悲观。

由此看来，暑避之流顶好投海，好在还方便。

《暑避》

鲁　海：青岛火车站

在全国各地成千上万座火车站中，青岛火车站以其独特的建筑造型独树一帜，对乘火车往返青岛的旅客来说是一道风景线。它是一座按欧洲哥特式艺术风格设计的塔钟楼，但又用了中国的琉璃瓦，这种大胆的中西合璧式建筑造型是十分罕见的。现在的青岛火车站主体建筑是1988年在原德建火车站基础上放大东移重建的。

早在1898年德国与清政府签订的《胶澳租借条约》中就有在山东境内修建两条铁路的内容。1899年德国成立了山东铁路公司，青岛的公司在今江苏路、太平路口。筹建的第一条铁路即“胶（澳）济（南）铁路”。当即勘察、设计线路及沿线车站，1900年3月山东巡抚袁世凯与铁路公司签订了《胶济铁路章程》。

胶济铁路起点在青岛。由于青岛的新码头尚在建设中，铁路由旧码头——清廷建的栈桥为起点，客运车站建在今泰安路。考虑到新码头（小港、大港）的建立、城市的发展，永久性车站预留在今普集路。泰安路为初期车站，所以规模很小，远小于济南车站。

▷ 青岛火车站外景

▷ 青岛火车站内景

青岛火车站建筑由德人在国内设计，为哥特式单钟楼建筑，在青岛经修改，又采用了琉璃瓦。1901年初期工程完工。9月，胶济铁路由青岛通车至丈岭，各县许多人士走十几、几十公里路看火车。1904年6月1日全线通车。

英国人修的津浦铁路也经济南，但两条铁路不接轨，两个济南车站相距约0.5公里。这也反映了帝国主义在中国划分势力范围的历史。

以后，日占青岛时曾设计了普集路青岛火车站，但一直没有施工。20世纪80年代，胶济铁路全线完成复线工程。1998年全部线路重修，改新型道岔，大大提高了行车速度。在青岛火车站扩建的同时，原建筑放大东移。1999年又进一步扩大改建火车站广场，使其成为崭新的景观。

《我所了解的青岛德国建筑》

老　舍：青岛与山大

北中国的景物是由大漠的风与黄河的水得到色彩与情调：荒、燥、寒、旷、灰黄，在这以尘沙为雾，以风暴为潮的北圈里，青岛是颗绿珠，好似偶然地放在那黄色地图的边儿上：在这里，可以遇见真的雾，轻轻地在花林中流转，愁人的雾笛仿佛像一种特有的鹃声。在这里，北方的狂风还可以袭人，激起的却是浪花；南风一到，就要下些小雨了。在这里，春来得很迟，别处已是端阳，这里刚好成为锦绣的乐园，到处都是春花。这里的夏天根本用不着说，因为青岛与避暑永远是相联的。其实呢，秋天更好：有北方的晴爽，而不显着干燥，因为北方的天气在这里被海给软化了；同时，海上的湿气又被凉风吹散，结果是天与海一样的蓝，湿与燥都不走极端；虽然大雁还是按时候向南飞，可是此地到菊花时节依然是很暖和的。在海边的微风里，看高远深碧的天上飞着雁字，真能使人暂时忘了一切，即使欲有所思，大概也只有赞美青岛吧。冬天可实在不能令人满意，有相当的冷，也有不小的风，但是，这里的房屋不像北平的那样以纸糊窗，街道上也没有尘土。于是冷与风的厉害就减少了一些。再说呢，夏季的青岛是中外有钱有闲的人们的娱乐场所，因为他们与她们都是来享福取乐，所以不惜把壮丽的山海弄成烟酒香粉的世界。到了冬天，他们与她们都另寻出路，把山海自然之美交给我们久住青岛的人：雪天，我们可以到栈桥去望那美若白莲的远岛；风天，我们可以在夜里听着寒浪的击荡。就是不风不雪，街上的行人也不甚多，到处呈现着严肃的气象，我们也可以吐一口气，说：这是山海的真面目。

一个大学或者正像一个人，它的特色总多少与它所在的地方有些关系。山大虽然成立了不多年，但是它既在青岛，就不能不带些青岛味儿。这也就是常常引起人家误解的地方。一般地说，人们大概会这样想：山大立在青岛恐怕不大合适吧？舞场、咖啡馆、电影院、浴场……在花花世界里能安心读书吗？这种因爱护而担忧的猜想，正是我们所愿解答的。在前面，我们叙述了青岛的四时：青岛之有夏，正如青岛之有冬；可是一般人似乎只知其夏，不知其冬，猜测多半由此而来。说真的，山大所表现的精神是青岛的冬。是呀，青岛忙的时候也是山大忙的时候，学会咧，参观团咧，讲习会咧，有时候同时借用山大做会场或宿舍，热忙非常。但这总是在夏天，夏天我们也放假呀。当我们上课的期间，自秋至冬，自冬至初夏，青岛差不多老是静寂的。春山上的野花，秋海上的晴霞，是我们的，避暑的人们大概连想也没想到过。至于冬日寒风恶月里的寂苦，或者也只有我们的读书声与足球场上的欢笑可与相抗；稍微贪点热闹的人恐怕连一个星期也住不下去。我常说，能在青岛住过一冬的，就有修仙的资格。我们的学生在这里一住就是四冬啊！他们不会在毕业时候都成为神仙——大概也没人这样期望他们——可是他们的静肃态度已经养成了。

一个没到过山大的人，也许容易想到，青岛既是富有洋味的地方，当然山大的学生也得洋服郎当的，像些华侨子弟似的，根本没有这一回事。山大的校舍是昔年的德国兵营，虽然在改作学校之后，院中铺满短草，道旁也种上了玫瑰，可是它总脱不了营房的严肃气象。学校的后面左面都是小山，挺立着一些青松，我们每天早晨一抬头就看见山石与松林之美，但不是柔媚的那一种，学校里我们设若打扮得怪漂亮的，即使没人多看两眼，也觉得仿佛有些不得劲儿。整个的严肃空气不许我们漂亮，到学校外去，依然用不着修饰。六七月之间，此处固然是万紫千红，士女如云，好一片摩登景象了。可是过了暑期，海边上连个人影也没有；我们大概用不着花花绿绿地去请白鸥与远帆来看吧？因此，山大虽在青岛，而很少洋味儿，制服以外，蓝布大衫是第二制服。就是在六七月最热闹的时候，我们还是如此，因为朴素成了风气，蓝布大衫一穿大有“众人摩登我独古”的气概。

还有呢，不管青岛是怎样西洋化了的都市，它到底是在山东。“山东”二字满可以用作俭朴静肃的象征，所以山大——虽然学生不都是山东人——不但是个北方大学，而且是北方大学中最带“山东”精神的一个。我们常到崂山去玩，可是我们的眼却望着泰山，仿佛是。这个精神使我们朴素，使我们能吃苦，使我们静默。往好里说，我们是有一种强毅的精神；往坏里讲，我们有点乡下气。不过，即使我们真有乡下气，我们也会自傲地说，我们是在这儿矫正那有钱有闲来此避暑的那种奢华与虚浮的摩登，因为我们是一群“山东儿”——虽然是在青岛，而所表现的是青岛之冬。

至于沿海上停着的各国军舰。我们看见的最多，此地的经济权在谁之手，我们知道得最清楚；这些——还有许多别的呢——时时刻刻刺激着我们，警告着我们，我们的外表朴素，我们的生活单纯，我们却有颗红热的心，我们眼前的青山碧海时时对我们说：国破山河在！于此，青岛与山大就有了很大的意义。

《青岛与山大》

❖ 刘白羽：翡翠城观海

我爱海，每到海边，就像婴儿投入母亲的怀抱，感到温馨、柔和、宁静。我到青岛的那天，立刻奔向海边，但我只看见一片灰黄色海湾，死气沉沉。

没想到就在第二天下午，当我走在遮满梧桐阴影的路上，忽然听到轰隆轰隆声响。像是雷鸣又不是雷鸣，而是整个天空在发出震撼人心的声响。顺着这条路向海上走去，我才分辨出这是海的怒吼。我看见整个大海在颠簸、在激荡、在回旋、在咆哮，深蓝色波涛冲向海岸，在礁石上掀起浪花，雪白灼眼，在一片突出的海岬那儿，巨浪腾空而起竟像银色的喷泉，银色的雾，高高冲上天空，砰然跌落，尔后又冲上天空。这是我到青岛来，大海第一次向我显示出它雄伟神姿。

海的变幻真是奥妙无穷。有时海水那样宁静，像碧绿的湖水，海水透明得像绿水晶，一眼可以看到海底的白色小贝壳，有时涌浪很大，像有一种神奇的魔力抖动着绿色的大地毯，一卷一卷向人身上扑来，一下把人推上高峰，一下把人抛向深谷，但不论怎样，海毕竟美的，一阵凉风吹进室内，给人带来幽思遐想，将黏热暑气涤荡净，我像从火的炼狱中一下跳了出来，在这海边上，我有了一颗纯净透明的心。

我静静听海涛的絮语，听着树叶的喧哗，而下又一切凝然寂静，只听见远方悠然飘来两声航船的汽笛，我不知船在哪儿，是那清风透给我一个信息，爽人的清秋要来了。

海上的月出极美，月亮刚刚升起时，像是一牙红玛瑙，然后才露出整个一轮红月，等它升到海空高处，才发出白的光，而那光给大海一映，又有点绿幽幽的了。

一天晌午，我仰卧在沙滩上，天是那样高、那样蓝、那样无穷的深远。有一层轻纱似的云向西方飞驶，而更高的天穹上另有发亮的羊毛卷一样浓密的白云，却往相反的方向飞。在天的缥缈处，云飞得那样轻快，使你觉得整个天空在浮游、在悠荡。不过两层云飞到海的上空就凝然不动了，所以海面上没投下一点阴影，海绿得发亮，我向遥远的海平线望去，那儿闪跳着雪白的浪花，海在笑，露出洁白皓齿。荷马形容海："鲜明灿烂，像酒的颜色，或者像紫罗兰色。"海是多么美呀！

海并不都那样平静、柔和，有时突然凶猛怒吼，万丈狂澜。有夜，我发觉海涛声有点异样，早起一看，海在发怒了，海涛一直飞扑到人行路上来，蒙蒙水雾，就仿佛落了一阵大雨，把你淋得精湿。如果说平静的海是美的，这旋转的、沸腾的海，不就更使人心胸豁然开朗，充满奔放的豪情、庄严的美感吗？这奔腾的大海呀，简直就像整个宇宙都在回环激荡。一个法国人在评论贝多芬时有这样几句话："……他要摆脱肉体的联系，摆脱痛苦，摆脱个人，以便上升到思考中去，到宇宙中去，进入到无挂无碍的自由境界。"

这咆哮的海发怒的海正把我引向真挚忘我的自由境界。

海和青岛是融为一体的，真正向我揭开青岛之美的，是最后一幕。那是一个暮天，落了一天的雨，到傍晚却晴了。我到了小青岛，站在那山上一看，雨后初晴，整个青岛显得亮闪闪的。没多久黄昏湮没一切，小青岛灯塔亮了。我们登上一只海船，船平稳地、缓缓地向胶州湾驶去。这时海上已经一片夜色苍茫，我从船上回头，只见小青岛灯塔的红光像红宝石在一闪一闪地闪光，在漆黑夜幕上显得特别好看。我再从夜航船上看青岛，灯火次第放明，先是栈桥那一长串灯光摇曳着长长倒影，而后又看到整个山城，一层一层，齐放光明，我白昼欣赏过的山城美景，此时向我展现了万家灯火的绮丽景象。我觉得那每一座灯火下好像都有人望着黑茫茫大海中的这只船，他们可曾知道这船上有一个人也正把无限情思，维系在他窗口那一点灯光上。我站在船上，迎着海风，夜色愈来愈深，黑成一片，分不清天和海。我好像不是坐在船上，而是翱翔在天上，迎着飒飒天风，望着灯火瑰丽的人间，胸中说不出的一股深沉而又豪迈的情意。船行很久，进入胶州湾了，突然又下起雨来。开始只是星星雨点，落在脸上，颇觉舒爽。不久，风大起来，雨大起来。船在骤风急雨中返航了，船在颠簸、在摇荡。但我衷心感激，不正是这骤然而来的风雨，给这次夜航增添了意外浓郁的诗意吗？我从船楼下到前甲板上，海天漆黑，昂扬的船头劈开海浪，雪白的浪花飞得很高，直飞上甲板，扑在我的脸上、身上、脚上，乘风破浪，奋勇前进，这不是我们生活中最崇高至上的境界吗？我再抬起头望青岛，大海山城，灯火交辉，整个青岛像一顶珍珠宝石灿烂发亮的王冠，特别是青岛这一端到那一端的绿色的街灯，一盏盏灯汇成一条绿的线，印在微微荡漾的海波之上，就如同连在一起的一串翡翠流苏发出绿的闪光。青岛在雨雾之中，就像一幅绿色的水彩画，湿漉漉，雾蒙蒙，至此，整个青岛向我展现了她无穷的美的魅力。我凝然注视着这夜的青岛，这时，我到青岛以来看到的碧绿的树，碧绿的山，碧绿的海和这碧绿的夜，融作一片，这凝然一团浓郁的、水灵灵的绿色将永远渗适我的心灵，在我心灵中悠扬飘荡。

《翡翠城》

闻一多：现成的海市蜃楼

海船快到胶州湾时，远远望见一点青，在万顷的巨涛中浮沉；在右边崂山无数柱奇挺的怪峰，会使你忽然想起多少神仙的故事。进湾，先看见小青岛，就是先前浮沉在巨浪中的青点，离它几里远就是山东半岛最东的半岛——青岛。簇新的，整齐的楼屋，一座一座立在小小山坡上，笔直的柏油路伸展在两行梧桐树的中间，起伏在山冈上如一条蛇。谁信这个现成的海市蜃楼，一百年前还是个荒岛？

当春天街市上和山野间密集的树叶，遮蔽着岛上所有的住屋，向着大海碧绿的波浪，岛上起伏的青梢也是一片海浪，浪下有似海底下神人所住的仙宫。但是在榆树丛荫，还埋着十多年前德国人坚伟的炮台。深长的甬道里你还可以看见那些地下室，那些被毁的大炮机和墙壁上血涂的手迹。——欧战时这儿剩有五百德国兵丁和日本争夺我们的小岛，德国人败了。日本的太阳旗曾经一时招展全市，但不久又归还了我们。在青岛，有的是一片绿林下的仙宫和海水泱泱的高歌，不许人想到地下还藏着十多间可怕的暗窟，如今全毁了。

▷ 总督公园

堤岸上种植无数株梧桐，那儿可以坐憩，在晚上凭栏望见海湾里千万只帆船的桅杆，远近一盏盏明灭的红绿灯漂在浮标上，那是海上的星辰。沿海岸处有许多伸长的山角，黄昏时潮水一卷一卷来，在沙滩上飞转，溅起白浪花，又退回去，不厌倦的呼啸。天空中海鸥逐向渔舟飞，有时间在海水中的大岩石上，听那巨浪撞击着岩石激起一两丈高的水花。那儿再有伸出海面的栈桥，却站着望天上的云，海天的云彩永远是清澄无比的，夕阳快下山，西边浮起几道鲜丽耀眼的光，在别处你永远看不见的。

过清明节以后，从长期的海雾中带回了春色，公园里先是迎春花和连翘，成篱的雪柳，还有好像白亮灯的玉兰，软风一吹来就憩了。四月中旬，奇丽的日本樱花开得像天河，十里长的两行樱花，蜿蜒在山道上，你在树下走，一举首只见樱花绣成的云天。樱花落了，地下铺好一条花蹊。

接着海棠花又点亮了，还有踯躅在山坡下的“山踯躅”、丁香、红端木，天天在染织这一大张地毡；往山后深林里走去，每天你会寻见一条新路，每一条小路中不知是谁创制的天地。

到夏季来，青岛几乎是天堂了。双驾马车载人到汇泉浴场去，男的女的中国人和十方的异客，戴了阔边大帽，海边沙滩上，人像小鱼一般，曝露在日光下，怀抱中是薰人的咸风。沙滩边许多小小的木屋，屋外搭着伞篷，人全仰天躺在沙上，有的下海去游泳，踩水浪，孩子们光着身子在海滨拾贝壳。街路上满是烂醉的外国水手，一路上胡唱。

但是等秋风吹起，满岛又回复了它的沉默，少有人行走，只在雾天里听见一种怪水牛的叫声，人说水牛躲在海角下，谁都不知道在哪儿。

《青岛》

沈从文：让人身心舒适的所在

我是1931年初到青岛大学的。在中文系讲《小说史》《散文写作》，1933年春，离开了学校。返回北京，算来到今天已整整五十年了。

在青岛，住在福山路三号，正当路口，出门直下即是公园。这是大学的教师宿舍，并不怎么大，少得只容十二人。我到时，刚粉刷过，楼前花园里花木尚未栽好，到处是瓦砾，只人行道两旁有三四丛珍珠梅，剪成蘑菇形树顶，开放出一缕缕细碎的花朵，增加了院中清韵风光。良友公司印的《记丁玲》一书封面上那个半身像，便是那年在宿舍门口叶公超先生为我拍照的。

在青岛那两年中，正是我一生中工作能力最旺盛，文字也比较成熟的时期，《自传》《月下小景》，其他许多短篇是这时写的，返京以后着手的如《边城》……也多酝酿于青岛。

我曾先后上过六次崂山，有一回且和杨金甫校长及闻一多、梁实秋、赵太侔诸先生去崂山住了六天。以棋盘石、白云洞两地留下印象特别深刻，两次上白云洞，都是由海边从山口小路一直爬上，这两次在“三步紧”，临海峭壁上看海，见海鸟飞翔的景象，至今记忆犹新；从松树丛中翻过崖石的情景，如在眼前。以后再去青岛，有一次重去崂山，只是去过上、下清宫。

在青岛时的熟人中巴金、卞之琳两位，曾短暂来住过。影响我看新书报的印刷工人赵圭舞先生也来住半月，为其买了长沙车票，送上了车。

那时老朋友陈翔鹤先生，正在中山公园旁的市立中学教书，生活十分苦闷，经常到我的住处，于是陪他去公园，在公园一个荷塘的中央木亭子里谈天，常常谈到午夜。公园极端清静，若正值落月下沉海中时，月光如一个大车轮，呈鸭蛋红色，使人十分恐怖，陈翔鹤不敢独自回学校，我经常伴送他到校门口，才通过公园返回宿舍，因为我从乡下来到大城市，什么都见过，从不感到恐惧。

我在青岛的时候，青岛的海边、山上，我经常各处走走，留下了极好印象。大约因为先天性的供血不足，一到海边，就觉得身心舒适。每天只睡三小时，精神特别旺健。

《小忆青岛》

郁达夫：青岛巡游

带青带绿的颜色，对于视觉，大约是特别的健全；尤其是深蓝，海天的深蓝，看了使人会莫名其妙地感到一种愉快。可是单调的色彩，只是一色的色彩，广大无边地包在你的左右四周，若一点儿变化也没有，成日成夜地与你相对，日久了当然是也要生厌的。青岛的好处就在这里；第一，就在她的可以使你换一换口味；第二，到了她的怀里，去摸索起来，却也并不单调，所以在暑热的时候，去住一两个月，恰正合适。

无论你南边从上海去，或北边从天津去，若由海道而去青岛，总不过二三十个钟头，可以到了。你在船舱里，只和海和天相对，先当然是觉得愉快，觉得伟大，觉得是飘飘然遗世而独立，羽化而登仙的样子；但一昼夜过后，未免要感到落寞，感到厌倦，正当你内心在感到这些，而嘴里还没叫出来的时候，而白的灯台，红的屋瓦，弯曲的海岸，点点的近岛遥山，就浮现上你的视界里来了，这就是青岛。所以海道去青岛的人对她所得的最初印象，比无论哪一个港市，都要清新些，美丽些。香港没有她的复杂，广州不及她的洁净，上海比她欠清静，烟台比她更渺小。刘公岛我虽则还没有到过，但推想起来，总也不能够和青岛的整齐华美相比并的。以女人来比青岛，她像是一个大家的闺秀。以人种来说青岛，她像是一个在情热之中隐藏着身份的南欧美妇人。

青岛的特色之一，是在她的市区的高低不平，与其树木的青葱。都市的美观，若一味平直，只以颜色与摩天的高阁来调和，是不能够引人入胜的；而青岛的地面，却尽是一枝枝的小山，到处可以看得见海，到处都是很适宜的住宅区。就是那一条从前叫弗利特利希大街，现在叫中山路的商业通衢，两端走走，也不过两三里路，就到海边了；街的两面，一走上去，就是小山，就是眺望很好的高地。

从前路过青岛，只在船楼上看看她的绿树与红楼，虽觉她很美，但还没有和她亲过吻，抱过腰；今年带了儿女，去住了一个夏天，才觉“东方第一良港”“东方第一避暑区”的封号，果然不是徒有其表的虚称。

海水浴场的设备如何，暂且不去管它，第一是四周的那么些个浅滩，恐怕是在东亚，没有一处避暑区赶得上青岛的。日本的海岸，当然也有好的，像明石须磨的一带，都是风光明媚的地方，可是小湾没有青岛的多，而岸线又不及青岛的曲。至于日本的北面临日本海的海岸呢，气候虽则凉冷，但风浪太大，避暑洗海水澡总有点不大适宜。

青岛，缺点也是有的：第一，夏天的空气太潮湿，雾露太多，就有点儿使人不舒服。其次则外国的东方舰队，来青岛避暑停泊的数目实在多不过，因而白俄的娼妇、中国的盐妹来赶夏场买卖的，也混杂热闹到了使人分不出谁是良家女子。喜欢异国颓废的情调的人，或者反而对此会感兴趣。

但想去看一点书，做一点事情的人，被这些酒肉气醉的淫暖之风一吹，总不免要感到头昏脑涨，想呕吐出来。

▷ 海滨风景

我今年的一个夏天就整整地被这些活春宫冲坏了的；日里上海滨去看看裸体，晚上在露台听听淫辞，结果我就一个字也没有写，一册书也没有读，到了新秋微冷的时候，就匆匆坐了胶济路车上北平去了。明年我就打算不再去青岛，而上一个更清静一点的海岸或山上去过夏天。

崂山的风景，原也不错；可是一般人所颂赞的大崂观靛缸湾一带的清溪石壁，也只平平，看过江南的清景的人，对此是不会感到特异的美感的；要讲伟大，要耐人寻味，自然是外崂沿海一带，从白云洞、华岩寺到太清宫的一路。我在青岛的时候，曾有一位小姐，向我说过石老人附近景色的清幽，浮山午山庙周围梨花的艳异；但因为去的时候不巧，对于这些绝景都不曾领略，此生不知有没有再去的机会了，我到现在，还在怅念。

《青岛巡游》

❖ **梁实秋：**青岛之美

“上有天堂，下有苏杭。”天堂我尚未去过。《启示录》所描写的“从天上上帝那里降下来的圣城耶路撒冷，那城充满着上帝的荣光，闪烁像碧玉宝石，光洁像水晶”，城墙是碧玉造的，城门是珍珠造的，街道是纯金的。珠光宝气，未能免俗。真不想去。新的耶路撒冷是这样的。天堂本身如何，可想而知。至于苏杭，余生也晚，没赶上当年的旖旎风光。我知道苏州有一个顽石点头的地方，有亭台楼阁之胜，网师渔隐，拙政灌园，均足令人向往。可是想到一条河里同时有人淘米洗锅刷马桶，不禁胆寒。杭州是白傅留诗苏公判牍的地方，荷花十里，桂子三秋，曾经一度被人当作汴州。如今只见红男绿女游人如织，谁有心情看浓妆淡抹的山色空濛，所以苏杭对我也没有多少号召力。

我曾梦想，如果有朝一日，可以安然退休，总要找一个比较舒适安逸的地点去居住。我不是不知道随遇而安的道理。

树下一卷诗，
一壶酒，一条面包——
荒漠中还有你在我身边歌唱——
啊，荒漠也就是天堂！

这只是说说罢了。荒漠不可能长久地变成天堂。我不存幻想，只想寻找一个比较能长久的居之安的所在。我是北平人，从不以北平为理想的地方。北平从繁华而破落，从高雅而庸俗、而恶劣，几经沧桑，早已无复旧观。我虽然足迹不广，但北自辽东，南至百粤，也走过了十几省，窃以为

▷ 栈桥旧影

▷ 20 世纪 40 年代的回澜阁

真正令人流连不忍去的地方应推青岛。

青岛位于东海之滨，在胶州湾之入口处，背山面海，形势天成，光绪二十三年（1897）德国强租胶州湾，辟青岛为市场，大事建设。直到如今，青岛的外貌仍有德国人的痕迹。例如房屋建筑，屋顶一律使用红瓦片，山坡起伏绿树葱茏之间，红绿掩映，饶有情趣。1914年青岛又被日本夺占，1922年才得收回。尔后虽然被几个军阀盘踞，表面上没有遭到什么破坏。当初建设的根底牢固，就是要糟蹋一时也糟蹋不了。青岛的整齐清洁的市容一直维持了下来。我想在全国各都市里，青岛是最干净的一个。“无风三尺土，有雨一街泥”的北平不能比。

青岛的天气属于大陆气候，但是有海湾的潮流调剂，四季的变化相当温和。称得上是“春有百花秋有月，夏有凉风冬有雪”的好地方。冬天也有过雪，但是很少见，屋里面无须升火不会结冰。夏天的凉风习习，秋季的天高气爽，都是令人喜的，而春季的百花齐放，更是美不胜收。樱花我并不喜欢，虽然第一公园里整条街的两边都是樱花树，繁花如簇，一片花海。游人摩肩接踵，蜜蜂嗡嗡之声震耳，可是花没有香气，没有姿态。樱花是日本的国花。日本和我们有血海深仇，花树无辜，但是我不能不连带着对它有几分憎恶！我喜欢的是公园里培养的那一大片妖艳欲滴的西府海棠。杜甫诗里没有提起过它，历代诗人词人歌咏赞叹它的不在少数。上清宫的牡丹高与檐齐，别处没有见过。山野有此丽质，没有人嫌它有富贵气。

推开北窗，有一层层的青山在望。不远的一个小丘有一座楼阁矗立，像堡垒似的，有俯瞰全市傲视群山之势，人称总督府，是从前德国总督的官邸，平民是不敢近的。青岛收回之后作为冠盖来往的饮宴之地，平民还是不能进去的（听说后来有时候也偶尔开放）。里面是什么样子我不知道，也不想知道。还有人说里面闹鬼。反正这座建筑物，尽管相当雄伟，不给人以愉快的印象，因为它带给我们耻辱的回忆。

其实青岛本身没有高山峻岭，邻近的劳山，亦作崂山，又称牢山，却是峣峥巉险，为海滨一大名胜。读《聊斋志异·劳山道士》，早已心向往之。以为至少那是一些奇人异士栖息之所。由青岛驱车至九水，就是山麓。清流汩汩，到此尘虑全消。舍车扶策步行上山，仰视峰顶，但见参嵯翳日，大块的青石陡峭如削，绝似山水画中之大斧劈的皴法，而且牛山濯濯，没有什么迎客松五老松之类的点缀，所以显得十分荒野。有人说这样的名山而没有古迹岂不可惜，我说请看随便哪一块巍巍的巨岩不是大自然千百万年锤炼而成，怎能说没有古迹？几小时的登陟，到了黑龙潭观瀑亭，已经疲不能兴。其他胜境如清风岭碧落岩，则只好留俟异日。游山逛水，非徒乘兴，也须有济胜之具才成。

青岛之美不在山而在水。汇泉的海滩宽广而水浅，坡度缓。作为浴场据说是东亚第一。每当夏季，游客蜂拥而至，一个个一双双的玉体横陈。在阳光下干晒，晒到两面焦，扑通一声下水，冲凉了再晒。其中有佳丽，也有老丑。玩得最尽兴的莫过于夫妻俩携带着小儿女阖第光临。小孩子携带着小铲子、小耙子、小水桶，在沙滩上玩沙土，好像没个够。在这万头攒动的沙滩上玩腻了，缓步踱到水族馆，水族固有可观，更妙的是下面岩石缝里有潮水冲积的小水坑，其中小动物很多。如寄生蟹，英文叫hermit crab，顶着螺蛳壳乱跑，煞是好玩。又如小型水母，像一把伞似的一张一合，全身透明。孩子们利用他们的小工具可以罗掘一小桶，带回家去倒在玻璃里玩，比大人玩热带鱼还兴致高。如果还有余勇可贾，不妨到栈桥上走一遭。桥尽头处有一个八角亭，额曰回澜阁。在那里观壮阔之波澜，当大王之雄风，也是一大快事。

汇泉在冬天是被遗弃的，却也别有风致。在一个隆冬里，我有一回偕友在汇泉闲步，在沙滩上走着走着累了，便倒在沙上晒太阳，和风吹着我们的脸。整个沙滩属于我们，没有旁人，最后来了一个老人向我们兜售他举着的冰糖葫芦。我们在近处一家餐厅用膳，还喝了两杯古拉索（柑香酒）。尽一日欢，永不能忘。

汇泉冬夜涨潮时，潮水冲上沙滩又急遽地消退，轰隆呜咽，往复不已。我有一个朋友赁居汇泉尽头，出户不数步就是沙滩，夜闻涛声不能入眠，匆匆移去。我想他也许没有想到，那就是观音说教的海潮音，乃觌面失之。

说来惭愧，“饮食之人”无论到了什么地方总是不能忘情口腹之欲。青岛好吃的东西很多。牛肉最好，销行国内外。德国人佛劳塞尔在中山路开一餐馆，所制牛排我认为是国内第一。厚厚大大的一块牛排，煎得外焦里嫩，切开之后里面微有血丝。牛排上面覆以一枚嫩嫩的荷包蛋，外加几根炸番薯。这样的一份牛排，要两元钱，佐以生啤酒一大杯，依稀可以领略樊哙饮酒切肉之豪兴。内行人说，食牛肉要在星期三四。因为周末屠宰，牛肉筋脉尚生硬，冷藏数日则软硬恰到好处。佛劳塞尔店主善饮，我在一餐之间看他在酒桶之前走来走去，每经酒桶即取饮一杯，不下七八杯之数，无怪他大腹便便，如酒桶然。这是50年前旧话。如今这个餐馆原址闻已变成邮局，佛劳塞尔如果尚在人间当在百龄以上。

青岛的海鲜也很齐备。像蚶、蛤、牡蛎、虾、蟹以及各种鱼类应有尽有。西施舌不但味鲜，名字也起得妙，不过一定要不惜工本，除去不大雅观的部分，专取其洁白细嫩的一块小肉，加以烹制，才无负于其美名，否则就近于唐突西施了。以清汤汆煮为上，不宜油煎爆炒。顺兴楼最善烹制此味，远在闽浙一带的餐馆以上。我曾在大雅沟菜市场以6元市价购得鲥鱼一尾，长二尺半有奇，小口细鳞，似才出水不久，归而斩成几段，阖家饱食数餐。其味之腴美，从未曾有。菜蔬方面隽品亦多。蒲菜是自古以来的美味，诗经所说“其蔌维何，维笋及蒲”，蒲的嫩芽极细致清脆。青岛的蒲菜好像特别粗壮，以做羹汤最为爽口。再就是附近潍县的大葱，粗壮如甘蔗，细嫩多汁。一日，有客从远道来，止于寒舍。惟索烙饼大葱，他非所欲。乃如命以大葱进，切成段段，如甘蔗状，堆满大大一盘，客食之尽，谓乃生平未有之满足。青岛一带的白菜远销上海，短粗肥壮而质地细嫩。一般人称之为山东白菜。古人所称道的“春韭秋菘”，菘就是这大白菜。白菜各地皆有，种类不一，以山东白菜为最佳。

青岛不产水果，但是山东半岛许多名产以青岛为集散地。例如莱阳梨。此梨产在莱阳的五龙河畔，因沙地肥沃，故品质特佳。外表不好看，皮又粗糙，但其细嫩酥脆甜而多浆，绝无渣滓，美得令人难以相信。大的每个重10台两以上。再如肥城桃，皮破则汁流，真正是所谓水蜜桃，海内无其四，吃一个抵得半饱。今之人多喜怀乡，动辄曰吾乡之梨如何，吾乡之桃如何，其夸张心理可以理解。但如食之以莱阳梨、肥城桃，两相比较，恐将哑然失笑。他如烟台之香蕉、苹果、玫瑰、葡萄，也是青岛市面上常见的上品。

一般山东人的特性是外表倔强豪迈，内心敦厚温和。宦场中人，大部分肉食者鄙，各地皆然，固无足论。观风问俗，宜对庶民着眼。青岛民风淳厚，每于细民中见之。我初到青岛，看到人力车夫从不计较车资，乘客下车一律付与一角，路程远则付二角，无争论者。这是全国所没有的现象。有人说这是德国人留下的无形的制度。无论如何这种作风能维持很久便是难能可贵。青岛市面上绝少讨价还价的恶习。虽然小事一端，代表意义很大。无怪乎有人感叹，齐鲁也是圣人之邦，青岛焉能不绍其余绪?

《忆青岛》

❖ **苏雪林：**汇泉海水浴场

到青岛来做客的人莫不抱着一试海水浴的欲望，所以我到青岛的第三天，便约了周君夫妇同去接受海的洗礼。青岛共有五个海水浴场，汇泉地点最适中，形势最优胜。一到夏季，红男绿女，趋之若骛，使这地方成为热闹的顶点，欢乐的中心，消暑的福土，恋爱的圣地。

中国东南部的海，受黄河长江的泥沙不断地冲注，水色都变成一派浊黄。我们一提到海，总联想到蔚蓝的颜色，这对东南的海却不适合，唯有东北的海还能保持她的清净身，还具海洋应当有空明湛碧之观。青岛的海可爱，就因为她的绿，绿得那么娇艳，又那么庄严，那么灵幻，又那么深沉，我现在才认识海的女儿真相，她果然是个翛然出尘、仪态万方的美人!

汇泉浴场左边是湛山，立在那里，像张开了一叠云母屏风。我们可以望见山麓海滨公园高下的朱栏和历落亭阁。右边是伸入海中像一只浮在水面绿毛龟似的汇泉角。这两个环抱的海岬中间是一片宽约数里的大海湾，可以容纳数万个弄潮儿同时下水。沙岸清爽悦目的白绿色木质更衣室鳞次栉比，连绵数里，都是本市各机关为它们人员设备的。也有市政府建设，供浴室临时租赁的。山东大学也有一幢板屋在沙岸的最西头，因周先生的面子，我们得以叨光。板屋以外，帆布伞也如雨后菌蕈，到处茁生，另有咖啡店、酒吧间、跳舞场，各种临时旅馆。这里是一具娱乐的大百宝囊，世间娱乐无不兼收并蓄，你需要什么东西，只需伸手一掏，总可以满足你的愿望。

海水真冷，比湖水冷，我到海边，伸脚向水里试了一试，一种寒冷之气，彻入骨髓，甚至有痛楚的感觉，怕周君夫妇笑我，只好硬着头皮下去。但下去后又不觉得什么了。我常听见人说海水托力大，游泳可以不费劲。实验之下，才知海水托力虽大，海中风浪也大，托力与风浪的阻力互相抵消，我们还是没便宜可占。

夕照西沉，晚山变紫，澎湃奔腾似的海浪，一阵阵从海面卷过来，好像海王的御驾将出来巡游。海的仙侍们拿着万把银帚，清除海面。我们这些凡浊的人类，倘不让开，扫帚便将毫不留情地将我们像飞扬的尘埃般一扫而去了。但我们也有抵御之法，大浪来时，不慌不忙，将身子轻轻一跳，从浪头跳过；或者将身一伏伏在浪头底下，银帚便莫奈我们何了。不然，虽不至于被它扫去，身体被打着，究竟很痛。

我们在水里泡了两个钟头，泡得够了，才上岸休息。这时候沙滩上纵纵横横，躺满了肌肤被太阳晒成赤铜色的男女：有的游泳过于疲乏，让凉风轻轻扇进梦乡；有的在滩上挖成一坑将自己一半埋葬在沙里；有的用手撑着头颅目注云天，似乎心游物外；有的打开带来的点心在吃；有的和朋友细谈知心话；有的和情侣密筹幸福的前途。小孩子挑掘沙土，很热心地从事他们理想中楼阁的建筑。还有满身筋骨突兀的外国水手，和我在海船上所见的那一类的西洋胖妇，尽量在那里展示他们的筋肉美。许多人则跳着、跑着、笑着、嚷着、高声唱着。快乐的情调，泛滥在海面上，在林峦间，在变幻的光影里，在无边无际的空间。

《岛居一月记》

❖ 柯　灵：岛国新秋

那儿有浅蓝的天，深碧的海，那儿是大日耳曼帝国为我们巨宦富商、公子王孙所开辟的琉璃世界，桃源胜地！夏天冉冉尽了，秋来了，海风是凉凉的。避暑的阔人被窗前的冷月唤醒了枕畔幽梦，心里袭来一丝飘忽的怅触。夏去得真快，好像海水浴也还没有洗畅呢。

那儿的夏天是值得留恋的。

灼热的风吹不到岛上，那里没有热汗淋漓的人。你爱看山？崂山离得不远；你要玩水？眼前就是一片静荡荡的海。你要什么都有：跳舞场、电影院、咖啡店……一切都市人所需要享受的，都替你打点舒齐了。

闲着无聊，驾汽车兜兜风罢：马路整洁宽阔，起伏回旋，依着山势的高下，展现不同的街景，显得掩映多姿。路旁都是罗伞般的槐树，在阳光里投下一带浓荫，连空气也给染绿了。满街槐花开得正好，香风一阵又一阵地扑入怀抱。

要散步吗？海滨公园，第一公园，由你自己挑。

用过丰盛的午餐，在别墅的凉榻歇个午晌，就到汇泉去罢。那儿的海水浴场是全国第一！海水是一片明蓝，水晶宫殿大概也就是这样，眉黛一般的一抹云山衬在远处，当中点缀着螺髻似的赭色礁石沙滩像黄金铺地，却又柔软如茵，人多极了，男的，女的，浸过水的黄发青丝，彩色的游泳衣，人鱼般婉曲的身体，在浪花里滚着，在沙滩上躺着；笑声语声随着浪花纷飞。异国的男女比自己的同胞还多，而且最多的是我们的“善邻”。但我们高贵的士女决不会怀疑是否身在异域，因为这明明是我们“好客”的国土。

就是这样在浪花里浮沉，在沙滩上徜徉，让炎夏的白昼偷偷溜过。厌倦了，你可以向沙滩后面走去，疏疏的绿树林子里设着茶座，进去喝一杯

▷ 德租时期的栈桥西侧海岸

▷ 德国士兵在栈桥乘坐小艇观光

太阳啤酒，喝一瓶崂山矿泉水，或者来杯可口可乐罢；无线电播送的西洋音乐和东洋音乐在招诱着呢。

蓝天变成黑天，碧海变成墨海，小青岛上的灯塔在黑暗里明灭。

栈桥上这时候可热闹了。

栈桥长堤似的一直伸到海当中，桥下浪花老唱着神秘的歌。人在桥上，风在海上。散着步的男女，慢腾腾地显着悠闲的姿态。偶然有三两个姐儿并肩笑语，一阵香风过去了，后面却有一二个哥儿追随着指点评论。爱呀，喜剧呀！青岛的夏天呀！

青岛是天之骄子，两难具，二美并：锦绣江山兼备物质文明，西方帝国和东方帝国相继为我们借箸代谋，着意经营的避暑胜地。

那儿的夏天是值得依恋的，可是夏天冉冉尽了！

《岛国新秋——青岛印象之一》

苏雪林：白云洞

由王哥庄折向东南，沿海岸前进，到了一座很险峻的大山脚下，又开始向上走。轿夫们步伐渐慢，轿子的震动率也减少了。曲折盘旋地走了半点钟光景，我们以为不少的路程，下顾才在那里休息过的海湾，正在脚底发蓝，看来距离不过数丈。又上升了几里，山势愈陡愈险，轿夫们实在没法可以再抬了，就不客气将轿子停下，教我们自己爬，他们只尽向导的义务。

这座山没有正式的路，乱石间略可容趾处，或山面略为低洼处便算是路。低洼处本属涧道，常有水澌澌地在流，脚伸下去，常弄湿鞋袜，又常有滑跌的危险。我们手足并用，费了很大的气力，在那乱石沮洳中螃蟹似横着身子爬。爬了一个多钟头，沿途不知休息了十几次，方达山巅的白云洞。据志书说自麓至巅之石路名上天梯，共一千三百余级，我们一级也没踏到，想必轿夫贪取捷径，舍正路而不由，致害我们做横行介士，受许多辛苦。

白云洞是个道观，北面崇山，东临大海，形势非常优胜。那座崇山道士说便是崂山主峰——崂顶。它突出群峰之上，乱石插空，颜色森润如鲜灵芝。玲珑剔透则似千叶莲瓣，斜日光中金碧灿烂，则疑为神仙所居之宝阙琳宫，五云缥缈，灵光明灭。时有白云数片，摇曳峰峦，恍然诸仙灵羽衣飘举，相率来朝此山主者。高山巨峰气象沉雄不难，难在如此的明丽，如此的空灵。

白云洞道院的客寮建筑于几丈高的大岩上，与崂山主峰正相对，地点是选择得适当了。偏偏全寮仅一窗，窗的尺寸太小，位置又太高，难以窥见主峰的全貌。道士又在窗下栽了许多竹子，萧疏的竹影，更把我们的视线加了一层障碍。我常觉得高山大海在野外看，气魄固伟大，在圆形大窗向外看，则更有悠然入画之致。也许因视域有了范围，注意力有了限制，大自然的美，便可集中在一个焦点之故。平常的山林田野都可用此法变成美景，像此处的峰峦之秀异，则不待论。我国古人所谓“卧游”，所谓“登之几席之上”谅皆指此而言。可恨各寺院的主者，都是胸无点墨的俗物，很少明白这个道理，往往把好山好水硬生生地关在屋子外，未免太煞风景了！

茶罢，道士引我们到上面去看所谓白云洞者。升上几层石阶，进了一座山门，见大石二互相支撑。另一石平覆其上，其下略加人工的疏凿，成洞状，设立祭坛，便成一寺风景的主要点。其实这种洞也平常得很，西湖普陀一些山洞都比此处强。所说雁荡最擅洞穴之美，往往深入十余里，桂林则尤佳，水成岩的固比火成岩的洞更有意思。

白云洞虽无足观，洞口银杏二株，实为罕见之物。二树皆大可数抱，横柯四覆，把天空都染绿了。枝头结实累累，香如檀麝，剖食其仁，亦颇鲜美。北方人好食烧熟的白果，如我们之吃烤栗，闻有疗治某种疾病的功效。银杏称世纪前树，照佛经意义来说，则为劫前之树。从前人幻想我们这个世界十二万年轮回一度，自开辟以来轮回已好多度了。地质学则告诉我们地球已经过四次冰河期。每经一次冰河的扫荡，地球万物灭绝，以后又逐渐萌生。银杏乃上一次“世纪末”幸存之物，所以它叶子的型式及叶上筋络均与这一世纪的树木大异。

树下大石一片，可坐四五百人，头俯尻耸，状如欠伸之虎。前临绝壑，下窥头为之晕。我们坐此石上，纵目四望，尽收海山之胜。天风泠泠，衣袂生寒，不可久留。以明早四时即须起身赶路，故归院晚餐后便睡下了。

《岛居一月记》

蹇先艾：青岛海景

我爱山，我也爱海；我爱山的崇高、雄浑、威严，我也爱海的宽容、伟大、汪洋。如果拿这两种东西来象征人格的话，我也就最崇拜这两种人格。我是在山国里生长大的人。我们的庭园便包围在纠纷的群山之中，我曾经有一个很长的时期，朝朝暮暮晤对着山上的城墙、荒坟、古庙、茅屋、圮塔与松林。我穿着线耳草鞋，走过蜿蜒龙蟠的九溪十八涧和蛮荒的山路，我个人对于山的知识比对于海的知识多得多。海，我却很少有机会去接触，或者去细细地领略。说句真话，有时候我更偏爱我们祖国的黄河和扬子江，那两条水的天险，波涛，泥沙与呜咽，能够给我们更深的刺激，引起我们对于国家的命运的兴叹。我们目前需要的是生命的呼号，巨浪掀起，挣扎，搏斗，像我们那古老的江河一样。不过，海，在宁静的时候，我们也同样需要它的宽大。海涵，来培养或扩充我们的人格。我觉得我们在国难严重的时期，应当学咆哮的江河；在太平时代，才应当学浩渺的海水。

1936年夏天，我在青岛住了一个星期。青岛的市政，柏油的马路，巍峨的建筑，苍郁的树木，自然值得称赞；但是我并不怎样的注意，我每天的生活总是到海边去散步，拾蚌壳，或者默坐，遥对着海景。海风拂拂地吹到我的脸上，虽然带着一点腥气与咸味；然而阻止不了我对于海的倾慕，对于海的陶醉。

▷ 阳光下的黄海

我刚到青岛的那天，便在给一个朋友的信中写道：

"……黄昏时候，火车渐渐地走得缓慢起来，浩瀚的大海便展开在我们的眼前了。参差不齐的帆樯严密地排在海边。太阳不见了，天上灰絮似的云影移动着。天连水，水连天。云翳在辽阔的天空中幻变成各式各样的形体：有的像飞禽，有的像走兽，有的像层叠的山峰……"这是青岛海景第一次给我的印象。

次日早晨，空气异常潮湿。在细雨蒙蒙的飘飞中，我一个人便跑到海滨去散步。一出门，走不上几步，我的眼镜便被雨打湿了，简直辨不出路径来，终于走到海滨公园，我坐在一张褐色的石桌前，面对着大海。桌下便是一带嶙峋的岩石，有几个日本女孩在那里寻找海蟹与海螺，跳着脚跑来跑去。好像在平地上走路的样子。海上的左岸的轮廓，比较分明。迤逦着房舍的行列，红顶黄墙堆积在绿树丛中，由海边蔓延到高坡上去。山峦起伏在灰色雾縠里面，景象极其迷蒙。对面是一片镶嵌着绿林的小岛，左边海水茫茫，望不到涯际。有两三点帆影在海上起伏，远的模糊，近影清晰。海水的呼啸，像深山里一万个瀑布声，海面有一碧万顷的波涛在摇动。靠岸是一簇一簇的白沫似的巨浪，变化迅速，不可捉摸。有时像充满了愤怒，哗哗地抨击着海岸；有时一小股一小股地跳上岩石来，又跳回去，比小孩子还活泼。我沉醉了，我的长年郁闷着的心胸，得到了暂时的舒解。到了午饭的时候，我还是依恋着不肯回旅社去。

《青岛海景》

❖ **吴伯箫：**青岛的春天

青岛的春天是来得很晚的。在别处，杨柳树都发了芽抽了叶，桃杏树都开了花绽了果的时候，青岛的风还硬得像十冬腊月一样，落叶树还秃光光的没有透鹅黄嫩绿的意思哩。到三四月天，有的地方胖人们都在热得喘了，这里还得穿皮棉衣。所以那时候到青岛旅行的人，若然乘的是胶济火车，走着走着就凉了起来；在回去的路上，也是走着走着就热了起来。到“天街小雨润如酥，草色遥看近却无”的那境界，已竟是初夏月份了。近海地方，气候变得这样慢，是很奇怪的。可是一声鹧鸪啼，报道阳春天果真到来的时候，青岛是有的可看的。先是那苍然的山松透的一层新翠就很够使人高兴得嚷起来呢。接着那野火烧不尽的漫坡荒草重新披起一袭绿衣，一眼望去就几乎看不到赭黄的土色了。街里边，住户人家，都从墙头篱畔探出黄的迎春花，红的蔷薇花来；红砖筑就的墙壁上满爬着的爬山虎，叶子也慢慢地一天天一天天地大，直到将整个的一座楼房完全涂成绿色。姑娘们换上各色各样的衣裳，少奶奶们也用了摇篮车推着娃娃在马路上散步的时候，那就是青岛春天顶热闹的季节了。日本的樱花也就在这时开放。

▷ 1913 年前后的青岛湾畔

▷ 中山路上的“卖花郎”

提起樱花，那的确是很热闹很艳丽的一种花，成行地盛开了起来，真像一株桃色的彩云，迎风摆动着，怪妖冶的，像泡沫一样轻松柔软。日侨妇女不管游人的拥挤在花下情不自禁地跳起舞的都有。男子们也席地而坐发狂般地饮酒呼噪。花落时节，趁了大好的月色，约两三游伴去花下闲步，愿意躺在花荫度一个春宵的事，是常有人作如是想的。醉眠樱树下，半被落花埋，不是很有意趣么？当你看花归来，初度觉得天气有点点煦暖，身上有点点慵倦的当儿，你就会叹息着说："这才是春天呢。"

在黄梅雨连绵洒落的日子，海上吹来的雾也特别多；往往三天两日的不见阳光，全市都迷蒙着模糊着，那是怪令人烦厌的。身体素来羸弱的人，在这时候会疑惑自己生了什么肠胃病肺病，觉得浑身不舒服。但是亮蓝的天空捧出一幅浴罢的旭日来了，病也就跟着好了；一度晴天换一个欢悦，也挺妙。

《岛上的季节》

臧克家："樱花红过海西来"

"岛国东风春正暖，樱花红过海西来。"

青岛有点春寒。前几天一个朋友从济南来信说，他在西上的火车中，一路迎着樱花开，到了那里正值花残。他说要搭车来青赶樱花会，我报告他："此地樱花待见开。"

东风的神力真不可思议，三天的工夫吹红了青岛。如果那位朋友这会儿来到，一定觉得我的前言是近于欺骗。

今天是星期日，今天是跑马的日子，今天是樱花会。三重热闹叠在一起，给终年冷落的第一公园造成了一天红的记忆。

今天，各色的人穿着各色的衣裳，带着各色的心一齐朝着一个目的地出发。从衣服上，从走路的凭借上，可以清楚地看出各人的身份，汽车、马车、人力车、步行，这是四个等级，各人最高地表现了自己。在这人像决了堤的水一般的时候，绝没有舍了车不坐而清高闲步的，同时也绝没有不把顶得意的服装穿戴起来的，谁有粉不愿意搽在脸上呢？

汇泉道上平素撇一块石头决不会打着个人的，今天却上海的大马路也不换。汽车接成一条线，扬起一道灰土，人低着头罩在这气氛中，几乎对面看不清人，只听见汽车的叫声，马车的蹄子声，人力车的铃铛声。

樱花路是热闹的中心，来看花的人没有不在这路上走一趟的，路是南北的，长数足足有一里，从这头往那头望，眼光像在人空里穿梭，往上看，只见樱花不见天。

▷ 中山公园里的樱花

在热闹中看不出神奇来，因为自己的眼已先是一双热闹的眼了。顶好拣一个比较僻静一点的地方，譬如坐在一座亭子角上，或是一个转弯的路口，这些人人都越不过的地方，这，你可以有暇用冷眼去看每一个人。看他是一个官僚、一个商人、一个绅士、一个学生，或是一个才从乡下来的庄稼汉。看她是一个闺秀，还是一个野鸡。这些人的脸上清楚地刻着各人的身世。看各种姿态闪过你的眼：老头捋着胡须在草地上喘息；老太太用手杖支持着下倾的身子；雄赳赳的是学生，腰挺得板直，瞧那目空一切的神儿，用低头掩过娇羞的不用提是深闺中的佳人了。

小货摊像从地里突然冒出来的，一座一座，斗宝似的各人把最夺目的洋货（小孩的玩具、女人的首饰……）用最惹人的方法悬挂着，摊子前堆满了女人和小孩，大都是从乡下来的，每样东西她们仿佛都喜欢，然而每样仿佛都太贵。小孩子的眼盯在各种玩具上，用眼向大人要求什么，回答多半是一个白眼；不过也有许多小孩牵一个轻气球在闲地上跑。叫卖商的声像雨后的蛙，噪着人的耳朵，人的心。茶棚里那四面布围圈出来的一块隙地，几张藤椅，小方桌上罗列着的那一套茶具，无一不足以使倦了的游人从心里渴慕。这真合适于几个意外聚首的朋友谈心。

为了要秩序，临时添了警察，那有什么用，新添的监视的眼睛和新添的游人的比例数是没法比的。你看，禁足的木牌只管立在那里，草场上却站满了人，警察的话在人耳中失了威严。

人像要在花下留下自己的青春，都在争着照相。瞧，立起一回，坐下一回，周身不知如何安排，鼻眼都好似没长在正确的地方，做了又做，把摄影师急得满脸汗。真的，在万目集注的底下是难以为容的！

最热闹的一天，热闹顶点的这一天的正午，在攘攘里过去了。天气的热度也降低了，游人好似也过了热瘾，渐渐地开始撤退。汽车也开始叫了，一道灰尘送游人散去。

傍晚的时候，樱花路上，残红满地，夕阳染在花瓣上，冷风吹醒了一场热梦。

《青岛樱花会》

田仲济：我爱青岛

很惭愧，我不晓得青岛的名字怎样来的，可是我也随着叫青岛；我更不知道是谁开始用琴岛这称呼。听到这个名字时，我还年轻，可我喜欢这个声音，我也就随着叫了。

我真正认识青岛——自然仅是我个人自己比较的说，我真正喜爱青岛，感觉到她的美，还是我几乎跑遍了国内几个著名的海滨城市以后。我看了厦门和称为南海明珠的鼓浪屿，我看了旅顺和大连，我也看了连云港和芝罘，在比较中，我认识了青岛的美了。

青岛的确是令人喜爱的。你喜欢幽静么？那你可到湛山、太平角一带，你可以在空气清新、花木夹道的马路上散步，也可以在苍松翠柏、嶙峋怪石林立的海滨坐上几个钟头，你可以沉思，你可以静读，是很少有人来打扰你的。你喜欢热闹的话，那就可以到中山路和栈桥一带走走，真是熙熙攘攘，摩肩接踵，若在晚上，人就更多了。因为不仅外地游览和避暑的人，当地的人也喜欢于晚饭后到海边到栈桥乘凉。

我喜爱青岛，自然主要原因是青岛的海，那碧蓝、碧蓝……的海，一天变化无穷的海，谁不喜爱呢？说真的，论海的颜色，黄海没有渤海蓝，比起来，青岛的海是有些逊色的，但总的比较起来，是没有谁去介意这点逊色的，那海岸、那沙滩、那翠松……是永远观赏不厌的。

我之喜爱青岛，还有不少我个独有“姻缘”：第一，青岛的海是我一生中最早见到的海，其印象之深是无与伦比的。最令人欣喜的是在栈桥上，或较空阔的海岸上一站，真是海阔天空，是那么令人心旷神怡。记得第一次到青岛时我还不到二十岁，虽不峥嵘，可究竟是青年时，到达的当天就随着几位青年伙伴到海水浴场去了。那时，我是不会游泳的。当然现在也

▷ 黄海边的渔船

▷ 从关山山腰眺望信号山

不能说我会游泳了。几位游水能手远远地游去了，同伴中只余下我一个人了。我在水仅没腰的海水中跳浪，渐渐地，水齐胸际了，高于胸际了，一个巨浪滚来，我未曾跳得起来，而是被浪打下去了，我极力挣扎，睁眼一看，水已在腰下了。只感到喉间难受，大概是咽了几口海水，也感到浑身酸软无力，我离开了海水，躺在沙滩的细沙中，躺了许久。几位游伴才返回。我告诉了他们，他们说，这是上潮的时候，是潮水将我推上来了。若是退潮的话，也许会被卷下去。他们的话也许有道理，但未引起我的注意，反激我学会游泳的决心。几天以后，我初步掌握了游水的技术，可惜一周后我就搭船离开青岛到上海去了。从此，我转学到了上海，而每次返回故乡，照例是搭船经过青岛，青岛成了我经常到的地方。

是1929年，我贸然写信给《青岛时报》的编辑部，提出在他们报上附出一个文艺周刊。当然，在这以前我曾投过几次稿件。他们竟很快回信同意了。于是一个名为《野光》的文艺周刊，每周一次在《青岛时报》上出现了。刊头是自己画的，“野光”两个字也是自己写的。幼稚当然幼稚，但那时什么都不怕。

除《野光》外，我还在《青岛民报》上办过《处女地》文艺周刊。那大概是1930年冬或1931年春的事情。那时我已从上海到济南工作了。那是同并不太热心的副刊编辑协商成功的，刊头是找一位会图案画的青年朋友设计的，一柄斧头，三个简单的图案字，几条曲线，简单大方，比我设计的《野光》好多了。但这个周刊出了两期便发生了问题，在第二期上登了一首诗，我记得题目是《你若站在山顶上》，内容是写在高处向下看就可看到贫富不同、苦乐各异的人间生活。这种思想实际上在唐诗中早就有了，“五四”以后新诗中更有不少类似的东西。但国民党新闻检察机关认为是宣传共产思想，封闭了报纸，判了副刊编辑几个月的徒刑。事情过去几天了，我才从《申报》的各地新闻栏目中看到，我还为此躲避了几天。《处女地》自然就这样结束了。那位副刊编辑以后既未再见到，也没再听到他的消息。然而我直到今天还很感激他，是他把责任承担下来，所以没有波及我。

这些“姻缘”已够深的了，可还不止此。还有许许多多亲戚朋友住在这里。友情是可贵的，有这么多友情，我怎么不爱她！我惭愧的是，几次到这个地方，都是来去匆匆，所有故旧都未能一一会晤，这次也同样如此。等下次罢，下次再来青岛，争取多住几天，好和一些故旧话旧。话旧也是一种生活的享受。

《我爱青岛》

图书在版编目（CIP）数据

老青岛 /《老城记》编辑组编. — 北京：中国文文史出版社，2019.1

ISBN 978-7-5205-0579-6

Ⅰ. ①老… Ⅱ. ①老… Ⅲ. ①随笔—作品集—中国—现代 Ⅳ. ①I266.1

中国版本图书馆CIP数据核字（2018）第226695号

责任编辑： 高 贝

出版发行：**中国文史出版社**
社　　址：北京市海淀区西八里庄69号　邮编：100142
电　　话：010-81136606　81136602　81136603（发行部）
传　　真：010-81136655
印　　装：北京地大彩印有限公司
经　　销：全国新华书店
开　　本：710mm×1010mm　1/16
印　　张：17　　字数：220千字
版　　次：2019年8月第1版
印　　次：2019年8月第1次印刷
定　　价：62.80元